U0067971

一位勇者奮鬥的故事

懷念虞和元 博士

水鄉黎明時──盧繼媛油畫

編者──盧繼媛
　　　虞和健
　　　虞和芳

天空數位圖書出版

目錄

前言 05

第一章　紀念勇者：虞和元 07

　　一、和元的油畫相及書房的遺像　　　　08

　　二、其他相片目錄　　　　　　　　　　10

　　三、和元生平簡介（1941－2021）　　41

　　四、兒子、兒媳、女兒、女婿紀念父親
　　　　的文章　　　　　　　　　　　　　97

　　五、繼媛弟妹們紀念姐夫的文章　　　104

　　六、林中明同學為和元墓地所拍的相片
　　　　及所寫的對聯　　　　　　　　　106

　　七、和元親友同學同事紀念他的文章　107

　　八、虞先恒紀念父親所作，自彈鋼琴曲
　　　　及譜－Website　　　　　　　　111

　　九、墓碑　　　　　　　　　　　　　113

第二章　我們的祖先、父母和我們這一代 115

　　一、虞寶兩家祖父和外祖父母及父母　　116

　　二、父親和母親　　127

　　三、虞寶兩家的聯姻　　136

　　四、虞和元的父母和婆婆　　153

第三章　虞寶兩家的子女們 183

　　一、虞和允篇章　　184

　　二、虞和元篇章　　212

　　三、虞和健篇章　　234

　　四、虞和芳篇章　　262

　　五、虞和芸篇章　　290

　　六、寶俊茹篇章　　320

後記／盧繼媛 352

後記／虞和健 354

後記／虞和芳 355

前言

——人生的旅途

　　每一個人的一生，就是一個旅途，一個時間的旅途。出生是生命旅途的開始，死亡是生命旅程的結束。拿時間來做比喻的話，以一句簡單的話來說，生命就是從出生，走向死亡的旅途。這看起來是相互矛盾，悲觀消極，出生帶來死亡。

　　然而在這段生死之間的旅程，每人所接觸，經歷，感受，遭遇，都是獨一無二，沒有兩人是完全一樣。每人都有五官，然而沒有兩人長得一模一樣；每人都有十指，十指的指紋，每指不同，全世界沒有相同的兩個指紋。

　　人有生命就有死亡，但是如何在生死之間來對待生命，時間，周圍環境，有緣相逢相識的人們，透過個人接受的遺傳因子，環境，努力，奮鬥，選擇，形成每人不同的人生。

　　生命非常神奇奧妙，每一個人的生命有其生命的旅程。每人多多少少，經歷過喜怒哀樂憂傷；如何對待人生在生命時間旅程中，父母，親友師長，所接觸的種種生活大大小小不同的各種時機，因緣際會，轉機，鑄造出每個人的自己人生。

5

在這生命旅途中，世界上沒有兩個人是同樣的，就跟每人都有五官，每隻手有五個手指，但是每人的指紋都不一樣，更遑論生命的旅途。

每人都有父母，有些還有兄弟姊妹，人生伴侶，子孫，彼此間相互相連，卻是過程經歷不同。

在講述回憶過去時，對於我的哥哥，我只能從我的角度來看，講述跟他之間經歷感受到的一些回憶點滴。我能夠說的，我感激有這樣一位勇敢地，盡責，又有愛心的哥哥，他雖然遇到一些人生挫折，但是他不頹喪，盡心盡力，從不懈怠，努力克服他的困難挫折。他對待每一位跟他有緣相處的人，都出於誠心誠意。他誠實木訥，不多言語，不會花言巧語，跟人搞技巧心機。他有很好的長官，一位賢良淑惠的妻子，跟他一起奮鬥。在他生病洗腎的 8 年，嫂嫂照顧他，勇敢地度過這段艱難險阻的一生。他有美滿家庭，這是他的回報。他的一生，是他雙手創辦的家庭，他的成就，是他一生努力的成果。透過他的老實誠懇，勤奮努力，才會有他這樣不平凡的一生。

這本書是他的妻子，我們的嫂嫂盧繼媛女士，和手足們表示對他離去的悲傷不捨和懷念之情。

此書前後分為三章，紀念回憶我們心愛的虞和元博士。

虞和芳

第一章
紀念勇者：虞和元

一、和元的油畫相及書房的遺像

1. Ho-Yuan's oil paintings and his posthumous portrait in the study room

虞和元的油畫相，2001 年盧繼媛畫

Oil painting of Ho-yuan Yu, painted by Chi-yuan Yu in 2001

虞和元在書房的遺相

Ho-yuan Yu's posthumous portrait in the study room

　　書房離其他房間有些距離，很安靜，是和元平時最喜歡的地方。他的遺相就放在書房。

　　The study room is further away from the other rooms, so it is very quiet. This was Ho's favorite room to spend time in and is the perfect place for this set up.

二、其他相片目錄
2. Other photo catalogs

1. 相片 2 張:1976 年兒子先恒一歲,及 1983 年和元,繼媛結婚十週年遊歐洲

1) 2 photos: Picture 1 Ho-Yuan and Henry in 1976. Picture 2 Ho-Yuan and Chi-Yuan visited Europe for their tenth wedding anniversary

圖一 1976 年拍的,先恒約一歲左右。

Picture 1 was taken in 1976 when Henry Yu was about one year old.

圖二是 1983 年，結婚十週年，我們在荷蘭。

The second picture was taken in 1983 on our tenth wedding anniversary, when we were visiting the Netherlands.

2. 相片 2 張：1976 年和元及先恒，2018 年和元及兒子，孫子，祖孫三代。

2) 2 photos, Ho-Yuan and Henry in 1976, and Ho-Yuan, his son and 2 grandsons in 2018.

圖一是先恒一歲左右，和元把他舉高。

First photo shows Ho lifting Henry up when he was about one year old.

圖二是 2018 年和元已生病洗腎 5 年，用 walker 走路，換成先恒照顧爸爸了，兩個孫子是先怡的兒子 Joey 和弟弟 Mikey。祖孫三代。

The second photo was taken in 2018 when Ho had been ill for 5 years and needed kidney dialysis. He required a walker to help him walk, and Henry is helping take care of his father. The two grandchildren who are also helping Ho are Katie's son, Joey, and his younger brother, Mikey. Three generations of Ho's family.

3. 相片一張：1984 年國善團隊

3) 1 photo, A photo of Quasel Team in 1984

　　1984 年夏，好友也是矽谷名人王寧國博士的推薦，我們也認為是很有意義的事，帶著理想與熱情，和元離開 Motorola 公司，加入新竹科學園區的國善半導體公司，擔任研製部門副總經理。這公司成立在台積電 TSMC 之前，當時美國回台的團隊有 7 人。這張珍貴的相片上，由左至右是朱榮福，虞和元，王寧國，簡學仁，王恕生，羅唯仁，鄧海屏，還有一人是莊人川博士，他不在相片上，很可惜一年前病逝了。國善解散後，這團隊的人，後來在半導體業都有很好的成就跟貢獻。

In the summer of 1984, based on the recommendation of Dr. Wang Ningguo, a famous Silicon Valley celebrity and good friend - a handful of colleagues found an opportunity to make a meaningful impact in Taiwan's semiconductor industry. With an idealistic mind and enthusiasm, Ho-Yuan left Motorola and joined Quasel Semiconductor in Hsinchu Science Park as Vice President of Manufacturing Department. This company was established before TSMC. At that time, there were 7 members of the American team returning to Taiwan. In this precious photo, from left to right are Zhu Rongfu, Ho-yuan Yu, Wang Ningguo, Jian Xueren, Wang Shusheng, Lo Weiren, Dun Haiping. Another person is Dr. Zhuang Renchuan, who is not in the photo and unfortunately passed away a year ago. After the dissolution of Quasel, the members of this team went on to make great achievements and contributions in the semiconductor industry.

4. 相片 4 張:和元及虞家親人的合影
4) 4 photos, group photos with Ho-Yuan and Yu family relatives

圖一是與二哥嫂虞和允夫婦合拍於 1985 年,當時我們住在新竹科學園區。

Picture 1 was taken in 1985 with Ho-Yuan's cousin and his wife when we lived in Hsinchu Science Park.

圖二是和元小時的全家福。

Picture 2 is Ho-Yuan Yu's childhood family portrait.

　　圖三是 1984 年我們在德州奧斯汀給媽媽做七十歲
生日，相片上是和元與媽媽及三位妹妹。

Picture 3 was taken in 1984 when we celebrated our
mother's 70th birthday in Austin, Texas. The photo is of
Ho-Yuan Yu with his mother and three younger sisters.

　　圖四是 1973 年 12 月，和元返臺跟我結婚，正好舅
舅 50 歲生日，那時爸爸剛出院。

Picture 4 was taken in December 1973 when Ho
returned to Taiwan to marry Chi-Yuan, just in time for his
uncle's 50th birthday. His father had also just been
discharged from the hospital.

5. 相片 2 張：1985 年及 2008 年的全家福照
5) 2 photos, family photos in 1985 and 2008

圖一是 1985 年拍的全家福。
Picture 1 is a family portrait taken in 1985.

圖二是 2008 年拍的全家福。
Picture 2 is a family photo taken in 2008.

6. 相片 2 張：1983 年和元在歐洲與媽媽，及小妹和芳合影

6) 2 photos, in 1983, Ho-Yuan took a group photo with his mother and his younger sister Ho-Fang in Europe

　　1983 年，我們帶媽媽同遊歐洲，和芳從德國來跟我們會面。

　　In 1983, we took our mother on a tour of Europe, and Ho-Fang came to meet us from Germany.

7. 相片 3 張：1995 年，莫比士綠色能源公司在天津開工典禮

7) 3 photos, in 1995, the groundbreaking ceremony of Mobius Green Energy Company in Tianjin

圖一是莫比士公司跟印度一家公司簽約合作。

Photo 1 commemorates the signing of a contract between Mobius Green Energy and an Indian company.

　　圖二及圖三，1995 年，莫比士綠色能源公司在天津開工典禮上，楊振寧教授，陳省身教授，朱經武教授，及虞和元都在現場慶賀。堂哥虞和允先生時任廠長。

　　Photos 2 and 3, taken in 1995, show the groundbreaking ceremony of Mobius Green Energy Company in Tianjin, with Professor Yang Zhenning, Professor Chen Xingshen, Professor Zhu Jingwu and Ho-yuan Yu celebrating at the site. Cousin Mr. Yu Heyun was the director of the factory.

附件：一篇來自臺灣遠見雜誌的報導
Attachment: A report from Taiwan Foresight Magazine

有關他的事業，以一篇報導可以看出他的苦心耕耘，以及所經歷的風風雨雨：

初夏的天津，空氣被炎陽蒸餾得乾澀，才舉辦過世界乒乓賽的街景，條理而不染塵土。

世界知名高溫超導物理學家朱經武、諾貝爾物理大師楊振寧、數學泰斗陳省身等世界傑出華人，自美國渡海齊聚天津，為一項新產業－－鎳氫電池，跨出學界、產業與科研人才結合的一步。

在中國大陸的合資企業中，濟濟科研人才與產業界合作並不特別，然而由享有國際地位的旅美科學家出面架橋，卻還是罕見。

這段因緣起自九二年春，朱經武前赴天津南開大學（名列大陸十大名校）受頒榮譽教授，偶然間發現南開大學儲氫材料的技術在世界上層領先地位，而儲氫材料正是製造鎳氫電池的重要關鍵。

長期研究高溫超導的朱經武憑著對材料的敏感度，立即湧現開發這項技術的構想，他相信，電池是資訊時代最關鍵的科技，而鎳氫電池更是跨世紀的關鍵能源技術。

學術走入社會

在大陸，將高科技商品化，仍屬起步。物理學家楊振寧便認為，中國大陸有很好的科技研究人才，最大的困難則在將技術轉移到生產線上。

於是朱經武尋求友人贊助，在美國加州矽谷籌組一個技術開發與應用的跨國企業－－莫比士綠色能源公

司，集結矽谷的管理文化、中國大陸科研人才與材料資源，以及世界各地華人的資金（台灣約占八０％），正式投入鎳氫電池的市場。朱經武同時也是第一任董事長。

從實驗室跨入生產線，朱經武的腳步踩得小心翼翼。「每次發表新的成果，一定要用科學家的眼光實際驗證」朱經武坦承這是個負擔，也是基本要求。

他認為，讀書人和商業畫清界線的觀念已經過時，不能只在實驗室的象牙塔裡，而要進到社會發揮影響力。

與朱經武一道發起組織電池公司的，還有他大學時代（成功大學）的同學虞和元。擁有電機工程博士頭銜的虞和元，歷任摩托羅拉、VLSI 科技公司（美國著名半導體公司）等要職，累積了二十多年高科技技術轉移、工廠管理、品質控制等經驗。

就以這批科技專家為領導群，莫比士公司於是在天津寶坻經濟開發區與南開大學共同成立了「海泰公司」，專門生產儲氫合金粉和鎳氫電池專用負極片。在這群科學家的眼裡，鎳氫電池是中國人未來在國際市場上最具競爭力的民族工業。

鎳氫電池技術開發最成功的日本，早在九０年就進入消費市場，同時獨霸世界九成以上。朱經武對中國的鎳氫電池深具信心，因為中國資源遠比日本豐厚，其一是南開大學儲氫技術在某些方面已超越日本（目前有四項專利，若日本要再技術提升，得借重南開），其二是儲氫材料的原料稀土金屬礦，中國大陸占世界蘊藏量的七八％，多到農民用來種大麥。

五月底，諾貝爾物理學獎得主楊振寧藉著在北京開科技大會的機會，順道參訪海泰公司。在開工典禮上，

他便訝異於南開大學科研技術轉讓到生產線的驚人速度,「在中國,轉讓的環節還沒清楚前,海泰的成績確實得來不易。」

北方燥熱的空氣,使寶坻經濟開發區不時揚起塵土,相較於多數區域還在動工,占地百畝的海泰廠房格外亮眼。

兩年之前,此地還是一片凍土,天津莫比士公司總經理鄒才楚難忘北方半年凍土期,在零下十八度升起八座大火爐趕工的景況。「要搶 timing（時機）,日本早已進入消費市場,如果 delay（延遲）一個月,將損失兩百萬人民幣的利息。」他回憶。

於是在莫此士公司執行總裁虞和元坐鎮指揮下,鎳氫電池的相關配套生產線正式串聯（南開大學儲氫技術——海泰公司專利合金粉製作的負極片——四川七五六國營廠的正極片——天津莫比士公司製成電池成品）,打入國際市場。

為做事業,不只為利

不同於大陸多數的合資企業,虞和元將美國整套管理模式帶入天津。為了培養班底,他起用了十四位大學剛畢業的新鮮人（分別來自天津大學、南開大學、天津理工學院）,並親身培訓。天津大學精密儀器工程系畢業的劉淼相信,在國營廠一千人一個月的產值,在莫比士只需一百人、半個月,「原因就在不同的管理機制」。

由構想到落實於產業,朱經武自認科學家的角色已盡,接著賺錢的角色就要交棒給企業家（第二任董事長為裕隆集團吳振家）。但他堅信:「對環境友善的鎳氫電池同時能改善人類的生活,因此『下海』跨入商界,不僅僅賺錢,更是一番事業。」

24

為環保充電

小小一顆電池，影響卻深及交通、能源、經濟、生態等人類的各生活領域。

一般電池可分一次電池、二次電池（即可充電電池）及燃料電池。一次電池即一般使用即丟的鹼性電池、水銀電池；二次電池因為方便充電，容易攜帶，道而使各種手提式電子產品應運而生，例如筆記型電腦、大哥大、無線電話機。

目前二次電池以鎳鎘電池占主要市場，然而廢棄的鎳鎘電池易造成重金屬鎘汙染。據統計，以目前台灣的消耗量，一年會留下七百萬公斤的廢棄鎳鎘電池。隨著環保意識高漲，鎳氫電池乃異軍突起。

大氣中取之不盡、用之不渴的氫氣，經燃燒氧化變成水，因此被科學界公認為最乾淨的能源。

儘管鎳氫比鎳鎘價格貴一倍，但其使用壽命長（約鎳鎘一倍），且沒有鎳鎘電池嚴重的記憶效應，可望成為國際電池界的新星。

鎳氫電池的兩大主流－－AB2 及 AB5，前者以相當昂貴的鈦金屬儲氫，後者則為稀土礦；目前生產鎳氫電池居世界第一的日本，除「日立」之外，均為 AB5。而中國大陸蘊議的稀土礦，占全世界藏量的七八％，南開大學的儲氫材料即利用稀土礦。

鎳氫電池進入市場至今不到四年，在公元二千年以前，全球對鎳氫電池的需求量戶將以每年五〇％以上的速度急速成長。

本文出自臺灣《遠見雜誌》1995 年 8 月號
文／林志恆

8. 相片 3 張：2001 年 4 月，和元 60 歲生日宴

8) 3 photos, April 2001, Ho-Yuan's 60th birthday party

2001 年 4 月，和元 60 歲生日宴，那時 Lovoltech 公司已開始，和元很開心。圖一是和元正跟 Jim Fiebiger 交談，旁邊是高仁和及其他同事。十年後，Jim 有來參加和元的 70 歲生日宴，但在同年底就病逝了。

In April 2001, at Ho's 60th birthday party, Lovoltech had started, and Ho was very happy. Picture 1 is Ho talking to Jim Fiebiger, next to Gao Renhe and other colleagues. Ten years later, Jim came to Ho's 70th birthday party, but died at the end of that same year.

圖二是好
朋友母曉
春及嚴培
洋夫婦，很
可惜曉春
在 2007 年
英年早逝。

Picture 2 is
with good
friends Mu
Xiao Chun and Yuan Peiyang (a married couple).
Unfortunately, Xiao Chun passed away at a young age in
2007.

圖三最左
邊是和元
58 年老友
周仁章，再
來是徐世
勳，虞和健
夫婦，我旁
邊是和元
最小的妹

妹，但她卻是 4 兄妹中最早走的。
On the far left of the picture 3 is Chou Jen-Chang, an old
friend of Ho-yuan Yu for 58 years. Next is S.S. Shue and
his wife Yu Ho-Jane. Next to me is Ho's youngest sister.
She was the first of the four siblings to pass away.

9. 相片 3 張：兒子先恒全家福
9) 3 photos, family portrait of son Henry

先恒在 2009 年與 Michelle 訂婚結婚。
Henry got engaged to Michelle in 2009.

兒子 Dillon 9 歲，女兒 Sophia 7 歲。

Henry and Michelle's son, Dillon, is 9 years old and daughter, Sophia, is 7 years old.

10. 相片 2 張：女兒先怡全家福

10) 2 photos, family portrait of daughter Katie

這是先怡的全家福，先生 Richard，大兒子 Joey，九歲半，小兒子 Mikey，六歲半。

This is the family portrait of Katie, Richard, their eldest son, Joey, who is nine and a half years old, and youngest son, Mikey, who is six and a half years old.

11. 相片 2 張和元成大同學會合照
11) 2 photos, a group photo with Ho-Yuan & National Cheng-Kung University Alumni Association

　　圖一是 2004 年，成大 EE62 在西雅圖開同學會，虞和元是會長，同學會晚宴過後第二天，分成兩組出遊，一組是去搭 Alaska Cruise，我們在這一組另一組是去 Rocky Mountain Tours。大家都玩得很開心，回來後大家交換相片，email 爆滿。

　　Figure 1 was taken in 2004 at the Cheng-Kung EE62 alumni reunion in Seattle. Ho-Yuan was the president. The 2nd day after the classmate reunion dinner, everyone was divided into two groups for separate trips. One group went for an Alaska Cruise, which included us. Another group went on a Rocky Mountain Tour. Everyone had a great time, and when we came back, we exchanged photos, and our emails were full.

　　圖二是 2008 年在臺南開同學會後，我們五家從桃園搭機到香港玩兩天，再搭機飛到澳洲的雪梨，玩三天後，從雪梨直接上 cruise 遊 New Zealand。這五家是邵義中夫婦，朱惕華夫婦，王緒倫夫婦，虞和元夫婦，方天健夫婦。其中朱惕華及虞和元都已病逝。

　　The second picture was taken shortly after the alumni reunion in Tainan in 2008, when our five families took a flight from Taoyuan to Hong Kong for two days, and then took a flight to Sydney, Australia. After three days of playing, we went straight from Sydney to a cruise to New Zealand. The five families were Shao Yizhong and his wife, Zhu Tihua and his wife, Wang Xulun and his wife, Ho-yuan Yu and his wife, and Fang Tianjian and his wife. Among them, Zhu Tihua and Ho-Yuan Yu have both passed away.

12. 相片 2 張：和元也是愛狗的人

12) photos, Ho-Yuan is also a dog lover

　　圖一，自左至右是羅唯仁，王寧國，虞和元，三人都住在 Saratoga，王寧國有兩條愛犬，是他的寶貝。有一段時間三人常去遛狗，有時還故意脫光腳，踩在地上，說是吸地氣。

Picture 1, from left to right are Lo Weiren, Wang Ningguo, and Ho-Yuan Yu, who all live in Saratoga. Wang Ningguo has two pet dogs, who he treasures. For a while, the three of them used to walk the dogs.

Coffee at Starbucks.

Shared by john colistra

We had good times meeting at Starbucks at the Argonaut shopping center.
I used to greet him by saying, hi Ho Yu.
That would bring a smile to his face!
We would use him as a mediator in discussions with Ranjit, the narcissist in our group. We will miss him.

　　圖二，十幾年前和元就加入一個退休人士的 coffee group，有 9 個人，都住在 Saratoga，有中國人，日本人，印度人，美國人，還有泰國人，不是每次都會到齊，有時太太們也會參加。每星期天上午 8 點都在 Starbucks 喝咖啡聊天，每人帶點零食，小點心，交換吃。

　　和元生病後，還堅持要去，他也沒講什麼話，就是吃點東西，聽別人吹牛，他也很開心。他們習慣坐在外

面，我都早些送和元去，因為他行動不便，我把他安頓坐好，然後進去幫他買咖啡，John 也習慣早來，因為都很熟了，他進去買咖啡的時候，他的愛犬就很自然的靠在和元的腿旁，他倆成了好朋友。很感謝每次都是 Charles 送和元回來。

Picture 2, Ho-yuan joined a retiree coffee group for more than ten years that consisted of 9 people, all living in Saratoga. There is a mix of people, some of whom are Chinese, Japanese, Indian, American, and Thai. Sometimes the wives would also attend. Every Sunday at 8:00 am, they would meet at Starbucks to drink coffee and chat. Each person would bring some snacks and they would all share their snacks. After Ho-yuan fell ill, he still insisted on going. He wouldn't say anything, and would just eat and listen to other people talking. He was very happy doing so. They used to sit outside, so I would bring Ho-yuan earlier, because he had difficulty moving, and I would settle him down and buy coffee for him. John also used to come early. When John would go in and buy coffee, his dog naturally leaned against Ho-yuan's leg. They became good friends. Thank you so much Charles for sending and returning Ho every time.

13. 相片 1 張：和元部份的專利照

13) 1 photo, patent photos

　　和元在美國拿到近 70 個有關半導體方面的技術專利，有些早已過了 20 年有效期，其中也有幾個是跟其他人同寫。大都份專利權都屬於他工作過的公司，真正屬於他個人擁有的僅有 5 個。

　　這相片上的僅是一部份專利證書，因為要將 certificates 裝框，還要花一筆不便宜的費用，所以沒有全部裝框。

Ho-yuan has obtained nearly 70 technical patents related to semiconductors in the United States, some of which have expired for 20 years. Several of them were co-written with others. Most of the patent rights belong to the company he worked for. There are only 5 that belong to him personally. This photo shows only some of the patent certificates. It costs a lot of money to frame the certificates, so not all patents are framed and shown here.

14. 相片 2 張：2001 年，Lovoltech, Inc.團體照
14) 2 photos, 2001, Lovoltech, Inc. group photo

2000 年，虞和元跟 Dr. Jim Fiebiger 創辦 Lovoltech Inc.，由 Intel 公司，Sony 公司及創投公司共同投資。

In 2000, Ho-Yuan Yu and Dr. Jim Fiebiger founded Lovoltech, Inc. The investors included Intel Corporation, Sony Corporation and venture capital firms.

圖 2 是公司慶祝售出第一個產品時的團體照。

Picture 2 is a group photo of the company celebrating the sale of its first product.

15. 相片 4 張：2011 年 4 月，和元 70 歲生日宴

15) 4 photos, April 2011, Ho-Yuan's 70th birthday party

2011 年 4 月，這是先恒，先怡為爸爸辦的 70 歲生日宴：

Taken in April 2011, this is the 70th birthday banquet hosted by Henry and Katie for their father:

圖一是王中樞，王俐敏夫婦。

Picture 1 is Wang Zhongshu and his wife Wang Limin.

圖二是 Jim Fiebiger 夫婦及 Jack Saltich 夫婦也來參加。

In the second picture, Jim Fiebiger and his wife and Jack Saltich and his wife also attended.

圖三是生日蛋糕。

Picture 3 is the birthday cake.

圖四是先怡跟爸爸。

Picture 4 is Katie and her father.

　　80 歲生日時，和元已半身癱瘓在床，不能言語，也不能吞嚥。

　　On his 80th birthday, Ho-Yuan Yu was half paralyzed in bed, and unable to speak or swallow.

16. 相片 3 張：1974 年，2009 年及 2013 年，和元繼媛 合照
16) 3 photos, 1974, 2009 and 2013, with Chi-Yuan Yu

圖一，1974 年 7 月繼媛到 達美國跟和元會合，住在德 州的 Dallas。
Photo 1. In July 1974, Chi-yuan Yu arrived in the United States to join Ho-yuan Yu, where they lived in Dallas, Texas.

圖二，2009 年 10 月，在兒子先恒 的室外婚禮上。
Photo 2, taken in October 2009, at the outdoor wedding of their son Henry.

39

　　圖三，2013 年 9 月，和元從臺灣回來後，大病一場，住院 25 天，從此終身洗腎，這張相片是同年 12 月拍的，是結婚 40 週年。

　　Photo 3. In September 2013, after Ho-Yuan returned from Taiwan, he became seriously ill and was hospitalized for 25 days. Since then, he relied on dialysis the rest of his life. This photo was taken in December of the same year, on their 40th wedding anniversary.

三、和元生平簡介（1941－2021）

3. A brief biography of Ho-Yuan (1941 - 2021) written by Chi-Yuan Yu

1. 學業及學位

　　和元是位早產兒，從小體弱，學習成績中等，體育成績勉強及格。每當發成績單的時候，妹妹們高興的搶著告訴爸爸媽媽，她們拿到第一名，他就更安靜了，因為他不知道要講什麼，這跟他後來沈默寡言有很大的關係。經過家人的細心照顧，隨著年紀的增長，身體也愈來愈好，學習成績也愈來愈優異。

　　大學是唸成功大學電機系，大三那年還得了全班最高分。接著考進交通大學電子研究所，以非常優異的成績拿到碩士學位，又獲得美國 Indiana 州的 University of Notre Dame 的全額獎學金，攻讀博士學位。

　　1965 年秋他與大妹和健同一班飛機抵美，分別進入不同的學校深造。和元博士學位唸得很順利，於 1968 年 6 月畢業，拿到電機博士學位。

1) Academics and Degrees

Ho-yuan Yu was a premature baby, frail since childhood, with average academic performance and barely passing grades in sports. Whenever the transcripts were issued, his sisters happily rushed to tell Mom and Dad that they got first place. This made him quieter because he didn't have the same achievements and didn't know what to say, which had a lot to do with him later becoming taciturn.

With the careful care of his family, the growth of age, and his health getting better and better, his academic performance also got better and better. He went to National Cheng-Kung University majoring in Electrical Engineering, and in the third year of his junior year, he got the highest score in the class. Then he was admitted to the Institute of Electronics, Jiaotong University, where he got a master's degree with very good grades and won a full scholarship from the University of Notre Dame in Indiana, USA, to get his Ph.D.

In the autumn of 1965, he arrived in the United States on the same flight with his eldest sister Ho-Jane where they entered different schools for further study. Ho-Yuan Yu graduated in June 1968 with a doctorate in electrical engineering.

2. 和元的第一段婚姻

1965 年秋，和元赴美深造前，跟高明元訂婚。1967年夏天，和元返臺與明元姐結婚。第二年 5 月，明元姐來到美國與和元團聚，並參加他的博士畢業典禮。和元拿博士學位這麼順利，除了自己的努力之外，明元姐的鼓勵和支持也有絕對的關係。

非常不幸的是，明元姐來美不久，就發現有病，在1968 年底就病逝了，更讓人難過的是當時明元姐已有數月的身孕，這真是人間悲劇，令人心酸。

1973 年和元跟我通信一段時間後，問我願不願意去看望高家父母，我欣然前去。兩位長輩非常慈祥，我們雖是第一次見面，但一點不覺陌生，談得很好，高伯母還告訴我，明元姐的名字本來是明媛，但小時候因筆劃

多，老寫不好，後來才改成明元，這是巧合，但我們三個人的名字之間，好像註定有些不尋常的關係。

1973 年 12 月，和元返臺跟我結婚，我們一同去看望高家父母，他們還送我首飾做結婚禮物。1974 年 7 月，我赴美依親之前，也曾去跟高家父母道別，他們又送我禮物，祝福我。來美國後，我每年都記得給兩位老人家寄生日卡，後來，我生了第二個孩子後，變得很忙，加上又搬家，也不知道什麼時候就斷了聯絡，不過，兩位老人和藹的樣子，一直在我的記憶裡。

2) Ho-yuan's first marriage

In the autumn of 1965, before Ho-Yuan went to the United States for further studies, he got engaged to Gao Mingyuan. In the summer of 1967, Ho-Yuan returned to Taiwan to marry Ming Yuan. In May of the following year, Ming Yuan came to the United States to reunite with Ho-Yuan and attend his doctoral graduation ceremony.

In addition to his own efforts, the encouragement and support of Ming Yuan also helped Ho Yuan to get his doctorate degree so smoothly.

In an unfortunate turn of events, Ming Yuan found out that she was ill soon after coming to the United States and passed away at the end of 1968. What is even more tragic is that Ming Yuan was already several months pregnant at the time she passed.

In 1973, after Ho-Yuan corresponded with me for a period of time, he asked me if I would like to visit the Gao parents, and I happily agreed. The two elders were very kind. Although we met for the first time, we were not unfamiliar at all and had a good conversation. Aunt Gao also told me that Sister Ming Yuan's name was originally Ming Yuan (same Yuan as Chi-Yuan in chinese), but when she was a child, she couldn't write well because of her many strokes. It was a coincidence that it was changed to Ming Yuan (same Yuan as Ho-Yuan in Chinese) later, but there seems to be some destined difference between our three names - an unusual relationship.

In December 1973, Ho-Yuan returned to Taiwan to marry me. We went to visit Gao's parents together. They also gave me jewelry as a wedding gift. In July 1974, before I came to the United States to join Ho-Yuan - I also went to say goodbye to the Gao parents, and they gave me gifts and Blessings. After I came to the United States, I remembered to give Parent's Day cards to the two elderly people every year. Later, after I gave birth to my second child, I became very busy, and I didn't know when we cut off contact. However, I will always remember how kind the two old people were to me.

3. 和元繼媛 48 年的婚姻及家庭

我在 1965 年認識虞和元及陳衆時，他們不但是成大電機系同班，也都即將在交大電子研究所碩士班畢業，正在準備赴美繼續攻讀博士。虞和元還在赴美前跟

高明元訂了婚，而我正在唸大學。那些年裡發生了很多事，我們也在朋友圈裡，間接得知相互的消息。不幸的事連續的發生，明元姐 1968 年夏赴美跟和元團聚，卻在 1968 年底病逝於美，我聽說後來虞和元很多事都不順利，還失業了一段時間，住在他妹妹和健在 New Jersey 的家很長一段時間。1969 年底，我已論及婚嫁的男友王蜀光也病逝。陳衆清楚我們兩邊的情況及遭遇，覺得我們倆人很合適，正好和元也找到工作，便居中牽線，鼓勵我們通信。後來和元告訴我，他收到我的第一封回信時就覺得好溫暖，他絕不放手。

　　1973 年，通信 6 個多月時，正好有個短期進修的機會，我去了英國倫敦，本打算結束後，在倫敦簽証，轉往美國，無奈簽証未過，本打算留在倫敦繼續進修一些別的課程，就在這時，傳來和元父親被證實得了胃癌，和元想回來看望父親，也很想見到我，要我也回臺北，兩方家長也希望我們趕快結婚。我在倫敦進修 6 個星期，告一段落後，在 1973 年 12 月 10 日回到臺北，10 天後和元從美國回來，我們 12 月 22 日在法院公證結婚，當時我們倆人各跑半個地球回來，都很累，爸爸又在醫院，也不在乎沒有婚禮，沒有婚宴，也沒有蜜月。12 天後和元就返回美國了。

　　第 2 年，1974 年夏我赴美國德卅 Dallas 跟和元團聚，兒子虞先恒（Henry）在 1975 年出生，三年半後女兒虞先怡（Katie）也加入了我們的家庭。48 年的婚姻生活，他談不上浪漫體貼，但為人真誠，溫和且敦厚，我們的家庭溫馨且和諧。很感謝好友陳衆熱心的促成我們的婚姻，也很懷念這位英年早逝的好友。

　　兒子先恒在柏克萊（Berkeley）加大 EECS 電機電腦雙主修，畢業後到 Intel 公司工作至今，中間也半工半讀由公司資助完成碩士學位。先恒（Henry）在 Intel 公

司本來是走 management 路綫的，做到 Technical
Manager，後來有個好機會，他轉換到專心 Technical 的
路綫，現職是 Senior Principal Engineer，相對於
management 路綫的 Senior Director 職位，負責 Intel 所
有 server products 的技術執行。先恒在 2009 年結婚，媳
婦 Michelle 在大陸時是位年青的婦產科醫生，比較晚來
美國，努力考了四個執照，在兩家不同的醫院工作，努
力又認真，很得上司疼惜，盡力栽培。2012 年得一子
Dillon，現 9 歲，小學三年級。兩年後再生一女兒 Sophia，
現是一年級生。

女兒先怡大學唸經濟，後在南加大拿了會計碩士學
位，進入世界最大會計師樓 PriceWaterhouseCoopers 工
作三年，也考了 CPA 執照，後轉入工業界工作，還半工
半讀唸了 MBA 學位。先怡在 2010 年結婚，女婿 Richard
現在一家中小號的科技公司任 CTO，Vice President。
2012 年得一子 Joey，現 9 歲半，小學四年級生。2015 年
再生一子 Mikey，現是一年級生。

Katie（先怡）及 Rich 在工作之餘，還 part time 在
不同大學，不同領域當 adjunct professors。Katie 曾在
Santa Clara University 教了一學期的 Accounting 課。2015
年全家搬去波士頓後，Rich 也在 Northeastern University
教一門 Engineering 課，教了三學期。

我在師大唸的是國文系，來美後在兩個不同的社區
大學選修會計及電腦課，後來又到 UT-Austin 修了一些
Business 課，因為來美較晚，又忙生兒育女，加上和元
的事業正在往上衝，也常搬家，我在美國外出正式上班，
加起來不到 8 年。他當著孩子的面說，我留在家裡，比
出外賺錢要貢獻大得多。從此專心做專職家庭主婦，全
心相夫教子。記得結婚 15 週年紀念日，他買了個 Omega
手錶送我，把兩個小孩叫到書房告訴他們，這 15 年來，

媽媽很辛苦，對家裡貢獻很大，他要送我手錶慶祝結婚紀念日，並且謝謝我。這番話令我很感動，還偷偷落淚。當時我已多年沒有出去工作賺錢，尤其他能在孩子面前，對我表示尊重感謝，我相信他這樣做，給了孩子們很好的示範及榜樣，也讓他們學到對我的尊重及感謝。

　　很多年後，不記得是在什麼情況下，我把這故事跟好友陸萍說了，她先生楊耀武在旁邊也聽到，他說，老虞，你是不是假裝不會說話，其實你很會說話，老虞在一旁很得意。和元平時沈默寡言，是公認的不愛說話，不會說話。陸萍照顧五位老人（父母，公婆及一位沒有子女的姑姑）的故事，我也時常用來勉勵自己，真是不容易，令人佩服。

3) 48 years of marriage and family with Chi-Yuan Yu

When I met Ho-yuan Yu and Chen Zhong in 1965, they were not only in the same class at Cheng-Kung University majoring in Electrical Engineering, but they were also about to graduate from the master's class at the Institute of Electronics, Jiaotong University. They were preparing to go to the United States to continue their Ph.D degrees. Ho-Yuan Yu was already engaged to Gao Mingyuan before going to America, and I was still in college.A lot happened in those years. We had mutual friends, so we knew about each other's news indirectly. Unfortunate things kept happening during that time. Ming Yuan went to the United States in the summer of 1968 to reunite with Ho-yuan, but she passed away in the United States at the end of 1968. I heard that Ho-Yuan Yu did not handle things well. He was unemployed for a while and lived at his sister Ho-Jane's home in New Jersey for a long time.At the end of 1969, my boyfriend at the time, Wang Shuguang, who I thought I was going to marry, also passed away. Chen Zhong was aware of these events happening to both of us. He thought the two of us would be a good fit, so when Ho-Yuan found a job, he encouraged us to communicate to each other. Later Ho-Yuan told me that when he received my letter, he felt so warm, and he never wanted to let go.

In 1973, after more than 6 months of correspondence, I had an opportunity for a short-term study abroad. I went to London, England. I planned to apply for a visa in London and transfer to the United States after, but unfortunately the visa was not issued. I planned to stay in London to continue studying. At this time, it was reported that Ho-Yuan's father was diagnosed with stomach cancer. Ho-Yuan wanted to come back to see his father and also wanted to see me. He really hoped I would go back to Taipei - both our parents wanted us to get married as soon as possible. I studied in London for 6 weeks, and after a break, I returned to Taipei on December 10, 1973. 10 days later Ho-Yuan came back from the United States, and we got married at court on December 22. At that time, we both traveled halfway around the world to come back. We were very tired. Dad was in the hospital again, and having a wedding was not a priority. Thus, we did not have a wedding reception or honeymoon. Ho-Yuan returned to the United States after 12 days.

In the second year, in the summer of 1974, I went to the United States to reunite with Ho-Yuan in Dallas, Texas. Our son, Henry, was born in 1975, and three and a half years later, my daughter Katie also joined our family.

Throughout 48 years of marriage, Ho was not the romantic and thoughtful type, but he was sincere, gentle, and honest. Our family was warm and harmonious. I'm very grateful to our friend Chen Zhong for his kindness in pulling us together, but I also miss him as he died young.

Henry double majored in EECS electrical and computer at Berkeley. After graduating, he worked at Intel and after 25 years – is currently a Senior Principal Engineer, responsible for technical execution for all Intel server products. He also got his master's degree after studying part-time, which was funded by his company. Henry got married in 2009. My daughter-in-law, Michelle, was a young obstetrician and gynecologist in mainland China. She came to the United States relatively late. She worked hard to get four licenses and worked at two different hospitals. She worked very hard and earnestly. In 2012, they had a son, Dillon, who is now 9 years old and is in the third grade of primary school. Two years later, their daughter Sophia was born. She is now a first-grade student in primary school.

Our daughter, Katie, studied economics at the University of California, San Diego. Right after graduating, she got a master's degree in accounting at USC, and entered one of the world's largest accounting firms, PricewaterhouseCoopers. After working for three years, she also received her CPA license, and then transferred to the industry to work. While working, she also got her MBA degree studying part-time. Katie got married in 2010, and my son-in-law, Richard, is now the CTO and Vice President of a small and medium-sized medical device company. In

2012, they had a son, Joey, who is now 9 and a half years old. He is a fourth grader in elementary school. In 2015, she gave birth to a son, Mikey, who is now a first grader.

Katie and Richard also both taught part-time as adjunct professors for different universities based on their work experience. Katie taught accounting at Santa Clara University for one semester. After moving to Boston in 2015, Rich taught an engineering class at Northeastern University for three semesters.

I studied Chinese at Normal University. After I came to the United States, I took accounting and computer courses at two different community colleges. Later, I took courses at UT-Austin. Because I came to the United States late, I was busy with having children, and Ho-Yuan's career was on the rise, I only worked officially in the United States for less than 8 years in total. One day, Ho said in front of the children, that by me staying at home, I would contribute much more to the family than by working. Since then, I have concentrated on being a full-time housewife, and devoted myself to my husband and children. I remember that on our 15th wedding anniversary, he bought an Omega watch for me, and called the two children to the study room and told them that for the past 15 years, their mother has worked hard and contributed a lot to the family. He wanted to give me a watch to celebrate our wedding anniversary and thank me. This remark moved me so much that I secretly cried. At that time, I had not worked and earned money for many years. For him to say this in front of the children, it showed respect and gratitude to me. I believe that he set a good example and was a role model to the children and taught them to respect and appreciate me.

Many years later, I told this story to my friend Grace Yang, and her husband Yang Yaowu also heard it. He said, "Lao Yu, are you pretending you can't speak, but you're actually very good at speaking?" Lao Yu was very proud at that moment. Ho-Yuan is usually taciturn, and he does not like to talk and cannot speak socially. Lu Ping takes care of five elderly people (parents, in-laws and a childless aunt). I often think of this story to encourage myself – what Lu Ping did was not easy, and it is admirable.

4. 工作及事業

在我跟和元結婚前，也聽說了他在工作上不順心，我跟他通信時，他是在德州達拉斯（Dallas）的 SMU 做 post doctor 的工作，後來轉入工業界，做過 Varo Semiconductor Inc.，Texas Instruments (TI)，AMD 及 Motorola，從最初級的 Engineer 升到 Section Manager 再升到 Engineering Manager。

和元在 Motorola 公司有一位很好的上司 Dr. Al Tasch，是他從 AMD 把和元招攬到 Motorola 的，很重用他。和元在工作上，向來得到我充分的支持，有一次他跟 Al 早上 7 點有重要的 meeting，前些天下了很多雨，路面起了很多洞，他出門不久，車子的一個輪子就陷入洞中，無法動彈，幸好離家不是太遠，於是他走回家告訴我怎麼回事，要我自己想辦法，就把我的車子開走了。我不但要送兩個孩子上學，我自己在 UT 也有課都要用車，我走到現場，招手請求幫助，一位高大的美國人，下車來幫我推車，這才解決了困境。事後和元告訴 Al 這件事，當晚就帶回了 Al 手寫的字條，他說我對和元工

作的支持，就是對他及公司的支持，非常感謝我。之後，我又收到一些類似的字條。

1984 年底，和元的好友也是矽谷名人王寧國博士，推薦他加入了臺灣的國善半導體公司，任研製部門副總經理，這公司成立在台積電 TSMC 之前，和元覺得是很有意義的事，充滿了理想及熱情，Al 知道後，也覺得是件有意義的事，並沒有阻止他去，不過他告訴和元，如果在海外工作不順利就來找他。我們也舉家遷臺，住在新竹科學園區，兩個孩子也在實驗小學雙語部上學。一年多後，張忠謀先生開始了台積電公司的大計劃，得到臺灣政府的鼎力支持，這也跟國善公司後來的解散有直接關係，因為國善的資金也主要來自政府。就在此時和元將情況告訴了 Al，他說如果真要回美就要快，因為他自己很快就會離開 Motorola，另有高就。於是他用最快最好的 package 把我們搬回美國德州 Austin，和元又回到了 Motorola 工作。我還在臺北中山北路一家紅木傢俱店，買了一套上好的紅木傢俱帶回美國，也是個紀念，至今我都很珍惜它。

這件事，很多人都認為我們很幸運，有 Al 幫忙，他可不這麼想，他說他很高興為 Motorola 找回了人才。Al 跟和元同年紀，但是不幸他不到 70 歲就病逝了。我們很懷念這位好上司，也一直很感謝他對我們的照顧。

回來後的日子是忙碌的。和元將有新的上司，我們心裡都準備好，不論這位新上司好不好，都要好好工作，感謝老天爺，新上司是 Motorola 總公司派來的 Jack Saltich，非常好的一個人，也很重用和元。1980 年代，日本的半導體業非常興盛，幾乎或甚至超越了美國的半導體業。當時 Motorola 跟日本的 Toshiba 公司有個合作的大項目，和元是主要負責人之一。兩邊的團隊輪流在日本及美國 meeting，討論事宜，也有在夏威夷碰面，說

是一邊討論一邊渡假。有一次又該和元他們去日本，因天熱，我特地去幫和元買了一件米色的西裝外套，和元回來後跟我說，那天晚宴，穿淡色上裝的僅有他和 waiter 們，我有點過意不去，幸好他不在意。在美國，夏天很多人穿淡色西裝，我沒想到，在亞洲國家還是都穿深色西裝。

我在臺灣一年多的時間，可沒閒著，新竹科學園區裡有很多美國回去的太太，她們很多都在學習才藝，我選了學習國畫及日語，我不覺得自己有什麼天份，但我感覺到，在臺灣的時間恐怕不會太長，很珍惜這難得的學習機會，非常努力學習。回到美國德州後，我找了老師，繼續學國畫及日語。

新的日語老師是一位日本太太，先生是美國人，所以平時我們是用英文交談，但主要是學日語會話，教材很靈活，就是日常生活中身邊的事物。有一次是輪到日本 Toshiba 團隊來美國跟 Motorola 團隊會談，這次來了 8 位日本人，來往多次，也很熟了，和元想請他們來家吃個飯，通常和元要請人來家吃飯，我都不會拒絕的，因為和元不善交際應酬，不會喝酒也不會打高爾夫球，就是請朋友同事來家吃飯聊天。我把這事告訴我的日語老師，她聽了很興奮，說就用這個當教材，她告訴我日本人喜歡吃什麼樣的菜，把菜單擬好，教我怎樣用日語介紹這些菜，還教禮節及如何用日語招待客人，我忙了兩個星期，還加課練習。我自認為當天表現不錯，和元也很高興，日本客人不會在乎我的日語講得好不好，但我確定他們感受到我們的親和及友善，而我又得到一次實實在在練習日語會話的機會。

兩個孩子跟著我們越洋搬家換學校，適應得不錯，在臺灣的那一年多，中文猛進，我們也就近帶他們到日本及香港玩，增廣視野。我們回到德州 Austin 很好的學

53

區,離開美國時,先恒的數學及英文都是在 Gift program,
雖說在臺灣新竹科學園區時,讀的是雙語部,但是英文
所學跟美國 Gift program 英文相差甚遠。先恒回美後,
上 6 年級是到 Canyon Vista Middle School,因為離開才
一學年,所以可以再回到原來的 Gift program,我是又
高興又緊張。他的數學在班上稱冠,但是英文著實吃力。
我的英文也有限,但我用我自己的方法鼓勵他,幫助他,
一年下來他已駕輕就熟。初中畢業時被老們推選為 Mr.
Mustang,(每個學校都有自己的象徵物,老師們也選出
一位 Miss Mustang),這是畢業生最大榮譽。因為先恒
以優異的成績初中畢業,收到在 Dallas 的 Southern
Methodist University 的邀請去唸 Summer School,為期
8 週。我們覺得是一個磨練的機會,他自己也願意去,
因此在 1989 年 6 月我們搬家來加州的路上,先帶先恒
去學校,報到並住進學校宿舍。我們也拜托一位和元在
德州儀器公司的一位同事老朋友 Dr.沈其昌幫忙就近照
顧,他每個週末都去帶先恒出來吃飯談談,看看有沒有
什麼需要幫忙的,讓我們放心很多,結束時還將先恒送
上飛機,自己飛來加州的新家。就 8 週未見,我們很明
顯的看見先恒的成長。真是非常感謝沈其昌夫婦的幫忙
與照顧。

　　我的女兒先怡回美後唸二年級,一年後她的英文,
數學兩門課也都進了 Gift program。說到我自己,我是
師大國文系畢業,加上這一年在臺灣親身體驗了中文的
教育方式,於是義不容辭的接下了奧斯汀中文學校校長
的職務。另外,我也在 UT-Austin 選些課以充實自己。
總的來說,當初賣傢俱賣車子是打算在臺灣住好幾年
的,沒想到國善沒有成功,我們僅住了一年四個月,越
洋搬家是很折騰,但是我感恩這次的機會讓孩子們有所
成長,增加了適應力,我們還是收穫不少。

　　兩年後，和元在 Motorola 的上司 Jack Saltich 以高薪高職加入了在加州矽谷的 VLSI Technology Inc.。再一年後，Jack 又把和元聘來了加州矽谷工作，職位升至 Director。這裡好學區的房價是當時在德州 Austin 的 3，4 倍，而我們在 Austin 房子又賣不掉，手上存款也不是那麼多。這時和元去請教一位朋友 Dr.王寧國，他在矽谷很多年了，在大公司裡任很高職位，見多識廣，他給和元分析及建議，我們覺得很有道理，便向 Jack 說明了我們的困境及需求，Jack 又向他的上司 Dr. Jim Fiebiger 爭取一個 package，讓我們能夠在好學區買下房子，又照顧我們在 Austin 的房子，一直到賣掉為止，讓我們安心定下來，和元才能全心投入工作。1989 年暑假，我們全家搬進 Saratoga 的新房至今。先恒來此唸 9 年級，先怡唸 5 年級。剛搬來矽谷時，人地生疏，幸好王寧國時常介紹一些矽谷的精英給和元認識，其中有一位 Dr.母曉春，對和元後來創辦 Mobius Green Energy Inc. 及 Lovoltech Inc.有直接的關係。

　　另外也有一件令人興奮的事，和元當年在新竹交大讀碩士時，清華碩士班一位學生周仁章時常因共同科目一起上課，兩人很談得來，成了好朋友。後來周仁章留學德國，和元留學美國，就失去了聯絡，沒想到 27 年後竟然在矽谷這裡重逢，我還記得和元高興的樣子。和元以前就跟我說過，周仁章僅比他大幾歲，但對人生體驗很深，比起他來，和元說他自己好像什麼都不懂。周博士和太太王琳娜都是留學德國的，非常熱心公益，對教會也投入很多心力，有很多值得我們學習的地方。

　　在工作上，我對和元是全力支持的，這一點 Jack 和 Jim 非常清楚，也對我表示感謝。有一次我們全家去遊歐洲 2 星期，Jack 的太太 Pam 來家幫我們餵食魚缸的魚，還澆水家裡及室外的一些盆景植物，她說謝謝我們

為 Jack 及公司這麼認真努力工作，她很高興能為我們做點什麼。Pam 跟我偶而也單獨出去吃飯，是我遇過最好的上司太太，也成了朋友，相互間有尊重，也有瞭解。

　　和元沒有讓公司失望，他扭轉了公司在德州新廠的危機，立了功。1992 年 Jack 離開了公司，和元接替他的職位，升至 Vice President of Technology Development Department。在公司裡位子愈高愈少，爭搶的人也愈多，在被排擠下，加上公司最上層打算把 TD 部門遷往他州，和元在 1995 年夏不得已離開了公司，從此走上創業之路。

4) Work and career

Before I married Ho-Yuan, I heard that he was not doing well with his work. When I corresponded with him, he was working as a post doctor at SMU in Dallas, Texas, and later moved into industry and worked at Varo Semiconductor Inc., Texas Instruments (TI), AMD and Motorola, from the most basic Engineer position to Section Manager and then to Engineering Manager.

Ho-Yuan had a very good boss at Motorola, Dr. Al Tasch, who recruited Ho-Yuan to Motorola from AMD and relied on him very much. Ho-Yuan has always received my full support in his work. Once he had an important meeting with Al at 7 am. It rained a lot the other day and there were many holes in the road. Not long after he left, one of the wheels of his car got stuck in a hole. He couldn't get it to move, but luckily, he wasn't too far from home, so he walked home and told me what was going on. He asked me to handle the car situation and then drove my car away. Not only did I have to still send my two children to school, but

I also had to use a car for classes at UT. I walked to where the car was stuck and beckoned for help. A tall American got out of his car and helped me push the car, which solved the dilemma. After Ho-Yuan told Al about this, he brought back a handwritten note from Al that night. He said that my support for Ho-Yuan's work means support for him and the company. He thanked me very much. After that, I got a similar note again.

At the end of 1984, Dr. Wang Ningguo, a friend of Ho-Yuan, who was also a celebrity in Silicon Valley, recommended him to join Quasel Semiconductor Corporation in Taiwan as Vice President of the Manufacturing Department. After learning about his ideals and enthusiasm, Al also felt that it was a meaningful opportunity, and did not stop him from going, but he told Ho-Yuan to come to him if the work overseas was not smooth. We moved our family to Taiwan and lived in Hsinchu Science Park. Our two children studied in the bilingual department of the experimental primary school. After more than a year, Dr. Morris Chang started the formation of TSMC, which received the full support of the Taiwan government. The rise of TSMC directly correlated to the subsequent dissolution of Quasel Company, because Quasel's funds also mainly come from the government. At this time, Ho-Yuan told Al about the situation. Al said that if he really wanted to go back to the United States, he would have to hurry, because he himself would soon be leaving Motorola - so he moved us back to Austin, Texas with the fastest and best package, and Ho-Yuan returned to work at Motorola. I was able to bring a set of high-quality mahogany furniture back to the United States. It was also a souvenir. I still cherish the set to this day.

In this case, a lot of people would think that we are lucky to have Al help us. However, Al did not think so. He said that he is very happy to have the talent back for Motorola. Al was the same age as Ho-Yuan, but unfortunately, he died before he was 70 years old. We miss this good boss very much and are always grateful for his care for us.

The days after returning to the United States were busy. Ho-Yuan had a new boss, and he was prepared to work hard regardless of whether the new boss was good or not. Thankfully, his new boss was Jack Saltich, sent by the Motorola head office. Jack is a very good person, and also very important to Ho. In the 1980s, the semiconductor industry in Japan was very prosperous, almost or even surpassing the semiconductor industry in the United States. At that time, Motorola had a large cooperation project with Japan's Toshiba Company, and Ho-Yuan was one of the main leaders. The teams from both sides took turns meeting in Japan and the United States to discuss matters. They also met in Hawaii, saying that they were on vacation while discussing. Once again, it was time to go to Japan with Ho-Yuan and the others. Because of the hot weather, I went to buy a beige suit jacket for Ho-Yuan. After Ho-Yuan came back, he told me that at the dinner party that day, he and the waiter were the only ones wearing light-colored tops. I was a little embarrassed, but fortunately he didn't care. In the United States, many people wear light-colored suits in summer. I did not expect that in Asian countries, dark suits are still worn.

We were only in Taiwan for a little more than a year, but I was not idle during this time. The Hsinchu Science Park had many wives who returned from the United States. Many of them studied different hobbies. I chose to study Chinese painting and Japanese. I didn't think I had any talent, but I felt that since my time in Taiwan would not be too long, I cherished this rare learning opportunity and studied very hard. After returning to Texas, I found teachers and continued to learn Chinese painting and Japanese conversation.

My new Japanese teacher was a Japanese lady, and her husband was American, so we usually talked in English, but she taught me Japanese conversation. The teaching materials were very flexible and focused on the things around us in daily life. One time, it was time for the Japanese Toshiba team to come to the United States to talk with the Motorola team. This time, 8 Japanese people came here. By this point they had come and gone many times, and they are all familiar with each other. Ho-Yuan wanted to invite them over for a meal at our house. Usually, if Ho-Yuan wanted to invite people to come to our home to have a meal, I would not refuse. Since he is not good at socializing, and he doesn't know how to drink or play golf – Ho just likes to invite friends and colleagues over for dinner and to chat. I told my Japanese teacher about this. She was very excited and said that I should use this as a learning opportunity. She told me what kinds of dishes the Japanese liked to eat, prepared the menu, taught me how to introduce these dishes in Japanese, and she also taught me etiquette and how to entertain guests in Japanese. I was busy for two weeks with extra classes to practice. I thought the dinner turned out well, and Ho-Yuan was very happy. The Japanese guests didn't care if I spoke Japanese well, but I'm sure they appreciated the effort and friendliness, and I got another chance to practice Japanese conversation.

Our two children moved overseas with us and changed schools, and they adapted well. During the more than one year in Taiwan, their Chinese language made great progress. We also took them to Japan and Hong Kong to see and broaden their horizons. We returned to a good school district in Austin, Texas. When we left the United States, Henry's mathematics and English were both in the Talented and Gifted program. Although they studied in the bilingual department when we were in the Hsinchu Science Park in Taiwan, their English program was not on the same level as the gifted program in the United States. After Henry returned to the United States, he went to Canyon Vista Middle School for grade 6. Since he was away for only one academic year, he was able to return to the original Gifted program. I was both happy and nervous. His mathematics is the best in the class, but his English was struggling a little. My English is also limited, but I encouraged him and helped him in my own way. After a year, he became caught up. He was elected as Mr. Mustang by his class when he graduated from junior high school. Mr. Mustang, (the school's mascot), is the greatest honor for graduates. Because Henry graduated from junior high school with honors, he received an invitation from Southern

Methodist University in Dallas to study at Summer School for 8 weeks. We thought it was a great opportunity, and he was willing to go, so when we moved to California in June 1989, we first took Henry to the school, and he lived in the school dormitory. We also asked an old friend, Dr. Shen Qichang, a colleague and Yuan's colleague at Texas Instruments, to help take care of Henry nearby. He took Henry out for dinner every weekend to see if there is anything he needed help with. We were very relieved. At the end of the day, Henry took the plane and flew to his new home in California. We hadn't seen each other for 8 weeks, and we can clearly see his growth. I am very grateful to Shen Qichang and his wife for their help and care.

My daughter Katie returned to the United States and went to the second grade. A year later, she also entered the Gifted program for both English and mathematics. Speaking of myself, I graduated from National Normal University, and I have personally experienced the Chinese education method in Taiwan, so I felt it was my duty to take over the position as principal of the Austin Chinese School. Also, I was taking some classes at UT-Austin to enrich myself. In general, when we were selling our furniture and cars to move to Taiwan, I planned to live in Taiwan for several years. I didn't expect Quasel to fail. We only lived there for one year and four months. Moving across the ocean was a lot of trouble, but I am grateful for this opportunity for the children to grow and increase their adaptability. We still gained a lot from this experience.

Two years later, Jack Saltich, Ho-Yuan's boss at Motorola, joined VLSI Technology, Inc. in Silicon Valley,

California with a high salary and a high position. One year later, Jack hired Ho-Yuan to work in Silicon Valley, California. The position was promoted to Director, which was a great opportunity. However, the house price in the school district that we wanted was 3 or 4 times what it was in Austin, Texas at the time, we couldn't sell our house in Austin, and we didn't have much savings on hand. At this time, Ho-Yuan went to ask his friend, Dr. Wang Ningguo, for some advice since he had been in Silicon Valley for many years. He held a high position at a large company and had a lot of knowledge. He gave Ho-Yuan some analysis and advice. We thought his advice was very reasonable, and we explained to Jack our dilemma and needs, and Jack asked his boss, Dr. Jim Fiebiger for a package that would allow us to buy a house in a good school district and take care of our house in Austin until it was sold, so that we could settle down and Ho-Yuan could devote himself to his work. In the summer of 1989, our family moved into our new house in Saratoga. Henry came here to study 9th grade, and Katie was in 5th grade. When we first moved to Silicon Valley, we didn't know anyone. Fortunately, Wang Ningguo often introduced some Silicon Valley elites to Ho-Yuan. Among them was a Dr. Mu Xiaochun, whose relationship with Ho-Yuan later helped him establish Mobius Green Energy Inc. and Lovoltech, Inc.

Another exciting thing is that when Ho-Yuan was studying for a master's degree at Hsinchu Jiaotong University, he and Chou Jen-Chang, a student in the master's class of Qing-Hwa University, often took classes together because of common subjects. The two got along very well and became good friends. Later, Chou Jen-Chang studied in Germany, and Ho-Yuan studied in the United States, and they lost contact. I didn't expect for them to meet again here in Silicon Valley 27 years later. I still remember how happy we were to find out. Ho-Yuan had told me before that Chou Jen-Chang was only a few years older than him, but he had deep life experience. Compared to him, Ho-Yuan said that he didn't seem to understand anything. Dr. Chou and his wife, Wang Linna, both studied in Germany. They are very enthusiastic about public welfare. They also put a lot of effort into the church. There is a lot for us to learn from them.

At his work, I fully supported Ho-Yuan, which Jack and Jim were very aware of and thanked me for. Once, our family went to Europe for 2 weeks, and Jack's wife, Pam, came to help us feed our fish, and also watered some bonsai plants in our home and outdoors. She said she is very glad to help to thank Ho for his hard work for Jack and the company. Pam and I occasionally went out to lunch together. She is the best boss's wife I have ever met, and we became friends with mutual respect and understanding.

Ho-Yuan did not let the company down. He reversed the crisis in the company's new factory in Texas and made great contributions. In 1992, Jack left the company and Ho-Yuan succeeded him and was promoted to Vice President of Technology Development Department. The higher the position, the fewer opportunities are available. There were so many people fighting for his position, plus the top management of the company planned to relocate Ho's department to another state. Ho-Yuan had to leave the company in the summer of 1995 and embarked on the road of entrepreneurship.

5. 專利及創業

　　好友母曉春的父親，母國光先生，當時是天津南開大學的校長，他僅大和元十歲，是長輩，更像兄長，兩人十分投緣，由母曉春牽綫，南開大學，朱經武教授，及虞和元三方成立了 Mobius Green Energy Inc.－莫比士綠色能源公司，做鎳氫電池也研發鋰電池。1995 年夏和元離開美國公司後就加入莫比士公司任 CEO，朱教授任 Chairman，總公司在加州矽谷，工廠在天津，主要投資人在臺灣，當時最大投資人是裕隆汽車公司，我們的親人朋友也有投資，我的弟弟繼徽扮演重要角色，和元的堂哥虞和允，因有多年工廠經驗，任職廠長。

　　開工典禮上，楊振寧博士及陳省身教授都來捧場慶賀，當時天津帶給我十幾份報導，顯見這在地方上是件大事並被重視。那個時候，中國大陸的生活條件還不是很好，常常沒有熱水。王寧國來北京出差時，會繞到天津來看老虞，也會帶他去洗熱水澡。日子是辛苦的，但大家做得很有勁。莫比士慢慢有了一點名氣，也引來了有心人，開始上演爭權奪利的事。和元身為 CEO，我覺得他犯了一個大錯，他花太多時間精力在研發上，研發是他的最愛，他在研發上，也確實做出些成績，但在 CEO 職位上，他就沒有處理得很好，給了有心人有機可乘。一年多後和元任用了一位學歷條件都非常好的年輕人，Stanford 的博士又有 MBA 學位，父親又在臺灣任大官，跟在和元身邊一段時間後，升職任 CFO。這時他的野心開始顯露出來。裕隆投資時，就有伏筆，他可能會繼續投資第二筆錢，用這方法保住股價不會增加。這位新的 CFO 經常去跟投資人說些不好不利於和元的話，要改

革，要重整公司，等他把公司整頓好，資金再進來，就
這樣把和元逼走。朱經武跟虞和元先後離開公司後，莫
比士失去了光芒，不再吸引人，兩年後，莫比士也消失
了。我們有很多親人朋友都投資了莫比士，當時這項目
的確是前途看好的，沒想到下場如此，親人朋友的投資
血本無歸，我們深感抱歉，很對不起大家。

　　1997 年底，和元離開了莫比士公司之後，在臺灣找
了零星的 consulting 工作。之後，一位在南非的朋友（英
國人）介紹和元認識了當地一位政府官員，他們很有興
趣跟美國矽谷的公司合作項目，我還跟和元跑了一趟南
非。我們買的是便宜機票，從舊金山先飛到洛杉磯，再
搭國泰航空飛到香港，這已飛了 13 個多小時了，幸好
我弟弟繼徽的公司在香港有員工宿舍，我們在那裡休息
了數小時，再經過 12 小時的飛行，抵達南非的約翰尼
斯堡，住在 Pretoria，這是一個美麗的城市，我在這裡看
到的白人，比在加州看到的還多，因為這裡很少東方人，
又非黑人區。沒有多久之後，南非有三位政府的人（當
時南非還是白人政策）到訪矽谷，和元這邊也有兩位美
國朋友加入討論，我看他們是認真的，這讓我非常緊張
害怕，我極力反對跟阻止，我覺得那是超出我們能力範
圍的事，和元被我堅決鬧了幾次之後，也就停止了進行。

　　1998-1999 年和元參加了一家國際的 Consulting
Firm，是以前和元在 AMD Austin 的大上司 Frank
DiGesualdo 介紹的，他在 AMD 退休後就加入了這家公
司，他們這組有 6 個人，分成 3 組，每次 2 人輪流排班
去瑞士一家公司做技術指導，是在一個小城 Neuchatel，
和元跟 Frank 在一組，那時 Frank 的太太 Jane 已經發現
有乳癌，也已治療好了，Frank 不願自己整天不在家，也
不放心太太，瑞士的空氣及風景都那麼好，所以 Frank
每次去，都把太太帶著，倆人感情很好。和元總共去了

8 次，我跟去兩次，他們上班工作時 Jane 就帶著我坐火車到處走走看看，一張車票當天隨你上上下下。我們去看了明星奧黛麗赫本的墓，非常普通，這是她的遺願，她要求跟一般百姓一樣平實的安葬，她也把得到的金像獎全部捐出去，令人尊敬佩服。我印象很深的還有日內瓦，有個很美的湖，上面還有很高很美的噴水……我們還在市區逛街，吃飯，買紀念品，很懷念那樣的日子。

有一次，和元星期五下了班，Frank 送我們去火車站，我們搭快速火車從 Newchatel 4 個半小時就到了巴黎，在窗外可看到一路的風景，在瑞士境內，外面的景色清新美麗；看到外面的景色變髒亂時，就知道進入法國了，這時會有人來查看護照，就像以前在臺灣坐火車時，有人上來檢查車票一樣。在巴黎看表演，吃法國飯，還看了場電影，然後星期天下午又搭快速火車回到 Newchatel，他星期一照常上班工作。

和元有個成大同學鄭瑞卿，他在臺灣就是專利律師，他的兒子 Charles 在矽谷也是專利律師，他幫和元申請過好幾個專利，也都拿到專利。好朋友母曉春覺得其中有兩個專利，他們公司可能有興趣，是做低壓及高壓晶片，他在 Intel 工作十幾年了，職位也蠻高，Intel 的 policy 鼓勵員工推薦新技術，但這人不能在 technology evaluation team，Intel 有很嚴格的技術評估小組。曉春說既然要將新技術推薦給公司，他自己總要了解和元的專利技術到底是怎麼回事，因此從 1999 年 2 月到 4 月每個週末，都來家聽和元講解他的新技術，每次約 2 小時，曉春還要我幫他一起聽，說多一個人聽，多一個人討論，會有幫助。6 月裡他就正式推薦給 Intel 公司，當時和元就去先做一個簡單的介紹，公司有點興趣，在 7 月裡安排了正式的技術評估，和元一個人去的，Intel 有幾位專家在坐，也有電話連線問問題的，基本上，他們

抱著懷疑及否定的態度在問問題，和元需要做 defence 辯解。當時我在我們的小辦公室等他，他回來時滿臉通紅，我不敢逼問，過了一段時間，他的臉比較不紅了，我問他情形如何，他說他們認為不可能，他們也沒做過，也沒有任何證據證明不可能，我問他認為呢？他說他當然認為可能，不然在窮忙什麼？我看他這麼堅定有信心，就打電話給母曉春說虞博士僅一個要求，請 Intel 繼續提問，直到他答不出來為止，後來曉春回電說，評估小組同意繼續用書面提問題，我們感覺好些，認為還有希望。回家的路上，和元說想吃這個，想吃那個，我都買給他吃，我瞭解他是太緊張了，需要緩和一下。

　　過了一段時間，Intel 的提問，由不同的人，來自不同的地方，接著而來，大概有 28 個，最後一個是 Intel 請 Stanford 大學，一位相關領域的教授提問，由於是書面回答，和元比較從容，不是百分之百，總有超過百分之 80 都回答了。9 月裡接到 Intel 投資部門的電話，約和元去面談，告訴和元，他已通過技術評估，請和元將 management team 及 business plan 都準備好交上來。那個時候，Dr. Jim Fiebiger 正好從一家公司 CEO 位子退下來，和元就請他來擔任 Chairman and CEO，自己擔任 CTO，同時也註冊新公司 Lovoltech, Inc.。2000 年初 Intel 正式帶頭投資，還帶來一家創投公司 ACM II，LP 跟著投資，Sony 在德州的工廠願意代工生產，並把所有代工生產的費用折做投資，一切是那麼美好，第一筆 seed money $4M.在 2000 年 2 月到位。兒子先恒在 Intel 公司工作多年，有一次他無意間在公司內部的刊物上，看到 Intel 當年新投資的公司名單，上面有著 Lovoltech, Inc. 的名字，他真的很為爸爸引以為榮。

　　收到錢後，和元開始招兵買馬，他說我不是 professional 的人，最好不要加入新公司，我也樂得清閒，

就守住我們原來的小公司就好，還把我們小公司在 Santa Clara 的辦公室讓給 Lovoltech, Inc.做為起跑點。

　　母曉春比我小一輪 12 歲，住得不遠，平時都以「虞太太」稱呼我，他跟和元很談得來，是非常好的朋友。我們很感謝他兩次幫和元找到創業的機會，也很懷念這位英年早逝的好朋友。

　　在 Sony 德州廠做樣品一段時間之後，發現不如理想，和元繼續在各地尋找合適的代工廠，像台積電 TSMC 這種大公司是不會讓小公司有機會的。找了中國大陸、歐洲及日本，在英國 Wales 有一家工廠倒是合適，也進行合作，成績不錯，和元跑 Wales 8 次，我自費跟去一次，無奈這公司後來被美國一家競爭對手收購，不再做 Loveltech 的東西。沒辦法還是去日本一家工廠做，貴多了，但做得很好。這一折騰，第一個產品出來就比原來進程要晚，這一點也被後來有心人用來攻擊和元。

　　第二筆資金$23M.到位後，公司內部出現了爭功奪利的現象，和元整天東奔西跑，心有餘力不足，Jim 好像指揮不動他自己找來的做 Marketing 及 Sales 的 V.P.，是一個英國人。產品已經出來了，他沒一點作為，還說了一句很可笑的話，他說要是產品像 Ho Yu 說的那麼好，怎麼沒有看到有人排長龍來購買。本來 Sales 不該和元管，但總要想辦法，還是和元將產品賣給臺灣的華碩公司，說好以後還可繼續增加購買數量，這下惹怒了那位 Sales/Marketing 的 VP，以後他就一直找和元的麻煩。2004 年 Jim 也是因為公司沒賺錢，而被董事會施壓而離職，新來的 CEO 剛開始還好，後來招來一批自己人，還帶來自己的技術長，加上那位找和元麻煩的英國人 VP，自成一個圈子，和元根本招架不住。2005 年 5 月和元被迫離開自己創辦的公司，不光是他，我的心也很痛……

接下來一段時間，和元沒有工作，在家寫專利，又申請了兩個專利，他很得意的告訴我，他的新專利比以前給 Lovoltech 申請拿到的專利還要 powerful，他在 Lovoltech 幾年裡幫公司拿到幾十個專利，其中有一個 High Speed 300 volt Rectifier 的專利，後來 Lovoltech 的新技術長將兩個 300 volt 加在一起，變成 600 volt，就靠賣這個做 business。和元告訴我，新的專利可以一顆就有 600 volt，兩顆加在一起成 1200 volt，可以用在電動汽車跟高鐵上。我還記得他興奮的樣子，不管是真是假，有個夢想總是好的。

2，3 年後 Lovoltech 公司經營不善，賤賣給一家中型的美國公司，唯一值錢的也就是那些專利技術，那個技術長和一位工程師跟了過去，其他人都不要。收到的一點錢，分給那些真正投錢的 Preferred Stock 的投資人，和元手上大把的 Common Stock 技術股變成廢紙，我們一分錢都沒有拿到。

Jim Fiebiger 離開 Lovoltech 後在多家公司任董事，正好也在這家收購 Lovoltech 的公司任董事，他在董事會上推薦和元那個 600 volt 的新專利技術，CEO（印度人）很有興趣，還找和元去面談三次，跟他一起吃午飯。無奈公司的 CTO 技術長反對，那個從 Lovoltech 跟過去的技術長，不但把和元所做的技術 credit 全說成是他的，還從不說和元一句好話，他就在收購公司的技術長手下做事，兩個都是英國人，他們反對也不是太奇怪的事。同樣的事也發生在另外一家公司，CEO 很有興趣，但 CTO 反對。

2011 年 4 月，兩個孩子給他們爸爸做七十歲生日宴，來了很多朋友，Jim Fiebiger 夫婦及 Jack Saltich 夫婦都來了。他們都有致詞，Jim 講了很多話，其中有一句，我很感動，他說 Lovoltech 公司雖然沒有成功，但

Ho Yu 的技術傳下去了……Jim 跟和元同年齡，4 月他還在致詞，年底就病逝了。我們很感謝他對和元的提拔和照顧，也很懷念這位老長官，也是事業夥伴，也是好朋友……

　　Jim 的那句話一直在我腦海裡，有一次我很感慨的跟和元說要不要再試試？和元本來就很想把那個 600 volt 的專利做成產品，聽我這麼說，高興得馬上開始進行聯絡。很多年後，我常在想，如果當時我沒有多說那句話，和元可能就退休了，也沒有後來洗腎這事了。

　　經人介紹，臺灣有一家 A 公司願意投資研發 prototype 並派了兩位技術人員跟和元一起做，他們也很幸運，找到一家中小型的代工廠，負責和元這項目的是一位副總經理朱榮福，他也是當年在國善團隊之一，和元很高興也放心有一位老朋友負責他的項目。每三個月和元去臺灣一趟，prototype 的研發頗有進展。當然，新技術的研發沒有那麼容易，總會碰到困難，這還是可以解決的，最麻煩是人事問題，就在和元要跟那家 A 公司續約時，這兩位工程師，因為他們自己的原因事故，被迫離開公司，結果也就沒有續約。經費成了大問題，和元不願放棄，我們傾家所有，自費負擔，我弟弟繼徽還先代墊這兩位工程師的薪水很長一段時間。更壞的消息接著而來，2013 年 9 月和元從臺灣回來後，大病一場，住院 25 天，也造成了終身洗腎。這時有一位很好的老朋友 Dr.王中樞，他是和元以前在德州儀器 TI 的同事，我們兩家先後搬來矽谷後，他也來 VLSI Technology 公司幫和元工作過，後來去了台積電幫蔣尚義工作了十年，退休後又回到了矽谷，太太王俐敏是我很好的朋友，她一直在這裡的 TSMC 工作。他們知道了和元的情況後，王中樞自願無薪幫忙和元，一幫就是兩年，和元跟我都心想，將來要是賺了錢，一定要好好補償他們夫妻

俩，很可惜和元至終都沒有這個機會，我們對他們除了感激，也很過意不去。

　　洗腎初期，醫生說他搭飛機遠行沒有問題，加上他一心記掛著臺灣未完成的項目，我踏他去了臺灣三次，每三個月一次。事先都由我大妹繼姍安排好，我們華航班機清晨 6 點抵達桃園機場，弟弟繼徽安排了我們休息住宿的地方，中午 12 點就去臺北中心診所洗腎 4 小時，也是每週三次。第二天他就精神很好，可以參加開會討論。我負責他所有的資料，自己也盡力做好 home work，陪和元一起參加開會討論。

　　不好的事情還沒有結束，當時台積電 TSMC 生意好得不得了，自己的工廠來不及生產，購買了我們正在使用的這家代工廠，他財大氣粗，馬上就停止了所有的代工。當時和元的 prototype 已進行了約 80%，當然，不想放棄。再去找個合適的代工廠談何容易，和元沒錢沒人，看盡了臉色，還被一位臺灣大官的女婿，因為他有個代工廠，把和元戲耍羞辱了一番。這時又有一位好心人想助和元一臂之力，他是 Dr.鄧海屏，他也是當年國善團隊之一。他在 Intel 公司退下來之後去了臺灣工作，在一家公司任 CEO，還把這家公司帶上市，做得很好，知道了和元的情況後，願意給和元的技術背書。他的一句話讓我很感動，他說願幫和元完成夢想。在臺灣沒找到合適的代工廠，他就幫忙和元去用他熟悉的一家在大陸深圳的代工廠，他自己的公司也是用這家代工廠，關係良好，解決了和元的困境。

　　漸漸的，和元的身體愈來愈虛弱，醫生也不讓他遠行，也不再去臺灣了，基本上他也不能做什麼，唯獨對吃很有興趣，除了一些洗腎病人的禁忌之外，我每星期都帶他去吃他想吃的東西，看他吃得很開心，我也很高興。一直到 COVID-19 不能吃館子為止。

開發新技術本來就不是簡單的事，那時大陸的半導體業還不是很好，難上加難。後來鄧海屏公司的董事長換人，董事會有人事更動，他也在不愉快的情形下，離開了公司。他的這份情誼，我們非常感動，也十分感謝。

和元在美國 56 年，先後拿到專利近 70 件，有幾個是與別人一起寫的，即使在病中，還跟別的公司共同拿到兩個專利。這些專利權大都屬於他工作過的公司，真正屬於他自己的，僅有 5 個。他也沒有因為這些專利而致富，他最終還是兩袖清風，不過他的人生是豐富的。好日子壞日子我們也都共同渡過。

5) Patents and Entrepreneurship

Our friend's, Mu Xiaochun's, father, Mr. Mu Guoguang, was the president of Nankai University in Tianjin at that time. He was only ten years older than Ho-Yuan, and he was more like an elder brother. Nankai University, Professor Zhu Jingwu, and Ho-Yuan Yu established Mobius Green Energy Inc which manufactured nickel-metal hydride batteries and also developed lithium batteries. In 1995, after Ho-Yuan left the US company, he joined Mobius as CEO. Professor Zhu served as Chairman. The head office is in Silicon Valley, California, while the factory is in Tianjin, and the main investor is in Taiwan. At that time, the largest investor was Yulon Motor Company. Relatives and friends also invested in Mobius. My younger brother Lu Chi-hui played an important role, and Ho-Yuan's cousin Yu Heyun, who had many years of factory experience, was the director of the factory.

At the groundbreaking ceremony, Dr. Yang Zhenning and Professor Chen Xingshen both came to celebrate. At that time, Tianjin had more than a dozen reports, which showed that this was a major event and was valued locally. At that time, the living conditions in mainland China were not very good, and there was often no hot water. When Wang Ningguo came to Beijing on business, he would go to Tianjin to see Ho Yu, and he would provide some living convenience for him. Those days were not easy for us, but everyone worked hard. Mobius gradually gained a little fame, and he also attracted interested people, who began to fight for power. As CEO, I think Ho-Yuan made a big mistake. He spent too much time and energy on R&D. R&D is his passion. He had some achievements in R&D, but he wasn't able to handle the CEO position very well. More than a year later, Ho-Yuan hired a young man with very good academic qualifications. He had a Ph.D from Stanford University as well as an MBA degree. His father was a high-ranking official in Taiwan. After staying with Ho-Yuan for a period of time, he was promoted to CFO. That's when his ambitions began to show. When Yulon invested, there was a foreshadowing that they might continue to invest in a second round of money. The new CFO often spread rumors about Ho-Yuan to investors. The CFO wanted to gain control of the Company and then reform and reorganize the company. By reorganizing the company, the funds would come in, and Ho-Yuan would be forced out. After Zhu Jingwu and Ho-Yuan Yu left the company successively, Mobius lost its brilliance and was no longer attractive. Two years later, Mobius also disappeared. Many of our relatives and friends had invested in Mobius. At that time, the project was indeed promising. We didn't expect it to end up like this. The investments from relatives and friends were all lost. We are deeply sorry to everyone that invested.

At the end of 1997, after Ho-Yuan left Mobius, he found a periodic consulting job in Taiwan. Afterwards, a British friend in South Africa introduced Ho-Yuan to a local government official who was very interested in cooperating with companies in Silicon Valley in the United States. I also traveled to South Africa with Ho-Yuan. We bought cheap air tickets. We flew from San Francisco to Los Angeles, and then took Cathay Pacific to Hong Kong. It took more than 13 hours. Fortunately, my brother Lu Chi-hui's company had a staff dormitory in Hong Kong, and we went there. After a few hours of rest and another 12-hour flight, we arrived in Johannesburg, South Africa, and stayed in Pretoria, which is a beautiful city. I saw more white people here than in California. Not long after, three people from the South African government visited Silicon Valley, and two of Ho-Yuan's American friends joined the discussion. I think they were serious, which made me very nervous and scared, and I strongly opposed it. I thought it was beyond our ability, but the plans were finally stopped.

From 1998 to 1999, Ho-Yuan worked at an international consulting firm, which was introduced by Frank DiGesualdo, Ho-Yuan's former boss at AMD Austin. He joined the company after he retired from AMD. There were 6 people in the group, divided into 3 groups. Each time, 2 people took turns to go to a Swiss company to provide technical guidance. They were in a small town, Neuchatel. Ho-Yuan and Frank were in the same group. At that time, Frank's wife, Jane, had breast cancer which had been treated. Frank did not wish for her to be at home alone all day and would worry about his wife. The air and scenery in Switzerland are so good, so every time Frank went, he took his wife with him. The two of them had a good relationship. Ho-Yuan went there a total of 8 times, and I went with him twice. When they went to work, Jane took me on the train to walk around and sight see, and a train ticket allows you to get on and off on the entire day. We went to see the tomb of star Audrey Hepburn. It was very ordinary, which was her last wish. She asked for a burial for ordinary people. She also donated all the awards she received, which is respectable and admirable. I am also impressed by Geneva. There is a beautiful lake with a very high and beautiful water jet on it. We went shopping in the city, ate, and bought souvenirs. I miss those days very much.

Once, when Ho-Yuan got off work on a Friday, Frank sent us to the train station. We took the express train from Neuchatel to Paris in 4.5 hours. We could see the scenery from the window the entire way. In Switzerland, the scenery outside was fresh and beautiful. Once the scenery outside became busy, you know you have entered France. At this time, someone will come to check the passport, just like when someone took the train in Taiwan before, someone came up to check the ticket. We saw a show in Paris, ate french food, watched a movie, and then took the express train back to Neuchatel Sunday afternoon. He went to work as usual on Monday.

Ho-Yuan has a National Cheng-Kung University classmate, Zheng Ruiqing, who is a patent attorney in Taiwan, and his son Charles is also a patent attorney in Silicon Valley. Charles has applied for several patents on behalf of Ho-Yuan, all of which have been granted. Good friend Mu Xiaochun thought that there are two patents that his company may be interested in, which are for low-voltage and high-voltage chips. He worked at Intel for more than ten years, and his position is quite high. Intel's policy encourages employees to recommend new technologies, but this person cannot be in the technology evaluation team. Intel has a very strict technical evaluation team. Xiaochun said that since he wanted to recommend the new technologies to the company, he always wanted to know what was going on with Ho-Yuan's patented technology. So, from February to April 1999, he came to listen to Ho-Yuan explain it to him every weekend. Xiaochun asked me to help him listen to the new technology for about 2 hours at a time. He thought it would be helpful to have one more person to listen to and one more person to discuss. He officially recommended the technologies to Intel in June. Ho-Yuan went to make a brief introduction first. The company expressed some interest and arranged a formal technical evaluation in July. Ho-Yuan went alone. Intel had several experts join the meeting. There were also people on the phone who asked questions. Basically, they were asking questions with a skeptical and negative attitude, and Ho-Yuan had to defend his technology. I was waiting for him in our small office at the time. When he came back, his face was flushed. I didn't dare to ask. After a while, his face became less red. I asked him how he was doing. He said they thought it was impossible. They haven't done it, and they don't have any proof that it's possible. I asked him what he thought. He said that, of course, he thought it's possible, otherwise what has he been busy with? Seeing that he was so firm and confident, I called Mu Xiaochun and said that Dr. Yu had only one request, and asked Intel to continue to ask questions until he could not answer. Later, Xiaochun called back and said that the evaluation team agreed to continue to ask questions in writing. We felt better and thought there was still hope. On the way home, Ho-Yuan said that he wanted to eat all these things, and I bought it for him. I knew he was too nervous and needed to relax.

After a period of time, Intel's questions came from different people and from different places. There were about 28 questions. The last one was that Intel asked Stanford University, a professor in a related field to ask questions. Because these were written answers, and Ho-Yuan is relatively calm, he answered more than 80% of the questions. In September, we received a call from Intel's investment department asking Ho-Yuan for an interview. He told Ho-Yuan that he had passed the technical evaluation and to please prepare the management team and business plan. At that time, Dr. Jim Fiebiger happened to be available. He had resigned from the position of CEO of a company, and Ho-Yuan invited him to serve as the Chairman and CEO of the new company. Ho-Yuan would serve as the chief technology officer and CTO, and also registered the new company, Lovoltech, Inc. In early 2000,

Intel officially took the lead in investing, and also brought a venture capital company ACM II, LP which followed the investment. Sony's factory in Texas was willing to do the OEM production. They received total seed money of $4M. Everything was in place in February 2000. Son Henry had worked at Intel for many years, and once he accidentally found an internal publication of the company. He saw the list of new companies that Intel invested in that year, with the name of Lovoltech, Inc. on it. He was really proud of his father.

After receiving the money, Ho-Yuan started recruiting external people. He thought it was best for me not to join the new company. I was also happy, just keeping our original small company, and supporting Lovoltech, Inc.

Xiaochun was 12 years younger than me and he lives close by. He usually calls me 'Mrs. Yu'. He got along well with Ho-Yuan and was a very good friend. We are very grateful to him for helping Ho-Yuan start 2 companies. We appreciate and miss this good friend who died young.

After manufacturing samples at Sony's Texas factory for a period of time, it became clear that the product was not meeting expectations. Ho-Yuan continued to look for suitable foundries in various places. Large companies like TSMC do not typically give small companies a chance. They found a factory in Wales in the United Kingdom. We also cooperated with each other and achieved good results. Ho-Yuan went to Wales 8 times, and I went once with Ho at my own expense. Unfortunately, the factory in Wales was later acquired by a competitor in the United States and could no longer manufacture Loveltech's products. Going to a factory in Japan was much more expensive but product quality was much better. Due to all these troubles, the first product came out later than originally planned, which was later used by people to attack Ho-Yuan.

After the second round of funding of $23M was in place, there was a power grab within the company. Ho-Yuan was still running around between Japan and US. Jim seemed to be unable to direct the V.P. he had hired to do Marketing and Sales, an Englishman. The product had already come out, but the new VP didn't generate any sales. He then blamed the technology and said a ridiculous thing, "If the product was as good as Ho Yu said, why didn't he see people queuing up to buy it?" Originally, the Sales & Marketing VP should have been working to generate his own sales, but Ho-yuan had connections and sold the products to Asustek in Taiwan and promised to continue to increase the number of purchases in the future, which angered the VP of Sales & Marketing. Later the VP of Sales and Marketing started making trouble for Ho-Yuan. In 2004, Jim was also pressured by the board of directors to leave because the company did not make any money. The new CEO was fine at first, but later he recruited a group of his own people and brought his own technical chief. In May 2005, Ho-Yuan was forced to leave the company he had founded. Not only did it break his heart, but my heart also hurt.

In the next period, Ho-Yuan did not work, but instead wrote patents at home, and applied for two more patents. He proudly told me that his new patent was more powerful than the one he applied for Lovoltech before. He had been at Lovoltech for several years and obtained dozens of patents, including a patent for the High Speed 300 volt Rectifier. Later, the new technology leader of Lovoltech added two 300 volts together to make 600 volts, which became the major business for Lovoltech. Ho-Yuan told me that one of the new patents he wrote can handle 600 volts directly, and the two can be added to make 1200 volts, which can be used in electric vehicles and high-speed rail. I still remember his excited look. Whether it's true or not, it's always good to have a dream.

After 2 or 3 more years, Lovoltech was badly managed and was sold to a medium-sized American company at a low price. The only valuables were Ho-Yuan's patented technologies. The chief technical officer and an engineer soon left as well, and there was no more passion left for Lovoltech. Because we only had common stock, any money that was returned to the investors was distributed to those that had Preferred stock. We didn't get a penny.

After Jim Fiebiger left Lovoltech, he served on the board of directors for many companies, and he happened to be a director of the company that acquired Lovoltech. He recommended Ho-Yuan's new 600 volt patented technology to the board of directors. The CEO (Indian) was very interested. Ho-Yuan went to three interviews and had lunch with him. However, the company's CTO technical chief objected. The technical chief from Lovoltech not only claimed that all the technical credits made by Ho-Yuan were his, but also never said a good word about Ho-Yuan. Ultimately the CEO was interested, but the CTO was against it.

80

In April 2011, the two kids planned their dad's 70th birthday party, and a lot of friends came, including Mr. and Mrs. Jim Fiebiger and Mr. and Mrs. Jack Saltich. They all gave speeches. Jim said a lot, and I was very moved. He said that although the Lovoltech company did not succeed, Ho Yu's technology will live on. Jim was the same age as Ho-Yuan. He gave the speech in April and died at the end of the year. We are very grateful to him for his promotion and care of Ho-Yuan, and we miss him very much. He was a great business partner and a good friend.

Jim's words have always been in my mind, and once I was very impressed and said to Ho-Yuan, do you want to try again? Ho-Yuan wanted to make the 600 volt patent into a product. Hearing what I said, he was so happy that he immediately got to work. Many years later, I often think that if I hadn't said that at the time, Ho-Yuan might have retired, and there would have been no kidney dialysis.

A company in Taiwan was willing to invest in the research and development of prototypes based on Ho-Yuan's technology and sent two technicians to work with Ho-Yuan. They were also lucky to find a small and medium-sized foundry. The person in charge of the project was Vice President Zhu Rongfu, who was also one of the Quasel team that year. Ho-Yuan is very happy and relieved to have an old friend in charge of his project. Ho-Yuan went to Taiwan every three months and the research and development of the prototype made great progress. Of course, the research and development of new technologies is not that easy, and there will always be difficulties. However, this can still be solved. The most troublesome part is related to personnel. Just when Ho-Yuan was about to renew the contract with the company that invested into the R&D of the prototypes, those 2 engineers left the company due to their own personal reasons, and as a result, the contract was not renewed. Funding became a big problem, and Ho-Yuan was reluctant to give up. We paid everything at our own expense. My brother Lu Chi-hui also paid for the salaries of these two engineers for a long time. More stern news followed. After Ho-Yuan returned from Taiwan in September 2013, he became seriously ill and was hospitalized for 25 days, which also resulted in lifelong dialysis. There was a very good old friend, Dr. Wang Zhongshu, who was a colleague of Ho-Yuan at Texas Instruments TI. After the two of us moved to Silicon Valley, he also came to VLSI Technology to work for Ho-Yuan, and then went to TSMC to work for Jiang Shangyi for ten years. After retirement, he returned to Silicon Valley. His wife, Limin Wang, is a very good friend of mine. She has been working at TSMC in Silicon Valley for a long time. After they learned about Ho-Yuan's situation, Wang Zhongshu volunteered to help Ho-Yuan without pay. He continued to help for two years. Ho-Yuan and I both thought that if we made money in the future, we must properly compensate this couple. It's a pity that in the end, there was no such opportunity. We are not only extremely grateful to them, but also very sorry that we couldn't compensate them.

In the early days of dialysis, the doctor said that he would have no problem traveling by plane. In addition, he was obsessed with unfinished projects in Taiwan. I went with him to Taiwan three times, once every three months. It was arranged by my sister, Jishan, in advance. Our China Airlines flight would arrive at Taoyuan Airport at 6:00 in the morning. My brother, Lu Chi-hui, arranged for us to rest and stay. At 12:00 noon, we would go to the Taipei Center Clinic for dialysis for 4 hours, three times a week. Ho-Yuan was in good spirits the next day. He can participate in the meetings and discussions. I am responsible for all his materials, and I tried my best to do a good job of accompanying Ho-Yuan to participate in the meetings and discussions.

　　Unfortunately, bad things continued to happen. At that time, TSMC's business was very good, and its own factory was late in production. Therefore, the boss at TSMC bought the foundry we were using. At that time, about 80% of Ho-Yuan's prototype was carried out. Of course, he didn't want to give up. It's easier said than done to find a suitable foundry. Ho-Yuan had no money. At this time, another kind person wanted to help Ho-Yuan. He was Dr. Dun Haiping, and he was also one of the Quasel team. After he retired from Intel, he went to work in Taiwan. He served as the CEO of a company and took the company to the market. He did a good job. After knowing the situation of Ho-Yuan, he was willing to endorse Ho-Yuan's technology. His words touched me very much. He said that he would like to help Ho-Yuan fulfill his dream. He didn't find a suitable foundry in Taiwan, so he helped Ho-Yuan to use a foundry in Shenzhen, mainland China that he was familiar with. His own company also used this foundry, and they had a good relationship, which solved Ho-Yuan's predicament.

Gradually, Ho-Yuan's body became weaker and weaker, and the doctor didn't let him travel far, and he didn't go to Taiwan anymore. Basically, he couldn't do anything, except that he was very interested in eating. So I took him to eat what he wanted to eat every week, and I am very happy to see him eating happily. This was until COVID-19 when we couldn't eat at restaurants.

Developing new technologies is not an easy task. At that time, the semiconductor industry in mainland China was not very good, which made it even more difficult. Later, the chairman of Dun Haiping's company was replaced, and there were personnel changes in the board of directors. He also left the company under unpleasant circumstances. We are very touched and grateful for his friendship.

Ho-Yuan has been in the United States for 56 years and has successively obtained nearly 70 patents, several of which were written with others. Even when he was sick, he was still able to obtain two patents with other companies. Most of these patents belonged to the companies he worked for. But there were only 5 patents that really belongs to him. He also didn't get rich because of these patents, but his life was rich. Good days and bad days, we got through it together.

6. 愛好及旅遊

和元不喜運動但喜歡攝影，收集的相機可不少，也有一個同樣愛好的朋友圈，沒有生病前，經常約著出去走走拍拍相片。另外他也收集鋼筆，有兩個精緻的鋼筆收集盒，是他生日時同事們送給他的。

　　和元不懂畫，但為了鼓勵我，也常陪伴我去看世界各地的畫廊及博物舘。他和弟弟繼徽共同為我辦了兩次個展，出版了兩本畫冊（第三本畫冊也在籌劃中），另外也出版了 29 年的月曆，都是用我的油畫做成的。我本來是學國畫的，並沒有什麼突出。搬來加州後，認識一位朋友齊安平，當時她正在學油畫，畫得很好，引起我很大的興趣，是她介紹了油畫大師 Stefan Baumann 給我，結果我跟 Stefan 學畫 28 年，中間也跟其他老師短期學習人像畫，因這不是 Stefan 專長。沒有老師之後我還在繼續畫，32 年了，也畫了約 400 幅油畫，畫畫已成了我生命中的一部份，像和元生病洗腎的 8 年裡，幸好有它陪伴我，帶給我信心及希望。我心裡一直很感謝這位學姐，是她帶領我進入了油畫世界。

　　旅遊是和元跟我共同的愛好，大部份是參加同學會，或參加旅行團，也有他出差時我跟著去玩，我們到過五大洋洲，亞洲，美洲，歐洲（包括北歐及 Russia），非洲及澳洲，至少 20 個國家，有些地方僅是短暫停留，也有多次到訪的，像倫敦，巴黎及瑞士我們都到訪過三次，留下美好的回憶。

　　1973 年結婚時，我公公正發現胃癌住院，和元從美國回臺灣結婚總共 12 天，我們每天去醫院看望爸爸，沒有什麼蜜月。1983 年是結婚 10 週年，我們想去歐洲補渡蜜月，當時我婆婆已從教書生涯退休，有一次她參加旅行團去歐洲玩，結果中途上當幫別人拍照，轉眼皮包就被偷走了，所有証件現金都沒了，造成很大的困擾及麻煩，她再也不敢自己參加旅行團了。這次我們就帶媽媽與我們同遊歐洲 8 國，玩得非常好。每次大家看相片時，看到和元左擁右抱兩位美女，一邊是媽媽，一邊是太太，三人笑得那麼開心，大家都說和元真有福氣。1993 年是結婚 20 週年，我們是去歐洲 4 國遊，這回把

兒子女兒也帶上，當時先恒高中畢業，已決定進入柏克萊加大，女兒初中畢業，要進入 Saratoga High，這次的旅遊，增廣了他們很多的見識，一路上聽見他們談論現景跟課本上讀到的在做比較。

6) Hobbies and Travel

Ho-Yuan never really liked sports, but he enjoyed photography. He collected a lot of cameras. He also had a circle of friends who liked the same thing. Before he got sick, he often went out for a walk to take pictures. In addition, he also collected pens. There are two exquisite pen collection boxes from his birthday, which colleagues gave to him.

Ho-Yuan doesn't understand painting, but to encourage me, he often accompanied me to visit galleries and museums around the world. He and my brother, Lu Chi-hui, helped me hold two solo art exhibitions, publish two albums (a third album is also in the planning), and also publish a calendar for 29 years, all with my oil paintings. I originally studied Chinese painting. After moving to California, I met a friend, Aileen Wang, who was studying oil painting at the time, and she painted very well. It aroused my great interest because she introduced the master oil painting master Stefan Baumann to me. As a result, I studied painting with Stefan for 28 years, and I had another instructor for Portrait painting (since this was not Stefan's specialty). After he left, I still continued to paint artworks without instructors. So far, I have painted about 400 oil paintings. Doing art works has become a big part of my life, especially during Ho-Yuan's 8 years of sickness. It accompanied me and brought me confidence and hope. I have always been thankful to my friend Aileen, who led me into the world of oil painting.

Traveling is a common hobby of Ho-Yuan and me. Most of our travel was participating in alumni reunions or participating in tour groups. I also went with him when he was on business trips. We have been to five continents - Asia, America, Europe (including Northern Europe and Russia), Africa and Australia, and at least 20 countries. There are also many places, such as London, Paris and Switzerland, where we have visited three times, leaving good memories.

When we got married in 1973, my father-in-law found out that he was hospitalized with stomach cancer. Ho-Yuan returned to Taiwan from the United States to get married for a total of 12 days. We went to the hospital to visit my father every day. We had no honeymoon. 1983 was our 10th wedding anniversary. We wanted to go to Europe for our honeymoon. At that time, my mother-in-law had retired from teaching. Once, she joined a tour group to go to Europe, but she was fooled to take pictures for others, and her bag was stolen, which had her documents and cash. This caused a lot of trouble, and she no longer dared to join a tour group by herself. This time we brought mom with us. We traveled to 8 European countries and had a very good time. Every time you look at the photos, you see Ho-Yuan hugging the two beauties on his left and right, with his wife on one side and his mother on the other side, all three of us laughed so happily. Everyone said that Ho-Yuan was really lucky. 1993 was our 20th wedding anniversary, and we went to 4 countries in Europe. This time, we brought my son and daughter with us. At that time, Henry had graduated from high school and was going to UC Berkeley. My daughter had graduated from junior high school and was going to start Saratoga High. This trip enriched their knowledge a lot. Along the way, I heard them talking about the scenery and comparing them with what they read in the textbook.

7. 生病，洗腎，到最終

　　和元洗腎 8 年，剛開始時比較簡單，就是每週三次去洗腎中心洗腎，後來問題愈來愈多，手膀上洗腎的部位裝有人工血管，以便插入管子做血液透析，那部位周圍的血管很容易有阻塞狀況，要定時做 Ultrasound，若有異狀，馬上要做 Fistulogram Procedure 以疏通血管，剛開始是在 El Camino Hospital 做，後來成立了一個 Tri-county Vascular Care 中心專門做這方面的 Ultrasound 及 Procedure，方便很多。不得不佩服現在的醫學，這些都屬於 outpatient，幾個小時後就讓病人回家，而且可以馬上去洗腎。這些年，和元共約做了 15 次，從剛開始時拿拐杖，後來用 walker，再來用輪椅，最後一次是用 gurney service 躺著去的，不做不行。另外還有一件事，通常洗腎的人很容易貧血，但是有一段時間和元的血紅素高得嚇人，腎科醫生是每個月都要看的，醫生觀查了兩個月後，懷疑和元有某方面的 cancer，送他去 Cancer Center 做各種檢查，Cancer 醫生先給他放血 400cc，一年之間放血 3 次，還做了腎上腺 Biopsy，沒有 cancer。又做了右邊甲狀腺腫瘤切除手術，折騰了好一陣。再加上固定每 6 個月看一次心臟科醫生，還有牙痛治牙，我的記事本上劃滿了 appointments。感謝老天，和元一直以來，

都是位安靜配合的好病人，加上我背後有兒子，女兒，媳婦，女婿們有力的支持，這些年來，我自認為處理得還不錯。

2021 年 2 月 23 日他出現異狀，左邊手膀不能動彈，叫了 911 送醫急救，當時 COVID-19 很嚴重，911 人員說沒有選擇，哪個醫院有空就送哪個醫院，結果送去 Good Samaritan Hospital，檢查出是 brain bleeding，造成了他左邊肩膀及左腿癱了，也不能說話及進食，插了 GT Tube 餵食餵藥，那段時間是不讓親人探病的，僅能用視頻見面，看見他痛苦，悲傷，無助及疑惑的樣子，真讓人心碎，最令人難過的是，雖跟他解釋了，他一定還是不懂，為什麼我們沒有在他身邊，是不是不要他了……

2 週後出院，轉送他去很好的一家療養復健中心，稍有進步，本來已計劃好 5 月 18 日接他回家，他也一直想回家，沒想到在 5 月 9 日一早，我接到電話，說他已被 911 就近送到 Stanford Hospital 急救，是 GI Bleeding 腸道大出血，醫生說這種出血會自己停止，也會再來。為了這出血就三次送 Stanford Hospital Emergency，不同的醫生都告訴我們他是沒有救的，要我們考慮 Comfort Care（就是 Hospice Care），第 3 次時，還告訴我今晚可能過不去，讓我在醫院陪睡一夜，結果早上起來，護士打開和元的尿布，卻是乾乾淨淨，他自己停止流血了，出院後，醫院還打電話來，建議安排送他去 Comfort Care，我們認為還不是時候，沒有理會。

回家後，又是 Home Therapy 又是 Care Giver 來家幫忙，又是 Gurney service，Reclining Wheelchair 接送他去洗腎，折騰一番，再後來，有三次送醫急救，送到我們平常去的 El Camino Hospital, Mountain View 是他的吸入型肺炎。雖有幫他翻身，但總的來說，他還是長期躺著，吞嚥又有困難，因此他的痰及口水，很容易嗆入

肺部，家裡雖有吸痰機器，但不可能每分鐘吸，而且也吸不乾淨，加上他所有食物藥物都需流質，靠 GT Tube 餵食，而長期洗腎的人，是不會自己排水排尿的，因此時常倒流入肺，造成 Aspiration Pneumonia。因為 COVID-19，探病管制非常嚴格，每天僅限 2 位訪客，而且不能同時到訪，一人離開醫院，另一人才能入院探病。由於一直戴著口罩，我就用碰額頭的方式給和元安慰及支持。最後一次是和元在洗腎時，因不堪洗腎過程而昏迷，送醫急救，醫生告訴我，他不會好，情況會繼續發生而且更頻繁，腎科大夫也告訴我，他不能再承受洗腎過程，都建議送他去 Hospice Care。這回我們同意了，因為看得很清楚，再拖就是更痛苦。他的情況就是不洗腎，不急救，但給他打嗎啡，就這樣在 Hospice Care 6 天後，2021 年 9 月 21 日下午 2 點 35 分在親人陪伴下，他平靜安祥的走了。斷氣後，我給他合上眼睛，跟他碰額頭，告訴他「老婆愛你，好好的走」。我聽到旁邊哭泣的聲音，但我好像沒有哭，大概是因為這 8 年，我已流了太多的眼淚。以前常聽人說「人走了就解脫了」，總覺得那是安慰人的話，但是在親身經歷看見和元最後 6 個月的極度痛苦及無奈，我真的認同見證這句話。9 月 24 日上午 10 點在 Saratoga 的殯儀館有個家祭及火化，9 月 27 日上午 11 點 30 分安葬在 Saratoga 的 Cemetery，這是個小而美的墓園，僅限於 Saratoga 的居民。我感謝他給我 48 年忠誠的婚姻，也感恩上天賜給我體力及耐力，讓我能照顧他至最終。

　　這 8 年龐大的醫療費用，主要由 Medicare 及我們自己買的 Medicare Supplement Insurance 負擔，但還是有一些小部份需要我們自己支付。和元的妹妹們及我的弟妹們都給了我們精神上，物質上很大的支援。兒子 Henry 一直在我身邊支撐我，女兒 Katie 去年因為爸爸，從

Boston 回來 4 次，其中七月暑假那次，還全家都來了，女婿 Rich 幫我清理 garage，還幫忙做些粗工，媳婦 Michelle 在醫院工作，對這些事比較清楚，有她的講解說明，我的心安定多了，有幾次和元情況嚴重，她都來家陪我過夜，擔心我太緊張害怕。得到這麼多人的關懷及幫助，我非常感恩惜福。

　　好友王寧國在得知消息後，很快就去墓地上香，獻花，向和元致意，母曉春夫人嚴培洋及她哥哥，林中明夫婦，Hy Hoang 夫婦，Charles Srethabhakti，Tadao Kurosawa，也許還有別人去了，而我不知道。我也收到很多慰問卡，鮮花，電話，email。也有朋友來家向和元的遺像致意。我們非常感動，也感受到大家的關懷及溫暖。和元在天之靈一定很安慰！

7) Sickness, Dialysis to the end

Ho-Yuan Yu had dialysis for 8 years. In the beginning, it was relatively simple. That is, he went to the dialysis center for dialysis three times a week. Later, his health became worse and the problems became more severe. He was equipped with artificial blood vessels to insert the tube for hemodialysis. The blood vessels around the area are prone to blockage. Ultrasound needed be done regularly. If there was any abnormality, the Fistulogram Procedure should be done immediately to unclog the blood vessels. It was done at El Camino Hospital at first, and later at a Tri-county Vascular Care center that specialized in Ultrasound and Procedure in this area, which was very convenient. This procedure is all outpatient, and the patient is sent home after a few hours, and he can go to dialysis immediately. Over the years, Ho-Yuan Yu did this procedure about 15 times. At the beginning, he could use a cane. Then he used a walker, and then he used a wheelchair. Towards the end, I used the gurney service to transport him lying down. Usually, people who have kidney dialysis are prone to anemia, but there was a period of time when Ho-Yuan's hemoglobin was so high that a nephrologist had to see him every month. After two months of observation, the doctor suspected that Ho-Yuan had some kind of cancer and sent him to the Cancer Center for various examinations. The doctor at the cancer center took 400cc of blood. He had to do a bleeding 3 times a year, and an adrenal Biopsy, for which no cancer was detected. He also had a right thyroid tumor resection. On top of all of this, he had regular cardiologist visits every 6 months, toothache treatment, and our lives revolved around his appointments. Thank God Ho-Yuan Yu has always been a good patient who cooperates quietly, and I have sons, daughters, daughters-in-law, and sons-in-law behind me for their strong support. Over the years, I think I've handled it pretty well.

On February 23, 2021, he had an abnormality and could not move his left arm. We called 911 for emergency medical treatment. At that time, the COVID-19 was very serious. The 911 staff said that there was no choice, and he was sent to the Good Samaritan Hospital. Upon examination, it turned out he had brain bleeding, which caused his left shoulder and left leg to be paralyzed. He couldn't speak or eat. He had a GT Tube inserted for feeding and medicine. During that time, relatives were not allowed to visit the doctor, and we could only have video calls. Seeing his pain, sadness, helplessness and doubts was

difficulty swallowing, so his phlegm and saliva would easily get into his lungs. Although there is a suction machine at home, it was impossible to suck every minute, and it is not clean. All food and drugs need to be liquid, and they are fed by GT Tube. People who have been undergoing kidney dialysis for a long time cannot drain and urinate by themselves, so liquid often flows back into the lungs, which causes Aspiration Pneumonia. Due to COVID-19, the visit control is very strict, limited to 2 visitors per day, and they cannot visit at the same time. When one person leaves the hospital, the other person can be admitted to the hospital for a visit. Since I had to wear a mask, I comforted and supported Ho Yuan by touching my forehead to his forehead. The last time Ho-Yuan Yu was in a dialysis, he fell into a coma because his body couldn't handle the dialysis process. He was sent to the hospital for emergency treatment. The doctor told me that he would not be well. The situation will continue to happen and more frequently. The nephrologist also told me that he can no longer handle the dialysis process, and both suggested sending him to Hospice Care. This time we agreed, because it is very clear that the delay is more painful. His condition is such that he cannot have kidney dialysis or first aid, but he was given morphine to ease his pain. After 6 days of Hospice Care, at 2:35 pm on September 21st, 2021, accompanied by his relatives, he left peacefully. After he passed, I closed his eyes, touched his forehead, and told him "Your wife loves you, go well". I heard the sound of crying beside me, but I didn't seem to cry, probably because I have shed too many tears these past 8 years. In the past, I often heard people say, "If he leaves, you will be relieved." I always thought those were comforting words. I really agree with this statement. On September 24th at 10:00 am at the funeral home in Saratoga, there was a family funeral and cremation, and on September 27th at 11:30 am, he was buried at Madronia Cemetery of Saratoga. The cemetery is small but beautiful, and only allows residents of Saratoga to be buried there. I thanked him for his 48 years of faithful marriage, and for giving me the strength and stamina to take care of him to the end.

The huge medical expenses in the past 8 years were mainly borne by Medicare and the Medicare Supplement Insurance we bought ourselves, but there are still some small parts we need to pay ourselves. Ho-Yuan Yu's sisters and my younger siblings have given us great support both spiritually and financially. My son Henry has always been by my side to support me, and my daughter Katie came back from Boston 4 times last year because of her father. During the summer vacation in July, her whole family came. My son-in-law, Rich, helped me clean up the garage and did some rough work around the house. My daughter-in-law, Michelle, works in the hospital, so she knows more about Ho-Yuan's medical condition. With her explanation, my heart is much more at ease. Several times when Ho-Yuan Yu was in serious condition, she came to stay with me for the night, worried that I would be too nervous and scared. I am very grateful for the care and help from so many people.

After hearing the news of Ho's passing, our good friend Wang Ningguo went to the cemetery to offer incense and flowers to pay tribute to Ho-Yuan Yu. Mu Xiaochun's wife, Yuan Peiyang, and her brother, Mr. and Mrs. Lim Zhongming, Mr. and Mrs. Hy Hoang, Charles Srethabhakti, Tadao Kurosawa, and some others also went to pay their respects. I also received many condolence cards, flowers, phone calls, and emails. Some friends also came to pay their respects to the portrait of Ho-Yuan Yu. We are very moved and feel everyone's caring and warmth. Ho-Yuan Yu's spirit in heaven must be very comforted!

四、兒子、兒媳、女兒、女婿
紀念父親的文章
4. Son, daughter-in-law, daughter, son-in-law
commemorate father's article

虞先恒（Henry）於 10-06-2021 寫：

雖然我們的父親在我們成長的過程中並不總是花很多時間和我們在一起，但我們一直都知道他在做他最擅長的事情——將 110%的精力投入到他的工作中，並為我們的家庭供養。

即使我很高興您為我在小學的學業感到自豪，進入並畢業加州大學伯克利分校和聖克拉拉大學，或者結婚並有了我們優秀的孩子……我也想讓世界知道我也是為他感到驕傲。為他在德州儀器、摩托羅拉、AMD 和 VLSI 等大公司工作所取得的成就感到自豪。我為父親在 VLSI 獲得副總裁頭銜感到非常自豪——代表亞洲人並獲得支持以打破當時的玻璃天花板。我為他在 3 個不同領域的 3 家初創公司的創業精神感到自豪。人們常說，他的創業公司走在了時代的前面——雖然成功可能不會到來——但我讚賞他在逆境中無所畏懼地推動界限向前發展的努力。我為我父親開發的所有專利感到自豪－永遠記錄在科學年鑑中。更重要的是，我很自豪地稱您為父親，成為您的兒子。

我還要感謝您為我和家人提供的一切。尤其是回顧過去，我意識到我們在很多方面都很幸運——擁有許多其他人沒有的機會。儘管您的初創公司並沒有取得您和其他許多人所希望的成功——我從他們身上學到了很多，我感謝您解開了我自己的創業渴望，讓我安定下來，

為自己的家庭提供穩定。我感謝您給予的愛，我會記住您安靜的微笑。您將永遠活在我們的記憶裡，活在我們心中。

Written by Henry Yu, 10-06-2021

While our dad was not always spending a lot of time with us while we were growing up, we always knew he was doing what he does best - putting 110% into his work and providing for our family.

And even though I was happy that you were proud of my academics in grade school, getting into and graduating UC Berkeley and Santa Clara University, or getting married and having our wonderful kids... I also want to let the world know that I was very proud of him as well. Proud of the accomplishments he made working for large corporations like Texas Instruments, Motorola, AMD, and VLSI. I was very proud of dad achieving his VP title at VLSI - representing Asians and garnering support to break the glass ceiling at the time. I'm proud of his entrepreneurial spirit across 3 start-ups in 3 different areas. It is often said that his startups were ahead of their time - and while the success may not have been forthcoming - I applaud his efforts for fearlessly pushing the boundaries forward despite the adversity. I'm proud of all the patents my dad has developed - forever documented in the annuls of science. More importantly, I'm proud to call you father and to be your son.

I would also want to thank you for everything you have provided to me and the family. Especially looking backwards, I realize that we were luck in so many respects - with opportunities that many others did not have. Even though your start-up companies did not have the success that you and many others were hoping for - I learned a lot from them and I thank you for quenching my own entrepreneurial thirst and letting me settle down to provide stability for my own family. I thank you for the love you gave and I will remember your quiet smiles. You will forever be in our memories and in our hearts.

Henry

兒媳唐憲（Michelle）於 05-03-2022 寫：

我第一次見到爸爸是在 2008 年的除夕夜，Henry 第一次帶我去見他的家人。我對爸爸的第一印象是一個安靜和溫和的人，但他總是面帶微笑，讓我感到很溫暖。

從那以後的這些年裡，我看到爸爸為他的事業和他的人生目標努力工作。他多次前往台灣和中國大陸，他的努力令人感動。儘管他的工作有很多挑戰，但他似乎很欣賞生活中的小事。玩他的相機、拍攝照片或聽古典音樂是他生活樂趣的例子。隨著他的健康狀況下降，他仍然能夠從周日咖啡小組、吃麥當勞 Egg McMuffin 早餐或大家庭假日晚餐等小事中獲得滿足感。即使我給他買了一些夾克和衣服，爸爸總是很欣賞並穿著它們——這讓我想繼續為他買更多的衣服！看到他如何從這些簡單的事情中獲得快樂，這就是他微笑背後的精神，也使得我更懂得珍惜我的家人並欣賞生活中的小事。讓生活變得更有價值和更有意義。

我非常感謝有機會在爸爸最後的時間照顧他，爸爸的精神和力量教會我，即使以後會遇到困難，也會勇敢和堅強去面對。

唐憲

Daughter-in-law Tang Xian Michelle wrote, 05-03-2022

The first time I saw my dad was on New Year's Eve in 2008 when Henry took me to meet his family for the first time. My first impression of Dad was a quiet and gentle man, but he always had a smile on his face that made me feel warm.

In the years since, I have seen Dad work hard for his career and his life goals. He has traveled to Taiwan and mainland China many times, and his efforts are touching. Despite the challenges of his job, he seems to appreciate the little things in life. Playing with his camera, taking pictures or listening to classical music are examples of his joy in life. As his health declined, he's still able to get satisfaction from little things like a Sunday coffee group, eating a McDonald's Egg McMuffin breakfast or a big family holiday dinner. When I bought him some jackets and clothes, Dad always appreciates them and wears them - which makes me want to keep buying him more! Seeing how he derives joy from these simple things is the spirit behind his smile and makes me appreciate my family more and appreciate the little things in life. This makes life more valuable and meaningful.

I am very grateful for the opportunity to take care of my dad during his last days. My dad's spirit and strength taught me to be brave and strong even if I encounter difficulties in the future.

Michelle Yu

女兒虞先怡（Katie）10-05-2021 寫：

我爸爸過著充實的生活。作為一名工程師，他才華橫溢。他周遊世界。作為人類，他是善良的。作為一個父親，即使他對我的童年沒有太多的參與，他也有他的時刻。作為父親，我想和他分享三個回憶。

最早的記憶是 1996 年夏天我去中國的時候。我在天津南開大學做暑期留學項目。爸爸在天津工作，他會帶我參觀他工作的城市，還會在大學宿舍接我，帶我出去吃晚飯。那個夏天他基本上看著我。

第二個記憶是我在南加州大學攻讀會計碩士學位的時候。他和我一路開車到洛杉磯，這樣我就有車可以開，然後他自己飛回來。

第三個記憶是我們結婚後我和 Rich 一起去台灣旅行的時候。當時爸爸在那兒工作，他會帶我們在台北轉轉，看風景，看親戚，去原來的鼎泰豐。

這些是我珍惜和重要的回憶。

我爸爸在他的工作中付出了很多。他很擅長，他受到員工、經理和同事的尊重。獨自冒險需要很大的勇氣。儘管他的初創公司沒有成功，但他的專利仍然存在。

我在很多事情上都讚揚了我媽媽，尤其是在我父親生病的 8 年裡，尤其是在過去的 7 個月裡，她對他的照顧非常好。因為我媽媽，我爸爸活到了他的 80 歲生日，他可以看到他的孫子孫女。

我很感激能在他去世之前和他一起度過一段時間。我很感激事情發生時我們就在他旁邊。

爸爸，我們愛您，我們想念您。我希望您在天堂和爺爺，奶奶及小姑姑快樂的團聚。

Written by Katie Yu, 10-05-2021

My Dad had a full life. As an engineer, he was brilliant. He traveled around the world. As a human, he was kind. As a father, even when he wasn't very involved in my childhood, he had his moments. There are 3 memories that I would like to share of him as a father.

The first memory is when I went to China in the summer of 1996. I did a summer study abroad program at Nankai University in Tianjin. Dad was working in Tianjin, and he would show me around the city, where he worked, and would meet me at the college dorm and take me out to dinner. He basically watched over me that summer.

The second memory is when I was doing my Master of Accounting at USC. He drove with me all the way down to LA so I would have a car to drive, and then he flew back by himself.

The third memory is when Rich and I traveled to Taiwan right after we got married. At the time dad was staying there for work, and he would take us all around Taipei, to see the sights, relatives and to the original Ding Tai Fung. These are the memories that I cherish and the ones that matter.

My Dad put a lot into his work. He was good at it and he was respected by his employees, his managers and his peers. It took a lot of courage to venture out on his own. Even though his start-ups did not succeed, his patents still live on.

I give my mom credit for a lot of things, but especially for taking such good care of my dad when he got sick the past 8 years, especially the last 7 months. Because of my mom, my dad made it to his 80th birthday and he could see his grandkids.

I am so thankful that I could spend some time with him before he passed. I am so thankful that we were right next to him when it happened.

Dad- we love you and we miss you. I hope you are at peace and with your parents and sister.

女婿 Richard Yazbeck，10-07-2021 寫：

爸爸是個了不起的人！他克服了許多障礙，建立了美好的生活並建立了一個美好的家庭。他總是讓我感到如此受歡迎，並且總是對每個人都很友善。最好的部分是看到他和我的兒子們在一起。他們非常愛他，非常關心他，他總是與他們有著特殊的聯繫。我們想念他，我們將永遠記住他。

Son-in-law Richard Yazbeck wrote on 10-07-2021

Dad was an amazing man! He overcame so many obstacles to build an amazing life and raise a beautiful family. He always made me feel so welcomed and was always kind to everyone. The best part was seeing him with my sons. They loved him so much and cared about him so much and he always had a special bond with them. We miss him and we will always keep memories of him with us forever.

五、繼媛弟妹們紀念姐夫的文章
5. Articles in memory of Ho-Yuan Yu by Chi-Yuan's younger brother and sisters

弟弟盧繼徽 03-04-2022 寫：
Younger Brother Lu Chi-hui wrote on 03-04-2022

　　數十年來，他在我心中，就是一位無惡心，無惡言，忠厚待人，行為舉止溫文可敬，在今世上，混沌環境中。已難覓這種中道之人。在七〇年代，因為家境困難，姐姐姐夫長期的幫助我們家，渡過艱苦歲月，歷歷在目，心中無限感激。如今姐夫已遠去，再無病痛，真正安息了，在天之靈一定會保佑姐姐及子子孫孫。

盧繼徽

大妹盧繼姍 03-05-2022 寫：
Younger sister Lu Chi-Shan wrote on 03-05-2022

　　一直以來我的姐姐在我心目中就是個才女，人長的漂亮書又唸的好，她嫁了一位博士，我的心裡就一直認為我的博士姐夫高高在上，不太敢主動接近他。

　　前幾年姐夫生病了，每週要洗腎三次，我去看望姐夫時，他常會跟我聊一些有關的醫學常識，我也會從中西醫不同的角度告訴他我的想法，有時姐姐跟姐夫一起來店裡，姐夫愛吃滷肉飯然後要吃刨冰，每次看到他吃的很滿足的樣子，我就很開心，我認為我至少可以為姐夫做這麼一點點事，後來他行動不便，不再到店裡來，姐姐會帶滷肉飯回家給他，但我看不到姐夫很滿足的笑

容了，再後來姐夫已不能吃滷肉飯了，再後來……我很想念他我的姐夫。

小妹盧繼婷 03-07-2022 寫：
Younger sister Lu Chi-Ting wrote on 3-07-2022

1973 年我來美國與德伍會合，我們一直住在東岸。第二年大姐繼媛來美與姐夫會和，他們住在德州，後來搬到加州。近 50 年來，雖然見面次數不多，但一直都有聯絡。

大姐 18 歲就開始半工半讀，幫助父母親分擔弟妹的學費，生活費。結婚後，姐夫也一起支援我們，姐姐姐夫對我們的關懷和幫助，我們一直非常感激。

姐夫是一位很純厚的人，對大姐非常尊重，對人從來都是和顏悅色，他有學者的風範又學有專精，是一位非常優秀的人才，即使在不順遂的時候，仍然努力不懈。退休後，仍能申請並拿到數個技術專利。

遺憾姐夫後來身休不好，幸好三年前，我特意飛往加州探望他們，一切歷歷在目。現在他安息了，再無病痛，願他在天之靈，保佑大姐一家平安。

六、林中明同學為和元墓地所拍的相片及所寫的對聯
6. The photos and couplets written by Lin Zhongming
for Ho-Yuan Yu

繼媛大嫂：

今天是和元學長仙去一個月之日。Mr. Hy 和夫人 Ron，我和 Grace，同去 Madronia Cemetery, Saratoga，如您所示，向 Dr. Yu 致敬，and say goodbye。

Madronia Cemetery 很安靜，樹多草綠。是矽谷最好的小而美的墓地。

您們選的地點，Lot 79，接待室外的地圖尚未標出！但是安息在全墓地最高大的紅木前，氣勢甚大。風水極好！後代興隆可期。我特在樹前留影，與輓聯合框。奉上為您們的朋友知曉。以後去弔祭，也方便尋找。

Best Regards

林中明敬上

2021.10.21

紅帽子是成大電機系成立 60 年的紀念品。我把他當紅花，代校友們向電機系最傑出，最有創造力，最仁慈，最愛國的學長致敬。又及。

七、和元親友同學同事紀念他的文章
7. An article in memory of Ho-Yuan from his relatives, friends, classmates and colleagues

大妹虞和健 10-10-2021 寫：
Younger sister Yu Ho-Jane wrote on 10-10-2021

Dr. Yu was the only son in our family. He was born prematurely and was one year older than me. He was quite weak physically when he was young, but he was very smart. As a boy, he liked to disassemble small items such as radios, clocks and auto flash lights, etc. and would try to learn how they worked and then restore them. His curious and investigational nature helped to pave the way for him to become an inventor in his field. He had a very pleasant, gentle and cheerful character and was well-liked by everyone. As our brother, he liked to share what he had learned and helped us whenever he could. We were very happy growing up.

Dr. Yu was married to Chi-yuan, who was very talented, diligent and capable wife. Over his career, Dr. Yu changed his jobs many times and worked in the U.S., Taiwan, and China. If not for the support of Chi-yuan, he could not have achieved the level of success he had. They have two wonderful children, Henry and Katie. For the past eight years, Chi-yuan took care of Ho-Yuan very patiently and endurably with love. I very much appreciate her efforts and also want her to take care of herself.

I am very sad to lose my dear brother, Ho-yuan. I will remember the happy years together and hope he joins our parents and younger sister in heaven and lives on peacefully and happily. God bless them all.

Ho-Jane

Oct.10, 2021

周仁章 10-07-2021 寫：
Written by Renzhang Zhou 10-07-2021

繼媛：

　　和元平安地走了。這麼多年來，有繼媛的悉心照顧，尤其在最後這段期間，他行動已經很不方便了，為了醫療，進進出出，繼媛都一直陪伴者，想起來、這也真是和元的福氣。

　　回顧我認識和元，已經是五十八年前的往事了。當時、我們剛考上研究所，和元上交大，而我進清華。由於兩校都在新竹，有很多同選的課都是請從台北來的教授們上課，也因此我們有了相知相識的機會。雖然相聚時間不多，但是我們有一見如故的緣份，彼此成了好友。

　　研究所畢業以後，和元順利到美國繼續深造，而我因為還是身為軍職，又回到了服務的單位。因為我曾經自習過德文，才能抓住赴西德留學的機會。所以我們分別後，真的是各自東西，由於都是忙於自己的學業，而且又不是同一領域，所以彼此就斷了音訊。

　　世事難料，我從沒有想到過，在回國工作 20 多年後，又被派到舊金山科學組工作。為了便於海外學人的相互聯系，我們開始每月都出版「舊金山科學組通訊」。讀了通訊，和元馬上就得知我的消息。電話連絡上後，我們迫不及待地就在當天中午見面。記得當初分手時，我們都還是單身，如今再見面，我們兩人都已成了家，而且都是兒女忽成行(hang)了。

　　和元這多年來在專業上的努力，已經使他成了專家中的專家。也讓他經常獲得許多專利。別人覺得是難事，他却是輕而易舉。像 INTEL 這樣大公司也看上他的技術成就而主動投資。他作事專注而執著，這也是能讓他成功的根本。我心裡想，像和元這樣一個在專業上的瑰寶，讓他長年臥病，而就這樣離開人間，是否是天忌英才？

　　繼媛，妳為和元奔波了這麼多年，現在要好好休息一陣子。再看到兒女及孫輩們都很讓妳感到安慰。等一切平靜後，妳又可拾回妳的嗜好—繪畫，真正過自己的生活。保持聯絡！聯絡

祝
健康　平安

仁章敬上

羅唯仁 10-06-2021 寫：
WJ Lo wrote on 10-06-2021

Appreciate your forwarding this notice.
HY is a good leader, a seasoned semiconductor technologist, a gentleman with warm heart, a trustworthy friend. We will miss him for not having him in the team to make a better world.

羅唯仁

李健 10-28-2021 寫：
Li Jian wrote on 10-28-2021

Dear 虞太太，
　　在這疫情肆虐的 2021 年，我痛失我親愛的老爸，又痛失我敬愛的虞博士。我非常難過！今年二月，我和虞博士通了電話，他之後又打給我，好像要與我談什麼，但他又說打錯了電話，誰能想到這是我們最後的一別。

他是我的好朋友，好上級，好導師。我沒能為他送一程而感到萬分遺憾。我半年來幾乎全時服侍我病重的老爸，也辭掉了工作。他走的突然而辛苦。我到現在仍不能釋懷。我現在全力照顧我媽媽，她的情況也不太好。

我一定會在虞博士頭七前去到 Saratoga cemetery 墓碑前敬拜他。願他 rest in peace，家人也節哀順變。

李健

Henry & Katie made a Memorial Website

先恒，先怡為父親作了 Memorial Website 紀念他，請看 http://www.forevermissed.com/hoyuanyu。

裡面有很多相片，也可在 About，Leave a Tribute 及 Stories 這兩欄裡看到許多朋友同學同事的留言紀念他。

Henry and Katie made a Memorial Website for their father to commemorate him. Please see http://www.forevermissed.com/hoyuanyu

There are many photos in it, but also in the "About, Leave a Tribute and Stories" section, you can see many messages from friends, classmates and colleagues to commemorate him.

八、虞先恒紀念父親所作，自彈鋼琴曲及譜 –
Website
8. Henry Yu's piano song recordings and scores in memory of his father – Website

盧繼媛 04-15-2022 寫：

先恒 6 歲開始學鋼琴一直到 10 年級。在彈鋼琴來說，他妹妹先怡彈得比他好，小學 3 年級時，她參加了德州的鋼琴比賽，在同年齡的那一組得了 'All State Musician' 的大獎。他們的德國女鋼琴老師跟我說，Henry 彈鋼琴不是特別好，但他對作曲有興趣，老師也教他一點作曲的技巧。搬來加州後，換了鋼琴老師，要求沒有以前老師那麼嚴格。

我本來還想找位特別的老師來指導先恒作曲，又怕耽誤他功課，也無心要他將來成為作曲家，也就算了。這麼多年來，他一直沒有停止作曲，也有 20 多首吧，都僅是自娛，也會自己做成 CD 送給興趣相同的人，媽媽就是他的大知音。

和元走了，先恒為了紀念爸爸作了曲，下面的 website 裡可聽見先恒自彈作曲，也可看見樂譜，是兒子的一份心意。

http://yu4ia.com/hoyutribute/

Written by Chi-Yuan Yu, 04-15-2022

Henry began to learn piano from age 6 all the way through age 15. In terms of playing the piano, his sister Katie is better than him. In third grade of elementary school, she participated in the Texas statewide piano competition and won the 'All State Musician' award in her age group. Their German female piano teacher told me that Henry wasn't particularly good at playing the piano, but he was interested in composing. The teacher also taught him some composing skills. After moving to California, I changed the piano teacher, and the requirements were not as strict as the previous teacher.

I originally wanted to find a special teacher to guide Henry in composition, but I was afraid this would interfere with his homework, and I had no intention of wanting him to become a composer in the future, so I didn't encourage it. Over the years, he has not stopped composing, and he now has more than 20 songs, all of which are just for his own hobby. Henry also made his own music CD by himself during college.

When Ho-Yuan left, Henry composed 2 songs in memory of his father. In the website below, you can hear Henry's recording of these 2 compositions, and you can also see the sheet music.

http://yu4ia.com/hoyutribute/

九、墓碑
9. Grave Marker

　　等了 8 個多月，和元的墓碑總算做好。我們選的是 Royal Emerald Stone，也選了好日子，在 2022 年 7 月 13 日下午 1:00-2:00 安裝好。和元真正安息了。

　　After waiting more than 8 months to have Ho Yu's Royal Emerald Stone Grave Marker ready, we also found a good day and good time. The grave marker was set up on July 13, 2022, between 1:00-2:00 pm.

一位勇者奮鬥的故事——懷念虞和元博士

第二章

我們的祖先、父母
和我們這一代

一、虞寶兩家祖父和外祖父母及父母

虞家銘

家不在富，有德則興。人不在貌，有誠則靈。斯是家庭，受教庭訓。做人需誠信，吃虧是小福。待人不卑亢，助人需即時。慈恩沐浴廣，幾代傳。有伯舅之恩澤，無爭產之勞行。兄友妹互助，事業各有成。老太云：吾家福幸！

虞和健作

我們都是有祖先，聽說我們虞家也有宗廟，但是從我們這代及我們的孩子，經過戰亂，離鄉背井，在外地長大，很少去過土生土長的家鄉。中國著興風水，至於風水墳墓是否能夠影響後代?沒有人能夠準確的回答。但是從父母口中，得知祖父和外祖父的一些輪廓。

1. 祖父、元配和他們的小孩

祖父名虞愚，字挺芳，晚年又字汀舫。原配，即我們的祖母，名張采荇。祖父為清朝最後一屆舉人，聽說寫的一手櫻桃小楷。由清政府派往日本留學，畢業於日本熊本高等工業學校土木工程科即今之熊本工業大學。返國後，曾任東三省的鐵路局局長。

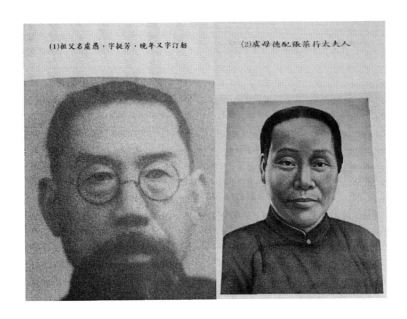

(1)祖父名虞愚，字叔芳，晚年又字汀韜　　(2)虞母他配張萊行太夫人

　　祖父有元配，那是我們的祖母，聽說祖母生了六個男孩，其中一個孩子，小時後吞了紐扣死亡。老四得了精神病，母親還經歷過。一天在吃飯時，他突然指責母親在菜中放了毒藥，有謀殺他的嫌疑。後來他因為精神不正常，被關起來，由人看管，他是兄弟中最聰明的，年紀輕輕就過世。虞家的元配生的孩子中，只有大伯父虞槐庭和我們的父親虞悅又稱虞蘭庭，在 1948 年移居到台灣。聽說祖父有先見之明，大陸不保，就派他們兩兄弟帶家眷移居台灣。

2. 外祖父、外祖母和子女們

　　外祖父姓竇，也是留學日本，畢業於早稻田大學，學經濟。他跟日本同學的妹妹銀川喜久結婚，她的父親

是中學校長。外婆在日本生了大姨媽。外公先返國，後來外婆才帶女兒回中國。

聽說外婆對中國很嚮往，所以才會嫁給中國人，她來到中國後，不說日本話，全講中文，寫中文。在中日戰爭時為中國人跟日本人交涉，護衛中國人。聽說她懷過多次胎都流產，直到她生出一個兒子，才放心。孩子中長大成人的，就只有大姨媽竇瓊英，母親竇桂英，和我們的舅舅竇崇英。

聽說大姨媽很文靜，媽媽比較調皮，舅舅小時候就有一顆助人的愛心。看到同班窮的學生，他就把家中的米，拿給他們救濟，後來才知為什麼家中的米，那麼快就用光。當外公外婆知道是兒子拿去救濟人，心中很欣慰有這麼一位好兒子。

記憶中，外公很有耐心的給我們講故事，說杭州西湖雷峯塔中裝的是白蛇傳的白蛇，是道士把白蛇收到他的缽子內，再放入寶塔內。他對我們小孩很好。

3. 祖父的三位姨太太和子女們

祖父有元配，還有三位姨太太，有二十幾個兒女，我們搬來台灣後，對祖父在大陸的其他子女及孫輩都很難知曉。祖父的姨太太中，只聽過彩陶姨婆。舅舅竇崇英小時候，在他姊姊跟我們大伯父結婚後，時常在祖父家陪姊姊。他說彩陶姑姑是祖父看中的一位正要出售到鵩子中當妓女的小姐，祖父把她娶來當姨太太，她長得很漂亮。當舅舅小時候，在祖父家時，摔傷了腿，她就帶舅舅去看醫生。她的一位我們有來往的女兒，我們稱為榮英姑姑，也來到台灣。她後來跟姑丈劉安愚結婚，他的哥哥是劉安琪，曾任中華民國陸軍總司令。我們出國後，父母遷居台北，這時母親離開嘉義女中到師大附

中任教幾年，那時姑丈劉安愚任校長。母親中學畢業於北平的師大附中，保送北師大，所以對師大附中，情有獨鍾。

榮英姑姑對我很好。小時後有次在台灣帶我去溫泉洗澡並過夜。她在房間內怕我受凍，把窗子關上時，壓到她的手指，那裡她戴了戒子，還流血，我看了心中很著急，她說沒事，這件事我還記得。在我 1965 年在台大唸四年級，姑丈任師大附中校長，加利的一位同班的（台大農工系畢業）台省籍同學祝敏雄先生，失戀，又失業，於是我們去找榮英姑姑幫忙。她知道情況後，就幫助祝同學在師大附中任教。榮英姑姑看我冬天沒有像樣的外套，就把她新製成很漂亮的呢絨外套送給我。她很大方，手頭也很闊。她有三個兒子，沒有女兒，後來收養一個女兒，對她很好。她說女人的命多半很苦，這是她收養女兒的原因，要她至少在家中能夠享受到她當母親的愛。那時她的第三個兒子要升大學，加利給他補習物理，每次他來，都是由軍用吉普車送來。

祖父此外的另一位兒子，我們稱為虞昊叔叔，很有天份，在大專聯考時，得第一名進入清華大學學物理。後來在那裡當教授。和元哥哥認得他們，也有來往。虞昊叔叔的女兒，在 1982 年我們去北京參加中醫國際研討會時，虞昊叔叔帶他的女兒思旦來北京飯店看我們。那時思旦還是高中學生。此後我們一直通消息，思旦在她任職的聯合大學來訪台灣時，我特地安排他們一行來南華大學參訪。我們在 2018 年 11 月下半月到北京時，虞昊叔叔得肺癌，我們去清華大學探望他。他在當年 12 月時過世。

他在文革時被下放去養豬。四人幫倒台後，得到平反，才復職。祖父還有一位兒子虞宏叔叔，他的夫人（張

德芳女士），我們稱她阿姨，是助產士。媽媽生產幺妹時，她還特地來磚瓦廠兩個星期，要給媽媽接生。她等了兩星期後返家，她離開後，媽媽才生出幺妹，由婆婆接生。虞宏叔叔家在總爺，在糖廠當工程師。後來父親賣了磚瓦廠，全家搬到新營市中心，在基督教浸信會教堂的對面。在我上三年級時，有一年暑假，父母要我去虞宏叔叔家過一陣子。他們家有一條狗，很兇，我很害怕牠，就趕快爬到桌子上，來避開牠。聽說牠得了狂犬病，咬到一位台糖的工程師，他雖然注射了治療狂犬病的針藥，但是醫生給他打針的藥性有效期逾期，失去療效。那位工程師不知道。後來他要出國，病發期，在台大醫院住院，才找出原因，是得了狂犬病。舅舅在台北，還去探望他，述說他得病的慘狀，最後他把自己縊死。這是一場悲劇，影響我對狗和狂犬病的畏懼。哥哥在上成功大學電機系的時候，不時的去虞宏叔叔家拜訪。他們對待哥哥很好。就從這一段的回憶中，看出祖父家的兄弟姊妹和後代受到政治環境的影響，各有不同的機運和遭遇。

虞和芳，14.6.22

4. 祖父過世

聽說祖父很有才華，可是我從來沒有見過他。我們遷居到台灣新營磚瓦廠後，父親得到電報，祖父過世。

父親就返回家鄉參加葬禮。

聽說祖父享 65 歲。那時台海已沒有直接往來的可能。父親先到香港，再轉到寧波鎮海家鄉。可是當他返回在香港的時候，他的錢包被偷，身分證也遺失，還好

香港有認識人，這樣才能跟母親聯繫上，才知道情況。後來小偷把他的身分證寄來，小偷算是「盜亦有道」了！

虞和芳，14.6.22

5. 外祖父母過世

這是發生在我上初二的時代。

有一天我返回家，看到舅舅的鞋子，很是奇怪。通常舅舅來訪，家中都是談笑風生，非常的熱鬧，怎麼這次這麼的靜悄。原來是舅舅得知外婆去世的消息。

我脫了鞋子，穿上拖鞋，走入屋內，看到母親，舅舅都在悶悶的無言哭泣。

到底發生了什麼事？他們看見我後，母親很輕聲斷斷續續的說，外公外婆過世了。

舅舅從香港轉消息的朋友處得知，父母過世，就立即從台北搭乘火車到嘉義，告訴母親這件事。

以前是每封信（大陸和台灣的通信），都要透過香港朋友轉寄，才能知道。每年幾乎都是外婆執筆寫信。外公起初還來到台灣，記憶中是短期在新營磚瓦廠，外婆留在北京，料理那邊的瑣事。後來外公過不慣台灣的地震和颱風，他乾脆返回北京，可能那時外婆已經不能夠來台灣了。因此他返回北京。他們兩人就都留在北京，每次與他們通信，都是這樣的通過轉信，很不方便。

國內經濟那時的情況很不好。舅舅每次透過香港給他父母寄款。

後來外婆每次寫信，都要舅舅不必匯款，但是每年要我們一定要寄照片給他們，他們有了我們的照片就放心。

因此每年我們都拍攝照片，舅舅就由朋友轉寄給外公外婆他們。而外公過世時外婆沒有告知。她太體諒孩子們了。來信都說他們過的很好，要大家不必掛念。

而當外婆過世後，消息傳來，才知外公已過世好幾年，外婆一直隱瞞，怕兒女們傷心。這次舅舅一下得到父母兩人都過世的噩耗，可見得是多麼的難受。

他們也是二哥和大哥的外公外婆，可見得大家是多麼的傷心。

6. 虞昊叔叔的一封信

虞昊叔叔是清華大學有名的物理教授。他跟哥哥虞和元和我來往較密，他是虞家非常出色的一位叔叔。當年大學聯考，他以第一名進入清華大學物理系。他即使退休，還是從不倦怠，繼續在清華大學，寫作著書。他經歷了文化大革命，勞改，受了不少的苦，但是一直往前看，這裡錄下一封他在 1995 年 12 月夜半書寫的一封信。他手寫在薄薄的航空信紙上。信中看出那時正是中國改革興起的時代，他以「黎明前的黑暗」來形容，情勢大好。他信中談到虞家的一些親戚。他那時鼓勵我，寫一本長篇小說，以虞家為背景，闡明中國三代經歷不同的情況。因為我們分在兩地，又到美國歐洲留學，中國的一個從祖父母一代到我們這一代的分散，流落，又有機會聚合，他要我以小說來闡明這三代的遭遇變化。2018 年 12 月昊叔叔過世。在當年 11 月底時，我們赴北京還去拜望過他。昊叔叔此信具有歷史價值。

和芳，你们新年好！

见到你的信特别高兴，因之未通信，不知你通讯处老也变化，很想写信给你，现在有了地址就立即提笔了。

我与和元联系频繁，他常说女儿来京与我在一起的女儿会晤，很希望见到你带着女儿也来中国看看，让她们也象这几年一样团聚，那会是最高兴的。

我算起断断续续离家，家乡40多年了，几乎没变，唯一变化的是全身来房子合险乡下都拆光变卖料入杭臺，如此清灭了，原因很简单宁波人有钱都会跑到外地，但地处一地高耸的宁波同乡就算几千人也不来的地。坟墓不都就靠农老别人产业度日。不过也有个看法就是可以看到半个世纪前家乡的原貌，爸的坟太全靠。住在农村店保我家如友谊力保护，他老乡中身最好，后代长高时那些迁反那响也无可奈何，后来迁地修建新坟也是说他开垫，槐底等出的钱，我们兄弟姐姐们都带着孩子去爸坟前和新坟瞻仰过，是那位在农村门农学我写字的，婆婆她每年都以身心去料一次墓地，管花他家，妈妈康书名地育王寺很近，汽车公育已到那里只十分钟到，育王寺是被著名旅游胜地有高级宾馆等就在半山坡，本是东南亚著名佛教胜地高价的寺旁，协城商书香有些信徒制以朝拜，等香如泰钱捐险家的最善在的灵山寺接待理费，可惜课钱还没有修复，你要回老家，可以到蟹浦公育王府去，如还有时间则可以去招山一游，普陀是四厚阅办胜地，那里变化很大，婆婆姐住在那里可以作导游带地去我妈妈的大女儿70多岁身体很好，很想见到你们儿。

第一頁

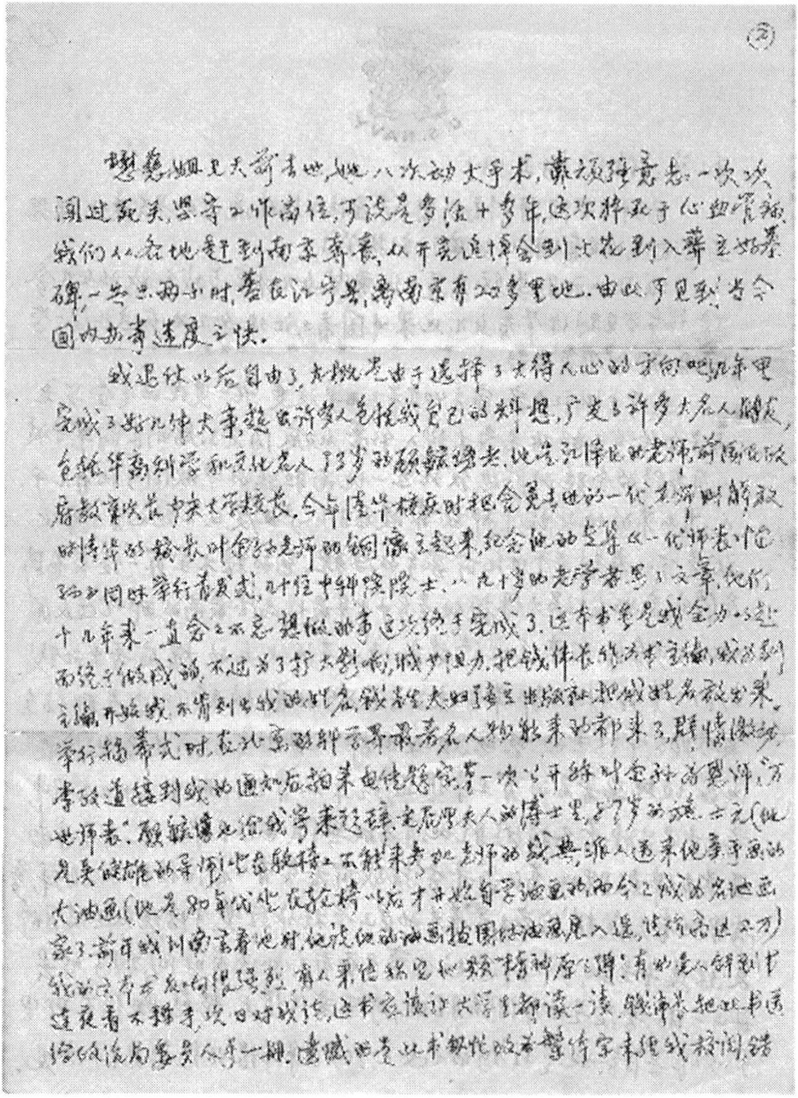

第二頁

124

③

字多了吧，有些很珍貴照片和手迹没有印入，出版社怕出版成本太高。

當今中國要出版這类严肃的书极难，不出巨款补貼是决不了能的。本应是清华大学出版，就卡在出钱上，后来我终于找到一位上海知音，不花一钱交上海科技出版社出版，這又带来第二个好处，它擺脫了清华領导干部的干预去任写纪念文章者了可以畅所欲言。开始时美国工程院院士戴先生写来纪念文章情感很激动，后来他连续三次来修改稿，就是怕刺激了某些人。创建新竹二发表了有关的情息，也收到这本书，我的一位朋友的外读学生里想把它译成英文，因为叶企孙的一些佳事軍迹和他的二佳贡献在美国科技界会很有声誉的，不知您有没有把它译成俄文的兴趣？

把叶師抗日事迹拍成影视剧课，我写信给朱鏰基后，得到他孔丁关根的批示支持，广电部令中央电视台来负责，以纪念抗日胜到50周年，他是由于种々原因，拍的电视"又是红叶满山"只有三集，没有描述叶師，只是描述了李伟知识分子专篡中抗日的书迹，这么可以说是中国第一部忠实反映知识分子爱国事迹，把知识分子作为抗日的主人公的片子，提出科技对抗日的作用，而不是政治在起作用，在这过程中我交上了影视界的光面人物，包括了电部新部长，电视艺术家今钱学人，王郑（女）导演⋯等々。下一步我还要争取把叶師拍成电影，正在筹划中，似乎有些门险。

現在我又与中国科学院空间中心合作筹办赵九章先生的铜像专题，先生是清华物理系毕业，是中国人造卫星第一功臣，因他是祖国地表之要及專中含冤而死，工作进展此叶企孙師的社会工作要状，原因有两，一个是有3上一次工作的基础就已探讨了一大批科技界名人知们知，极支持，说这又是一仲大好事，第二个是国内形势已有变化，科学救国说以往是作为反动的要挨批斗的或起初字住叶在在孙師的科学救国时，不少人总我把把许，以海科技出版社和《科学画报》青斗或的宣佳文章 受到双迎，支持我以后，赢得声誉，辛逼世我结识了科学名人，曾到錯头，现在中央

已向中提出"科教興國"戰略口號的以一以行政头之也积极報答启支持。近日人民日報的一位年輕的徐学博士编辑温小姐主动找我，请我为她编对科技園地写爱國科学家之迁的文章。她很贊賞我直率透彻的切中时弊的文章。但在发表时我考慮到，以适合國情，国有大批的中层干部还热着于"改党发迁州"，对中央的"科教興國"抱时抗心态。多年来他们不学无術，靠吃拍吃喝，被揭发的陈希同王宝森之比大贪官颇以生危发财，要担轻視不勤青年学生之受到他们制造的气氛中近远呐喊呼誘醒世夢生。上事理问虑敢笔写影响，不如杨振宇李敌道更广为知中国有一批爱國科学家。我现在结交了一大批老种爱家外，也结交了一大批年轻的老同道含者在科教興國的口号下是我们的工作。

此外我也开始与企业胃育咀到流，中国需要支持扶植現在还是少数能够决轉未来经济的科兴的靠高科技开展起来的企业，我与一家新兴的防雷工程公司关系很密切，总经理愿原在国防工业中工作的副工牙破人，与七岁大孩魂独力支撑起来，从几个人借贴发力支援起岁儿万元产值，五年后已有上千才复本得到很多中央的部门支持我以理论上地批片宣传工支持他，与钱之中国很大市场夢誉很高，現在我正式受聘的後公司首席技术顾问，每用津贴费超过我以還华教师的退休工资（才五石夏元此一位讲师还晚低，只够两个人的生活费）現在高硖教师上手难以出外参加会议和学术流动学术经费大大减少除外己以外面弄到科研项目，物理老师很难有科，我好下界入防雷技术界并迅速取得很大声，我以经常由企业或政府部门出钱飞机接送我到一些大城市考加技术讲会和外报告今年还出版了两本防雷新书从请我动笔予辑到印刷出版，不过我多时间，而且不需我出钱，这在专版种技术方面是純罕見的，因为我的书针对当前国家防雷紧急新形势之需，防雷产品市场之需，大受欢迎。钱伟长院士应信国家经导人为我这写书后。我支持的这个词現在正与德国城国联系引进一咇云件德国防雷词开始愿意打入中国的市场但他们的产品太贵，日手没有单位买得起。

現在国内情况报方复杂我以一句话劝告"鉴明莫勉黑暗"，要要实践过是大好劫动，又是艰难的战事时和元评说过很难说能见到快与你评误故接着过这规律勤了了你在中国大有前途，几年划经生了都要以回口来找我过我，他勤奔得很不错，以日來引进技术在天津江佳翔大有发展。如此祝

新年万事顺利

吴 1995.12月22夜半

二、父親和母親

父親母親的培育鼓勵──一段回憶

1. 父親和母親

父親是虞悅先生，母親是竇桂英女士。

父親中學時，很會打乒乓球，是學校的乒乓球健將。那時他住校，校長派他代表學校出席到省裡參加競賽。父親到人生地不熟的地方比賽乒乓球，別人有啦啦隊，父親是外地去的，沒有人給他打氣，反而一失手，就得到倒喝采，沒有得勝，當他返回學校時，校長說，白給他每天比別的住校生多加一個蛋。大學父親是在燕京大學，起初學醫學，後來改為化工。

對於化工，父親在抗戰時，就發明以玉蜀黍來製造工業用途的酒精，取到很大的成果。

1948 年父母最先來台灣創業，父親製造肥皂，後來到新營郊外辦磚瓦廠，經銷發生問題。搬到新營城中，創辦東海化學工廠。那時全家大小都投入，可惜還是經銷被坑，雖然又製造醬色，最後還是關門大吉。就到台北謀職。父親進入嘉義溶劑廠，工暇之餘，又創辦乳糖工廠，由大伯父大伯母來管轄。

在嘉義溶劑廠，父親得到了研究發明獎，美國派人來參觀，也請父親到美國去溝通研究。

這時台灣東海大學還請父親去講學。

父親的手藝很棒，自己在嘉義時，親手做了一個大的雙人彈簧床。搬到溶劑廠的仁和新村住後，自己購買材料，改建小廚房，加蓋一間餐房，還買木頭製造大沙發放在客廳供大家享用。

父親他離開石油公司，在家中設立試管又研究出來利用石油的副產品的功用，申請專利，他說這項研究發明可能會得諾貝爾獎。正在這時，父親得了胃癌，幾經手術治療，不幸回生乏術，離開塵世，才剛滿 62 歲。

母親是現代最新型的人物，高中畢業，到北京玉佛寺廟參觀時，手打玉佛來破除迷信，可能郊遊受寒得病發高燒，不能參加大專考試，好在保送北師大，在那她選擇英語系就讀。

抗戰時，輔助父親設立資中酒精工廠，又到福州設廠。抗戰勝利後，他們到瀋陽北京。1948 年就打前陣，到台灣設工廠。後來放棄私人開廠計畫，父親到溶劑廠當工程師，母親到南光中學，嘉義女中，後來到台北師大附中教書。

2. 母親竇桂英女士的著作——美國總統夫人

母親竇桂英女士是位模範母親，和模範教師。她曾經在南光中學，嘉義女中和師大附中教學，教過我們五位兄妹，當二哥虞和允在南光中學時，她已經在那裡授課了，當哥哥虞和元在那讀書時，她教過哥哥。她在嘉義女中教書時，教過下面的三姐妹虞和健，虞和芳，虞和芸。

母親以前是不信任何宗教，而且反對迷信。但是母親的一種良知良能，使她一直本著良心做事，有她可盡力之處，不遺餘力。有一天，她拐著腿返家，原來她出嘉義女中校門，看到一位瞎子走向大深洞水溝，母親看見了，連忙要去扶他，深怕他掉入大水溝內，他不知情，就用他的瞎子鐵拐杖往地下杵，剛好觸放在她的腳上，把她弄得好痛，但是她救了那位瞎子，免掉進深溝內喪生。

　　母親當嘉義女中高三的導師時，一位通學生家中欠錢，討債人，攪擾到她的學生郭美智，母親就把她帶到家中來住，使她能安心讀書。

　　這種仁心到了美國，母親加入救世軍，協助需要扶助的人們。她還被選為救世軍的模範會員。那時的中國胡牧師和師母，跟母親很熟。

　　當母親過世時，雖然他們夫婦調到三藩市工作，當他們得知，胡牧師生病住院，胡師母也是牧師，就趕來為母親主持惜別式。她特別挑出母親喜歡的詩歌來唱。她說她佈道時若是忍不住哭泣時，請我們諒解，因為她從來沒有這麼的傷心過。

　　父親過世後，她赴美國，在國外也馬不停蹄的繼續服務。這時她加入救世軍，為一位優秀的成員。她由救世軍出版一本美國總統夫人傳。

這是救世軍出版母親的作品

3. 回憶父母創業的辛苦

在我們幾個小孩求學的時候，每個小孩每學期都得到「寧波同鄉會」的獎學金。那時父親辦工廠，跟朋友借款，可是工廠關門大吉，無力償還，父母離開家，改變自己創辦事業之舉，到台北去謀發展。雖然在 8 年抗戰時期，父親發明以玉蜀黍大量生產酒精，在四川辦資中酒精工廠，在福州也設立酒精工廠，大量生產酒精，非常的成功，在戰時工業酒精用途很廣，那時常有供不應求之勢，沒有行銷困擾。

到 1948 年，父母來到台灣設立工廠。

可是遷到台灣後，屢次創辦工廠，都因為銷路造成問題，而停擺，如在出產肥皂，在新營一處買了很大的一片地出產磚瓦，種植一片很高大的柏樹，可惜全部枯萎。搬到新營另外一處，設立高高的大煙囪上面標明「東海化學工廠」出產醬油，醬色，乳糖。這樣借了一些朋友的錢。

父母後來都在公家機構工作，但是他們的薪金不夠償還欠債，我們小孩的獎學金就變成還債的款項，因為我們從上中學起，母親在嘉義女中教書的關係，都不用繳交學費。上大學後，債務全部還清，家境情況好轉，我們又考上公教人員助學貸款。

中學時代，我看到每次母親收到我們小孩獎學金的喜悅，因為這是又能多償還一筆欠債的喜悅，這個印象非常的深刻。

我出國後賺錢，就捐獻一筆款，並不多，一萬美金，到寧波同鄉會，加入寧波同鄉會紀念父母獎學金內，以利息分發獎學金。這聊表對同鄉會和父母的感激之情。

2006 年到南華大學執教兩年後，我到 65 歲退休年齡，校長要保留我，交代人事室主任，設法找尋退休後，

繼續用我的薪水來源，以便能付我退休後教書的薪水。可是人事主任說，沒有這種可能性。她有次在校園看到我，就問我，怎麼還沒有做離開南華的辭呈。受到她不和善這樣的對待，我就打算在兩週內，授完課，離開台灣，回歐洲。我給歐研所所長寫了一個 mail，說明我們要離開。所長讀到信，立即來我 329 研究室，請我們當天到外面晚餐，特地叫了德國啤酒款待，設法挽留我們。

　　這感動了我和我先生。事實上，我們並不需要南華大學的薪金，於是我們找到解決付給我薪水的方法。以在馬爾他設立的 Dolphin Foundation，每年捐款給南華大學歐研所 100 萬台幣，基金會每年給歐研所 50 萬為獎學金，50 萬作為我的研究費用。這樣跟南華大學繼續結緣，從 2008 年八月，我退休年起，一直到 2014 年，歐研所不再獨立為研究所，我們才離開台灣。

　　2015 年起，每年我還是來往於台灣馬爾他之間。馬爾他的大房子，作為南華大學文化交流來到歐洲的住宿開研討會處。

　　這就是我們跟南華大學的結緣，因為南華大學校長陳淼勝，和所長兼社科院長郭武平，珍惜我們，他們的這份珍惜的感情，才繼續結下了這個與南華大學的緣分。

虞和芳，14.5.2020

4. 回憶父親的鼓勵

　　在高中時代，我被選為全校的模範生，照片放大，掛在禮堂內，作為學校別的學生敬仰和模範的對象。那是每班先推舉班上的模範生，然後再由全校的同學，選舉出來三位，作為全校的模範生。在選舉之前，每位班上的模範生，要在全校早上升旗典禮後，上講台自我介紹一番，發表短短的言論。可能是我的神態和善謙恭，

我說的話樸實，沒有虛偽造作，引起別班同學的好感，才選舉我當全校的模範生。

那是在嘉義女中的實驗班上學的時候。全台灣，只有北部的師大附中，和南部的嘉義女中，有這種四、二制度的實驗班。實驗班在初一錄取的學生成績高的分配在一班，不用考高中，等到四年後，分為文理兩組，最後兩年，專門為升大學做準備。在我上到 5 年級，等於高二時，我選擇文組，父親希望我進理組，然後學醫。我對文組興趣高，預備考外文系，將來精通中、英文，從事寫作和翻譯工作。

父親問，我能不能拿到第一名，我說能，這等於是許諾了父親。因此我一改前態，我要爭取考大學，我答應爸爸，我會拿第一名，我就努力，果然從實驗四年級，未分文理組時，我為班上的第十二名，一跳，跳到第一名。換言之，我先立志要得第一名，才奮發，才發揮我的潛力，才能得到第一名，也才有可能被選舉為模範生。這是心理精神因素作為積極的後盾。

在我考中初一時，一位父親的朋友，從台北來看我們，送給我一本日記。父親說，我有一本日記本，能不能夠，就每天寫日記。我說能。這樣答應下來，從那天起，我每天寫日記，一直到今天。

考上第一志願的台大外文系，進入大學，跟北一女的同學一比，我的英文不如她們，加上我交了男朋友，搞戀愛，就沒把學業放在心上，可說是混了四年畢業。不過我遇到幾位對我很器重的老師。殷海光教授，張樂陶教授和鄭振宇教授，使我大學四年還算很是充實。

殷海光老師教我理則學，給我全班最高分。我時常去他家，跟他討論政治、人生，他崇拜羅素，讚美德國人的「力—Kraft」這個德文的字，是我聽他說而學到的第一個德文字。張樂陶教授，教我大一的三民主義，他

那時任訓導主任。畢業後，幫我在生活管理組找到一職，管理外國學生。鄭振宇教授是從政大來台大兼課，教我們翻譯與寫作。他來上第一堂課，要我們每人交一份中文和英文的自傳。我交上去了，沒有想到，他看了後，從全班中，就挑出我的自傳出來，說這是全班最好的一篇。他有一位畢業的學生，家就住在台大附近，每次學生請鄭振宇老師吃飯時，鄭老師就帶我一塊去吃。鄭老師非常的崇拜邱吉爾，我跟鄭老師學習到不少。

我們這一代，算是非常幸運的一代。沒有遇到可怕的戰爭，除了為升學考試，心裡受到一些壓力外，不愁吃穿，又有父母師長的教導鼓勵。後來我在德國改行，在自然醫學領域內取得行醫執照，這可能是受到父親當時要我學醫的一個意願。可惜父親 62 歲就過世，得胃癌過世。殷海光教授也是得胃癌，他們在我從事自然醫學之前，就已離世長辭。母親得乳癌症，享年 83 歲。連小我 6 歲的妹妹，在 2016 年因子宮內膜癌過世。

人生有不少的遺憾，愛莫能助的事。即使我以自然醫學行醫，治癒不少病人的疾病，頭痛，胃病等等西醫難以治癒的疾病。但是對母親和妹妹的癌症，卻是愛莫能助。

人生七十古來稀，我已經過了 70。活到這樣的年齡的人，很是不易。誰都不知道何時會進入死亡。能夠過一天，就是上天給予賜與多一天的時間。能夠多活一天，我要盡我的能力，在自然醫學的領域，在寫作寫文翻譯上，盡我的努力。

虞和芳，17.7.18

5. 回憶小學同學吳乃霞

記得我小時候，認為警察都是好人。在我小學一年級的時候，跟一位同班同學叫吳乃霞兩人，下課後，沒

有回家,還留在學校的外門路上,從路一邊到另外一邊,大聲的叫:「警察是好人,老師是好人」。卻沒有想到被一輛摩托的三輪汽車撞到,受傷昏倒。醒來時,是在學校的醫務室。還好只是膝蓋受傷,包紮後,清醒過來,吳同學送我回家。回家後,母親問我,膝蓋是怎麼搞的。我不敢說是被車子撞到,就說是摔跤。母親說:不可能是摔跤,妳快說實話。我哇的一聲哭了出來,以為母親是仙女下凡,所以知道是怎麼一回事,就不敢再撒謊,即說出真相。在聖誕節時,母親講聖誕老人的故事,我也信以為真。小孩的世界,是另外的一個世界。

姊姊談到她的回憶,並為吳乃霞寫了一首詩 〈憶童年〉

Dear Hefang:

我忘了妳在哪一章裡提到童年好友吳乃霞,看完後,我有同感。因為我在北平讀孔德小學一年級時,有位好友叫徐中和,她很漂亮,功課也好。可能我們在課堂坐的很近,常在學校一起玩。我記得很清楚在 1948 年春天的一個周末,她和她媽媽一起來我們家玩。我告訴她我們住在北平景山西街 13 號,有個朱紅色的大門。因為記的很清楚,至今未忘。那時我才六歲。也許因為懷念她,甚至大專聯攷放榜時,我聽了一夜放榜名單,但未聽到她的名字。我想她和家人一定留在大陸未出來。我 1978 年第一次回北京時,很想去警察局去詢問,看看能否找到她。但那時候大陸管的很嚴,連我們去景山西街 13 號門外照像,都被便衣警察詢問我們幹什麼。為什麼拿相機照像,所以就做罷了。但也成了我心中一直想念的朋友。

我寫了幾句妳想念吳乃霞的詩給妳。

06-19-2022

〈憶童年〉

童年好友吳乃霞，嬉戲追逐課餘暇。未料車禍橫飛至，醒後雙膝纏白紗。

乃霞扶我返家門，托辭摔跤校園前。為怕責罵放學戲，母親識破吾謊言。

思緒飛越半世前，換校乃霞音訊絕。未知別來無恙否，常記心田友情牽。

三、虞寶兩家的聯姻

　　虞寶兩家是親上加親：伯父虞槐庭和父親虞蘭庭（虞悅）一對虞家老大和老二兄弟跟寶家大姊寶瓊英和二姐寶桂英，即我們的母親結婚。她們有一位弟弟寶崇英，有深切的情感，舅舅對虞家的認識比我們所有的這一代虞寶家的小孩都清楚，因為他從小就在虞家內時常的走進走出跟隨他出嫁的姊姊。因此虞寶兩家的後代，彼此如同親兄弟姊妹，相處的非常和諧密切。

1 祖父給我們虞寶家的小孩訂下名字

　　哥哥比我大兩歲，比姊姊大 11 個月。哥哥是在 1941 年 4 月 10 日生。哥哥早產，母親懷孕 7 個月，哥哥就出生，身體瘦弱，頭髮稀疏，小名叫毛毛，名字叫虞和元，這是祖父定下的名字。聽說祖父很有才華，他是清朝最後一次科舉制度下考取的舉人，精通古文，寫的一手櫻桃小楷。

　　他到日本改學工程。他在留日時期，跟後來來到日本留學的蔣介石先生，和當時留日的不少同學，都有交往。祖父返國後，曾任東三省鐵路局局長，聽說那時他跟張作霖交情很不錯。他們搭乘火車有專門的火車。祖父看到日本人在東北囂張的態度，知道遲早會發生中日大衝突，他退休後的繼任者，跟張作霖一起在一輛火車中被日本人炸死。

　　我們這輩份的男孩名字在「虞和」下面，用「兒」字下面的一撇一捺命名。虞家最大的兩兄弟，跟寶家的兩姐妹結婚結為夫婦。這是伯父，大姨媽，母親和父親，親上加親。

　　竇家起初都是女孩，只有姨媽和母親生存，但是他們希望生個男孩，終於生出舅舅，他比母親小很多，他在姨媽跟伯父結婚後，時常住在虞家，對虞家情況知道的很清楚。祖父（虞家）和外公（竇家）都是留學日本。

　　伯父，姨媽生的小孩，我們以大哥二哥稱呼，大哥叫虞和先，二哥叫虞和允，我們母親生的兒子，稱為哥哥，名字叫虞和元，姊姊叫虞和健，我叫虞和芳。哥哥姊姊出生在四川，王婆婆看到他們出生，王婆婆（以後就稱她為婆婆）是遠方親戚，先在祖父家幫忙，聽說她丈夫是一位中醫，結婚後，她要連夜為丈夫製作衣服，沒有休息，染上眼疾，一隻眼睛失明。她生了一個男孩，丈夫年輕輕就過世，她守寡，就到祖父家幫忙。父母搬去四川，婆婆即跟著到四川。

　　那時正值中日抗戰。父親學化工，父母起初在四川辦資中酒精工廠，國家急需要大量的酒精，聽說父親發明用玉蜀黍製造酒精，大量生產酒精，供應工業用途，還甚至用酒精充當汽車的燃料。後來父親在福州又設立酒精工廠，哥哥姊姊留在四川，有婆婆照顧，還雇了奶媽。我 1943 年出生在福州。

　　北平家中還時常來過一位堂姐，叫虞姍姍，她的父母後來分別也遷到台灣。我們稱他為叔叔，叫虞宏，妻子稱她為阿姨，她是助產士。女兒稱她為大姐。她比我大好多歲。有次她帶我們上到屋頂上，我爬上去，下不來，她在一旁笑我，哥哥看我害怕，即把我牽下來。

　　祖父對局勢十分注意，看出大陸內戰，遲早會失守，就要父親到台灣興辦工廠。他們最先乘飛機到台灣，住在台北。伯父，伯母（她是續絃，姨媽在抗戰時過世，我們稱呼她為大媽）在 1948 年，帶領二哥，哥哥，姊姊，我，從上海搭乘《太平輪》到台灣，大哥和先留在

137

大陸。自此跟在大陸上的親戚通訊，只能夠透過舅舅在香港的同學朋友轉送書信。

虞和芳，6.5.22

2. 虞竇兩家兄弟姊妹

我們的伯父和父親娶了一對姐妹，即姨媽和母親，她們嫁給一對兄弟。可是姨媽早逝，姨媽生了兩個男孩，抗戰時，他們夫妻分別在兩地，姨媽得了腸結核逝世。因此母親一直告訴我們，大哥虞和先，二哥虞和允，是姨媽和伯父的兩位兒子，跟我們的血統完全一樣，等於是我們的親哥哥。連同我們的哥哥，這三兄弟的名字，都是以有一撇一捺下面的字為名，如先，允，元，前面都是虞和兩個字，虞是姓，和是我們這一輩份中間的字，只要看名字，就知道，是我們這輩的虞家親戚，這是祖父以一首詩定下我們的名字。

姨媽過世後，伯父就又結婚，娶了我們小孩稱之為伯母（大媽）的吳玉蘭女士。母親和父親搭乘飛機先到台灣，伯父伯母帶我們四兄妹（二哥，哥哥，姐姐和我）和王婆婆搭乘《太平輪》來台灣，大哥留在大陸，沒有出來。在 1980 年代我們去廣州時，拜訪過大哥。在輪船上，我們睡上下舖，在床上，用繩子綁住餅乾，吊上吊下的來玩。在船上吃魚時，我把魚，翻了一面，挨伯父打了一個耳光，說搭乘船，吃魚翻面代表翻船，不祥。我們扮演乞丐玩，也挨罵，說這是不吉利。伯父很忌諱這些事。而後來，太平輪船與一艘貨船相撞，全船沈沒，十分的不幸。

人生真是有很多事，不能夠預料，這是人事的無常。這也是人們一再希望知道未來。可是未來不可測。這是謀事在人成事在天的諺語，中西都有的這種想法。我曾

寫過一篇神秘小說「渾天爺」，來闡發人們對此未知之事的心靈活動反應的不同。

抵達台灣後，記得起初一天吃四次餐。大媽跟媽媽做菜，有次燒魚，兩人不知道要把魚肚子內的內臟拿出來才烹調。吃魚咬到了膽，好苦。起初我們住在台北，後來搬到新營。父親經營在新營購買一個很大的磚瓦廠。那是父親看到，台灣在建設，需要磚瓦，於是購買好大一個基地，有好幾個燒窯燒磚瓦的地方，有一個湖。父親心急移植一大排長成高大的柏楊樹，很可惜，它們都因水土不合而全部枯萎。

在新營，記得幾件事。那時外公跟我們住在一起，外婆留在大陸，處理一些事情，等外公和我們定居下來才來。

外公喜歡吃蓬萊米，每次婆婆做飯，中間放的是蓬萊米給外公吃。可是外公受不了台灣的颱風和地震，他又返回北京。幺妹是在我們住在新營磚瓦廠時在家裡出生。本來是請一位學過生產護士的阿姨來接生，她來住了兩個星期，等待母親生產，可是沒有等到。她離開後，母親生產，是婆婆接生的。那時還是著興婦女在家中生產。幺妹虞和芸比我小六歲。我進入東國民學校，在那裡讀了三年。

這是伯父伯母二哥，二嫂，爸爸媽媽，幺妹夫婦，舅舅舅母，哥哥嫂嫂來台灣的照片。

虞寶兩家，是兩兄弟跟兩姐妹成婚。這是親上加親。

3. 大伯父和大姨媽

大伯父名字為虞槐庭，大姨媽為竇瓊英他們倆人生了兩個兒子。虞和先、虞和允。

大伯伯是虞家最大的兒子，是祖父元配的大兒子。他很注重傳統，性情很和善，很顧著家庭。他對弟弟虞悅很尊重，他想要做什麼，都順從。不管他辦什麼工廠，大伯父來管帳，但是不干涉工廠的出產產品，和行政。他們兄弟倆，跟竇家的兩個姐妹成婚，即我們稱為大姨媽，和母親。

他的元配早逝，他又娶了續絃，即吳玉蘭女士，他們沒有小孩。1948年，大伯伯帶領虞竇兩家的孩子，和婆婆從上海到台灣。他的大兒子不肯跟著來，因為他正要攷大學。於是家中的小孩就分散到兩地，虞和先留在大陸，虞和允跟著我們大家一起，和婆婆來到台灣。

4. 大姨媽是母親的姊姊

大姨媽是外祖父留學日本時，跟他同學的妹妹成婚，在日本生了大姨媽。後來外婆千里迢迢帶著女兒到中國尋找丈夫。

有關大姨媽的事情，都是從母親口述後得知。她過世時，那時我們都很小，哥哥和姊姊還在四川，不過看過她的照片，個子高高的，人很秀麗。她有預知的本領。

母親談到她姊姊的預知本領

我母親在求學時代，正是最先進的學生，她一直不信鬼神，認為都是迷信。當然更不相信命運一說。就是因為前途未知，這正給我們好奇心，要我們去奮鬥，自

己來創造前途，不過世上到處還是有人相信算命的迷信，雖然有許多事是很難解釋。

這使我想起，母親曾說，那時她在北平讀師大附中，畢業前，全班到北平郊外的玉佛寺郊遊，她為了破除迷信，跳到玉佛身上，把玉佛從頭打到腳。

說也奇怪，她返家後，開始發燒，她這一病，喪失記憶，以致根本不能參加大專院校的入學考試。幸虧她高中畢業時成績不錯，保送北師大，她就上師範大學外文系。別人說，這是她打玉佛的報應。她認為這是她郊遊時，著涼，所以發燒，這不是什麼報應。她說，這樣想，是迷信，迷信應該破除。

可是母親說，她姊姊有預知的本領，但是母親從來不相信這種事。然而有幾次，她姊姊說出的話，或是做夢夢到的事，卻是真的，使她難於解釋。

有一天她姊姊醒後，對父親說，她夢到他在日本的一位好朋友過世。我外祖父是留日的，他聽到這話，責備她，別亂說話。可是後來外祖父接到從日本打來的電報，他的那位好友，果真如在我姨媽夢到的那天過世。

母親兩次瀕臨死亡的經驗

我母親在中日戰爭時，留在北京，繼續上大學。有兩次，她在租用的房間生煤氣，差點中毒，過世。她在昏迷中，只見自己跟一群人走向一個大地道，輪到她時，突然被阻止，她不准入內，這時如當頭一棒的被那阻止她入內的人打醒。原來那是她從昏迷中，被人救出來。

兩次都是如此，而更奇怪的是，她接到姊姊寄來的電報，問她情況，因為她姊姊感覺到她出事，在死亡邊緣。母親說，她對這些事，沒法解釋，為什麼，她姊姊會有這種預感。

超自然現象

超自然現象是受到很多科學家反對，因為它沒有足夠的科學研究人員，按照科學的方法證明其真正的存在。

就跟算命，宗教，都不是科學，感情感官，愛恨都不是用理論可以講得清楚，尤其未來有太多的未知數，我們一般人都想知道，可是無從知道起。這些領域，正是引起一般人的興趣，好奇，可是正是如此，它存在人們生存空間，難以解釋，在宗教領域佔了很重要的一個地位，宗教可以解釋奧秘所在。

自然醫學為身心靈的領域，令不少人反對，認為這是虛無縹緲，匪夷所思，就跟夢一樣，不能夠證明它的真實性，不能夠證明它的作用，存在性，然而這些奧妙的宇宙，宇宙現象，宇宙的生死奧妙來源究竟如何？引起不少人的好奇，探討研究，而產生日曆月曆，星象學，物理，算數，化學等的科學研究。

這是一種好奇，一種信仰，一種相信，一種不少人的傾向要去探索，它的究竟，還沒有完整的答案，但是它影響我們的思維生活，語言文化。

每一個國家民族都有它的神，鬼，妖魔鬼怪，夢，良知良能。宗教的聖經經典，奉為圭臬的文字記載經典，宗教用語，文學藝術。也正是這種精神和靈性的真實性，絕對不容忽視。這是不同人種，不同語言的人，能夠互相溝通。這些種種精神，靈的方面，影響我們的身體健康，疾病，以及治療的方法。因而凡是古代的傳統醫學，都有驅魔的方法，使病人恢復健康，這就是我所在意和注重這些神秘學的原因。

瀕死經驗

瀕死經驗是一種超自然的現象。迴光返照也算是這樣的一種現象。這是在接近死亡時一些人所經歷的現象。這些現象為靈魂出體包括看見親人、看見宗教人物或上帝、回顧一生的生活、有極度的恐懼、也有完全的平靜、安全感、溫暖一道亮光的出現、甚至看見超我和超時空的東西、以及其他超自然經驗的現象。

這些現象都是在臨床死亡，或很接近死亡時發生，但是很多案例並沒有死亡風險。隨著近年來心臟復甦技術的發展，瀕死體驗的案例數日益增加。有部份學者認為，這些現象並不一定要在瀕死狀態下才出現。許多從事科學研究的學者認為，這類現象是一種幻覺，而超心理學專家和部份科學研究者和哲學家則認為這些現象證明死後生命續存的可能。

瀕死經驗（NDE）的現象有不同的解釋，超心理學，生物學、心理學、宗教界均對瀕死經驗有不同的觀點看法和解釋。雖然瀕死經驗在全球很多地方也有發生，但不同的文化背景的人，瀕死經驗和對瀕死體驗的解釋大致相同。也有研究顯示，除了瀕死經驗出現的宗教人物隨文化背景而變，其他的內容相當地一致。有人從生理學角度認為，瀕死經驗的各種現象，看作是大腦的正常運作被擾亂後出現的生理反應。例如靈魂出竅，可能是因為大腦處理視聽等多種感覺的正常程序被打亂和分解而出現的錯覺，瀕死時在一個隧道盡頭見到白光的感覺，可能是由於大腦缺氧而影響了視覺系統的工作，從而出現錯覺。

這種經驗可以跟夢相通。夢是透過時空，跨過去，現在，未來的個人精神反映。解夢為古今中外許多人們

所關切的問題。不同的是，它每日都可能發生，而次日
作夢本人依然生存。

虞和芳，13.6.22

我們來到台灣時的回憶

我們怎麼下船，怎麼到台北，不記得了。只記得在
台北住的是很大的一棟日本式的大房子，聽說後來它為
台灣省主席的官邸。哥哥姐姐們在台北進小學，學校離
開家中不遠。早上8點我在家中，可以聽見小學內唱國
歌和升旗的歌聲。我很羨慕哥姐們上小學，而我年齡太
小，不准上學。心中很是懊惱，恨不得趕快長大，也能
夠跟他們上學校。台北的家中很大，從前面走到後面，
對我來說，要走許久。家中有園地，種植熱帶樹木和小
灌木。種的是什麼樹，沒有一點印象。家中客廳內有一
個裝飾，是水玻璃內有蚌殼類似的生物，有時蚌殼會張
開口，有時會有很小的螃蟹類似的粉色生物，在玻璃瓶
的水中趴動。但不記得在那裡住多久。這是對我來說，
來到台灣的第一個印象。

虞和芳，17.10.19

母親旅歐時經歷的一場無妄之災

母親在父親過世後，不久就退休，到美國去住。起
初並不打算在美長居。在1980年年初，母親從美國跟
華人旅行團來歐洲旅行。母親在歐洲荷蘭，在旅館外，
等待旅行社辦理好進入旅館手續時，照相，她的手提包
放在旅行箱上，而在這短暫的時間內，她的手提包被人
拿走。她沒有護照，沒有證件，地址電話號碼、錢包都
在裡面。這樣她不能夠跟旅行團一起繼續在歐洲搭大旅
行車遊覽。她一人流落在人生地不熟的歐洲城市。旅行
社團長，只開一個證明給她，要她去中華民國大使館辦

145

理護照，返回美國。可是大使館不理會她，說怎麼能夠
憑一張證明，發給她護照，她只有旅行社留給她的這張
證明和 600 美金，要一人設法返回美國。

　　我們跟母親約好在義大利她住的旅行團旅館會面，
可是當我們到達那家旅館等母親時，才知道她不能同行
旅遊。旅行社不知道她在荷蘭住在哪裡，我們不能跟她
連絡上。幸虧她記得姊姊在美國的電話號碼。打電話跟
她聯繫，姊姊立即照會美國大使館。美國大使館，因此
在姊姊的聯絡安排下，在美國使館的協助下，終於美國
大使館給她返回美國入境的證明，她才得以返回美國。
我曾記載此事，發表在 blog 內。

母親在美加入救世軍的陣容

　　母親從事教育一生，教過我們所有的兄弟姊妹。母
親為人師表，受到不少學生的敬佩和感激。後來母親定
居美國，她加入救世軍的基督教會組織，為教會服務需
要協助的人們。她得到救世軍的獎章讚揚。

　　母親後來很不幸的得發炎性乳腺炎，當時醫生說，
估計只有三個月的存活時間。幸好母親及時手術開刀。
她得以繼續生活 6 年。她生病時，幺妹每次送母親去化
療，陪伴母親。

　　姊姊記載照顧母親的一段臨終回憶。姊姊是我們兄
妹中，最能幹，最體貼，在每人遇到困難時，她都能想
出解決的辦法。母親生病時，她是母親臨終時，唯一在
場，親臨體會感受到母親如何離開世界的經過體會。姊
姊寫下的記載，非常的感人。幺妹臨終時，姊姊也是照
顧她，經歷幺妹臨終時，惦念子女為人母的心情。

姊姊講述母親臨終前的情況

　　1999 年 2 月 4 號，媽媽病重，躺在安老院，為了等
舅舅、舅母的到來，媽媽一直忍撐著即將逝去的生命，

奄奄一息地苦撐躺在床上。雖然那時媽媽早已不能講話，呼吸也很困難。但我告訴她這個星期五晚上舅舅、舅母會趕到。媽媽知道後才答應帶上呼吸器。每天我跟她說還有三、二、一天他們會到。

　　4 號晚上六點左右，幺妹道安帶了舅舅、舅母來到安養院媽媽的床邊。舅舅握住媽媽的手說：我們來了，看到二姐，心願已足，於是禱告，唱聖歌，唸聖詩給媽媽聽。看到媽媽臉上還流下眼淚，表示她已經感到、聽到最親愛的弟弟、弟妹來了。那天晚上 8 點他們才回幺妹家休息。他們走後不久，護士進來測了媽的腳溫，告訴我：妳媽媽大概撐不過今晚，叫我不要睡。我說好，我握住媽媽的手告訴她，請放心，我會照顧好哥哥及妹妹們。

　　一直到清晨二點半，我聽到媽媽的急促呼吸聲，最後她叫媽媽（我想是她看到外婆了），眼睛忽然睜開看了我一下，好像要說謝謝我，頭一歪，就嚥下最後一口氣。媽媽與舅舅，姐弟情深，半世紀多以來一直互相關心，與扶持著彼此。所以媽媽一直等到、摸到、聽見舅舅最後的聲音，才安心、放心、安詳的、蒙主召恩離世。每念及此，永生難忘。說不出心中有多悲慟。

5. 大伯父的第二任妻子吳玉蘭女士

　　大姨媽過世後，大伯父又再結婚，那是吳玉蘭女士。她跟我們一起搭乘《太平輪》到台灣。我們跟她相處的時間很久。她對二哥也很好。我對她很尊重，她待人和善，但是似乎矜持，總有一點保持距離。不過我很敬愛她，曾寫文發佈紀念她。

懷念伯母吳玉蘭女士
　　我有一位伯母，她是吳玉蘭女士，山西平定縣人。我從她那裡聽到一些話，其中有說蔣經國當平定縣縣長

的事。她長得十分的美，有蓋平定之稱，即是平定縣當時最美的一位女子。

我進入東國民學校，在那裡讀了三年。有次學校有活動，大媽陪我晚上去學校，還記得演出一個漁家小孩的擔心：天那麼黑，浪那麼大，爸爸捕魚去，為什麼還不回家，聽海浪滔滔，真讓我心中害怕。

跟伯母回家時，在漆黑的夜裡，看到有流星。這時伯母告訴我，那是天上掉下來的星星。我問，會不會掉到我們的頭上。伯母說，不會，要我別擔心。

有次颳颱風，二哥把我裹在他的風衣內，一起回家。二哥非常照顧我們。聽說有次姊姊掉到學校的茅坑內，二哥把他的褲子拿給姊姊穿，帶她回家。在那小學中，我被老師和同學欺負，他們見我是外省人，把我拉到一邊揍我。有次大掃除，我去噴水池取水，滑了一跤，被一位女老師，打了一個耳光。相形之下，家裡是一張溫床。

那時伯父伯母大家都住在磚瓦場。伯母喜歡貓，父親不喜歡，有次父親把伯母的貓甩出窗外。伯母每逢走進家的不速之客的貓，就收留，而父親幾次要丟掉。她就只好帶著貓，蒙上眼睛，走到遠處，將她從籃子中，揭開矇住的眼睛，放入可能有人會收容她的家庭。有次有隻貓，在伯母這樣安排下，居然又跑回來了。可見貓也會認路，要回到愛顧她的伯母身邊。

後來搬到新營另外一棟房，父親不做磚瓦廠，改建東海化學工廠。伯父母住在斜對面的一間小房間，他們三餐都在我們家吃。每當開飯時，我們就大聲叫：大媽大伯伯吃飯了。他們幾分鐘就過來，大家一起吃飯。那時我時常到她家裡，跟二哥玩，他很會逗我，把我逗得哭後，大媽就一邊笑著，叫二哥別這樣逗我哭，同時對我說：六歲七歲討人嫌。言下之意，要我乖一點。

　　大媽是遠視眼，做活時，線穿不進針孔，我幫忙她穿，跟她聊天。她教我唱，蘇武牧羊。記得她說，蔣經國當過平定縣的縣長，在他當縣長的那時，平定縣治安非常的好，夜不閉戶，不會有小偷光臨。她在燕京大學學音樂，是基督徒。我們搬到新營鎮內，住新營，開工醬油廠。附近有一個浸信會教堂，大媽在裡面彈風琴，教教友們唱詩歌。每次帶我們小孩去做兒童禮拜。

　　在新營父親開真善美醬油廠，大媽和母親管醬油製成後，用吸管放入醬油瓶內。二哥管把瓶蓋用儀器往下按，蓋上蓋子，哥哥姊姊和我，管把標籤貼在瓶子上。請了一位工人，來做各種雜事。有次，大媽發現么妹掉入水溝內，把她抱出來。後來搬到嘉義，爸爸白天在溶劑廠做事，業餘開了一個醬色廠，由伯父和伯母來看管。有次伯父外出，我去陪大媽過夜，她生活非常有規律，照顧我好好的。後來她到台北幼稚園做事，我大一時，還去幼稚園看她。有次我們一塊回嘉義，在火車上，她十分照顧我，別人讓她的座位，她要我坐，我不肯，後來大家擠一擠，都有座位可坐。

　　她的字體很漂亮，有次抄太極拳的歌詞給我，這是第一次我看到她的字體。她有一位表妹在英國，我們稱她為熊姨。她原來在香港，聽說丈夫是百萬富翁，離婚後，她到倫敦，跟一位台灣去的外交官結婚。她生活的很奢侈，跟英國女王學，每件衣服只穿一次，然後不時寄穿過一次不再穿的衣服給大媽。

　　我上大學後，大媽就把一些衣服拿給我穿。我們從德國去倫敦時，還拜訪過熊姨。而曾幾何時，大伯大媽都過世了。我也上了七十多歲。記憶中跟大媽學的蘇武牧羊的歌，我不時還唱著。人事變遷好大，回憶往事，不勝唏噓。

＊＊＊＊＊＊＊＊＊＊＊＊＊＊＊＊＊＊＊＊＊＊＊＊＊＊＊

149

　　回憶伯母這一段事，是讀到 Jenny 寄來一信中，說她去武陵農場到蔣經國為退伍軍人所設，做義工，可見得蔣經國的眼光和毅力很強。台灣能夠有今日的成就，兩蔣的功勞不可滅。而 Jenny 義務解說到武陵農場值班6 天回來：「真覺神清氣爽，能和來自台灣各地的遊客，分享武陵的故事和樹木花草，真是一大樂事啊！」

　　Jenny 是一位肯效力，正向的實踐者，當義工，為別人，但是自己也同時享受到大自然的美。台灣能夠建設的那麼好，蔣經國的功勞不可以滅。從蔣經國這段，使我回憶起伯母說的平定縣在蔣經國當縣長時的建樹，而一口氣寫下一段回憶伯母的往事。

虞和芳，9.4.2020

夢到媽媽大媽

　　今天下午 12 點半，我們在後陽台午餐。很簡單，蒸出冰凍的小餃子點心，他切了四片香瓜。在午餐時，我切那片香瓜時，右手拿餐刀，左手拿叉子固定那片香瓜，刀子一滑，劃破了左手中指甲旁邊。下午一點二十，我躺到床上午睡。

　　夢到媽媽，大媽，感覺到腳抽筋，手臂疼痛。媽媽化療後，手臂腫痛，每次我去美國就給她針灸。最近馬爾他的天氣可能忽冷忽熱，我手臂長了很多的小包包，右手大拇指好幾天前被玻璃杯劃破好深的一道口，雖然收口，可是仍然不時疼痛。今天中午午餐吃瓜，切黃金瓜時，切到左手中指指甲蓋邊緣，加上腳抽筋，跟媽媽的病情，和 S 的膝蓋，腳疼痛，他說是疫苗注射的後果，就夢到媽媽和大媽。這是夢到媽媽的原因。

　　醒後，回想到大媽吳玉蘭女士，她是一位很有耐性，吃苦耐勞的親戚。她跟大伯父結婚後，辛勤工作。她是基督徒，聽說她結婚時，要她先向大姨媽，即是母親的姊姊，大伯父的元配，上香膜拜，她不肯。虞家就對她可能不大滿意，大哥哥可能因此不願意跟我們到台灣

來，而留在大陸。於是虞竇兩家的第二代，只有大哥在大陸，我們都來到台灣，么妹還在台灣出生。我們的外公外婆，雖然外公曾經來過台灣，但是過不慣台灣的地震和颱風，又返回大陸，跟外婆聚合。從此不曾再會面，雙方的動態變化，似乎只有在每年我們寄給外婆全家的照片中能看出一些輪廓。通信要透過舅舅在香港的朋友轉信。想到大媽，我從沒有看她抱怨或發脾氣，也從來沒有看見過她生病。不知道她是怎麼過世的？據姐姐說她是得老人痴呆過世。

大伯父是回到大陸，後來在大陸過世的，大媽有蓋平定的雅號，她長的是很美，她來自北方，喜歡吃麵食。每當我們吃麵，她加水混合麵粉，做麵條，動作很快。包餃子時，她揉麵團，揉成一個長圓型的麵，切成小小的一個小團的麵粉小包，將它揉成圓形，桿麵，很快的一張一張，一片片的小圓片的餃子皮就弄好，我們小孩來包餃子，很快的一大堆的餃子就做成了。這是記憶中，我們在一起大家一塊分工合作來吃麵，包餃子的記憶。這可能是中午我們吃「小餃子」引起對大媽的一段回憶。

虞和芳，11.6.22

還想起，婆婆買豆芽來，我們大家一起把豆芽的根拔除，婆婆炒豆芽，在餐桌上，就有一盤白色可口的蔬菜。

今天午睡很快醒來，人感到很冷，急忙的到後陽台曬太陽。雙腳放在被太陽曬得很燙的綠色圓型鐵的桌子邊緣，好暖和，好舒服。不一會全身發熱，我進入客廳，S泡了一杯咖啡，穿上黃色的皮夾克，要到前陽台享受咖啡，那裡風大，沒有太陽陰涼。我在後陽台，太陽曬得很暖和，進入屋子後，脫去上身發汗的衣服，他問：不冷？我見他泡熱咖啡，身上一身冬天的打扮，問他：不嫌熱？

　　午後短短的一個夢，使我回憶起跟媽媽大媽在一起的一段過去。人生真是奇妙，即使現在夏天馬爾他的天氣，前後冷熱不同，兩人感受冷熱也不同，我午睡冷了，往後陽台跑，曬太陽。回到房間熱得很，脫掉流汗的衣服。他在室內，開前陽台的門，感受陰涼地方的冷風，平時怕熱的他，穿上冬天的皮外套，而怕冷的我，到後陽台上曬了太陽，熱得出汗，兩人在客廳的相會，完全是不同的感受。而之前的夢境喚起我過去一段的回憶，夢真是奇妙。

　　在這短短的空間時間，透過夢境，回憶，將過去，現在，拉成了一片，能說人生不奇妙嗎？夢境回憶不奇妙嗎！

四、虞和元的父母和婆婆

1. 我們有嚴父和慈母的教育

　　父母雖然生長在老式家庭。兩家祖父和外公都是留學日本，都是當初的年輕有為之士。遇到從清朝轉為民國的時代。

　　我們的父母親接受的都是最新的教育，五四運動後，中國的思想教育改變，接受西方的科學，科技（science，賽先生），民主（democracy，德先生）。反對迷信的新時代的青年。父親在燕京大學，先學西醫醫學，後改為化工。母親是學英國文學。這些都影響後日的發展。父親在 62 歲時，因為積勞成疾得了胃癌，經過手術等的治療，不幸還是往生。

父親－虞悅；母親－竇桂英

2. 紀念父親的書籍——虞氏春秋

父親很可惜在享年才 62 歲時，就過世。母親和伯父們在台灣為紀念父親和他一生努力的成果。出版虞氏春秋一書。

父母在對日抗戰時，搬到四川，發明用玉蜀黍製造酒精，代替工業和汽油的應用，在四川創辦資中酒精廠，哥哥和姊姊出生在四川。後來父母又到福州設立酒精廠，晝夜不停的生產，據說母親曾勸說父親，夜裡停工，因為日軍飛機來轟炸，工廠繼續開工，給敵人一個轟炸目標，父親還是不肯。他們在福州的時期，我即在 1943 年出生在福州。

祖父是清朝最後一屆舉人，留學日本，轉行學習工程，返國後任東三省鐵路局長。那時東北是肥沃的地區，日本就往東北勢力發展，鐵路是一個重要的運輸樞紐，祖父的後繼人，跟張作霖在火車內密談，被日本人在火車上炸死。這件事，對中國的影響很大，張學良，要為父親報仇，引起西安事變。祖父返回家鄉後，在 1948 年就看出大陸不守，要我們父母先到台灣去開闢。

父母 1948 年搭乘飛機赴台，據說之前的飛機墜落出事，全機人員死亡。但他們還是搭乘飛機赴台北。聽說之後的一架飛機也出事，全機人員也死亡。大伯父帶領婆婆，伯母，二哥，哥哥和我們姊妹，從上海 1948 年搭乘太平洋艦到基隆港口。而 1949 年同一艘太平洋艦，因為超載，又跟跟貨輪相撞，只有 48 人獲救，其餘全部死亡。這件事維基百科全書，還有報導有名的受難者名單。

那時中國受到日本侵凌，8 年抗戰，不知死傷多少的軍民，之後內戰，又遇到通貨膨脹，即使來到台灣，

路上也有風險，能夠抵達人生地不熟的台灣，真算命運對待我們不虧，更要感激在這種情況下，父母繼續奮鬥，設立不同的實驗和新工廠，如生產肥皂。父母搬到新營城外，在那裡購買磚瓦廠，出產磚瓦，幺妹在那裡出生。她比哥哥小 8 歲，比姊姊小 7 歲，比我小六歲，好可愛的妹妹。那時外公跟我們一起住，但過不慣台灣的颱風和地震，就一定要回國，因為外婆還在國內出不來。外公就一人申請到返回北京的許可，自此虞寶兩家的上一代都在國內，大哥也在國內，沒有來台。我們一家分散到兩地。

父母因為磚瓦銷售不出去，就搬到新營城內，設立東海化學工廠，這些我們都經歷過。這次特別在銷售方面盡力。在那裡生產醬油，取名為真善美商標，在廣播電台還播放這首真善美的歌。那時我們大家總動員，父親是學化工，用豆麥發酵，製作出又鮮艷，品質又優良的醬油。母親和大媽用吸管，管把醬油輸入到玻璃瓶子內。一位工人王心得管把瓶蓋壓到醬油瓶上。週日工人不來，二哥跟哥哥來做這件事，姊姊和我張貼商品的標籤，上面是小標籤，下面是大標籤。產品請批發由專人代為推銷。記得有次一位包商，拿走我們一家共同生產的真善美醬油，不付款，父親氣得快要爆炸。這可能是釀下父親日後的胃癌。

3. 紀念父母基金會

在母親 1999 年過世後，我們寄給寧波同鄉會一萬美金，為父母在寧波同鄉會設立一個紀念父母基金會獎學金。我們幾位小孩受到獎學金的資助受益非淺。這只是聊表示對父母的孝敬，以及對寧波同鄉會的感激之情。

4. 回憶紀念文

母親對我的啟示——母親的告誡：不可以說謊話

也許是 AB 血型人的一種特色，具有 A 型和 B 型血型人的個性。有時我看起來很柔順，但是有時又很大膽，天不怕，地不怕，敢跟老師抵抗，不在乎後果。

小學畢業後，我考上嘉義女中實驗班，不必考高中，初中三年是由劉老師當國文老師和導師。我不喜歡劉老師的權威勁，我又常愛發問題，有時不滿意她的回答，我竟居然敢拍桌子，跟她理論。可想而知，她就很不喜歡我，每次作文成績都給 70 幾分。

有次學校徵文，我去投稿，我寫的是「寒假記趣」。開學後，作文題目是寫寒假，我就寫下那篇同樣的寒假記趣之文，得來的分數，又是 70 幾分。可是我的那篇寒假記趣在徵文中竟得了第二名。這時劉老師在作文本上，改了分數，變成 80 多分。再開學後，又寫作文，我忘記了在作文本上寫上名字。劉老師發回作文本前，說班上有一位學生，寫的文章最好，她唸出那篇文章，原來那是我寫的「風雨之夜」。

我寫的是懷念我小學三年級的同學吳乃霞。那時常跟她一起遊玩。我小學四年級換到新營的台糖小學，再也沒有吳乃霞的信息，在風雨之夜中，我的心緒圍繞著她轉。即使現已事隔六十多年，我依稀記得她小小的臉蛋，牽著我的手，陪伴我回家的一情，一景，一影。

我上中學三年，作文老師對我敵視，我感到自己有能力，卻不能夠發揮，心中很納悶消沈。我不知道人生每天上學、下學，為什麼？上學對我沒有多大的意思。讀了四年實驗班的中學，成績平平。那時實驗班要在第五年級時，分文理班，我不喜歡物理老師，就選擇文班。父親問我，我能否從下學期開始，得第一名。我說好，

於是升學也要緊，我就加緊讀書，果然成了班上第一名。被選為全校的模範學生。可見得，在成長過程中，父母師長對一個小孩的發展，起到很大的影響。

虞和芳，30.8.18

對自然醫學的愛好起源

　　小孩的好奇心都很重。小時候遇到看到的一些事情，通常多多少少會影響到一個人的興趣和後來的發展。記得母親說我小時候，有次手被燙到，她立即把我的手抹上雞蛋清，手就沒有起泡，沒有留下疤痕。這多半是在三歲前的事，我記不得了。母親還說，有一次，還在大陸，我生病，一位名西醫生給了藥，她看藥太重，就倒掉一大半，才拿給我吃，但是還是嫌重，我沈迷好久，才甦醒過來。

　　後來上大學時，聽加利說，他有一個哥哥，很是聰慧，他生來有四個乳頭，他小時候有次生病，他母親請同一位名西醫生看病，藥太重，他哥哥因而過世，那竟然是同一位醫生。當我聽到此話時，真是震驚，多可惜，一位草菅人命的醫生，庸醫多麼的可怕，慶幸我母親的直覺，和她的知識，不盲目信任西醫生開的藥劑。透過母親，把大部分的藥量丟掉，才拯救出我的小生命。小時候，每次喉嚨痛，母親拿筷子沾上食鹽，要我張開口，吐出「啊」音，將食鹽點在我的小舌頭上，然後閉口慢慢吞嚥帶鹹味的口水，喉痛很快就痊癒。這些母親告訴我的話，和她做的事，我到今天還記得清清楚楚。

　　母親喜歡讀書，她在嘉義女中教過我們三姊妹的英文。家中收集不少的最新的知識雜誌，書，她一空下來，就讀書，吸取新的知識，不時告訴我們。小時候有一次，家中王婆婆手腳被熱水燙到，她來自農家，知道用麻油

加上生石灰，來治療她的燙傷，很快就痊癒。在家裡發現兩本薄薄的武俠小說冊子「無敵春秋劍」。它寫的很動人，很精彩，我從此就對武俠小說著迷起來。那時還是在小學六年級，裡面描述此劍吸收日月精華，印象中的作者是還珠樓主。從此沈迷於武俠小說，小說中談到輕功，金鐘罩功，點穴。

　　家中放有伯父訂的不少的雜誌，其中有談氣功的，中醫運氣，那時就讀了因是子靜坐法。對中醫無形中起了很大的興趣。中學時，還跟一位老師學習舞劍，是用竹竿當劍，要做俠女。初中時，沈常福馬戲班來嘉義演出，徵求空中飛人節目的小孩去應徵。我去應徵，但要得到父母的允許才准加入此馬戲班，可是母親不答應。這看出小孩時要學習特別技巧本領的熱心。

　　到德國，有自然醫學療法給人治病的可能，但是那時要有德國籍，才能夠參加考試得到執照。我曾拜過房煜林老師學習針灸，他把他的全數本領教給我，他沒有小孩，沒有人接受他的衣缽，就要我留在美國跟他一起開設中醫學校。後來結識周治華大夫，他原是學物理的，用科學方法解析針灸，出版一本「針灸與科學」，在美國加州 South Orange 開業，我在他那，實習過一段時間，他要我跟他一起工作。最後我還是決定返回德國開設自然醫學診所。我即積極的申請到德國籍，通過考試取到開業執照，那是 1981 年。在德先後開業二十載，在這之前，在不同的機構，社區專校教授中醫。並對開業的自然療法，和西醫醫生，教授針灸。這樣一方面在其診所可以幫忙治療他們難以解決的病人，一方面教他們實習針灸，直到我自己通過考試，在 1981 年正式以自然醫學行醫。

這段在德國行醫的經驗，是我一生最積極貢獻精力的時期，接觸到不少的病人，深入到他們身體，心靈的內部，這是一段難以忘懷和難得一有的經歷。

虞和芳，14.11.2020

回憶父母兄姊妹－拾穗的人生　諷刺幽默反思　前言

小時候聽到父母在讀「讀者文摘」，「拾穗」等書和雜誌時，不時發出微笑的聲音和討論，知道他們從書中得到不少的樂趣。在我們家中，雖然父母很嚴肅，不過有時還是會跟我們說些好玩的話。有次父親說：我是天下第一個大好人。我問：那麼媽媽呢？父親回答：媽媽第一，我第二。

我們上高中後，父親建廠的錢，全部還清，家庭環境改善。父親從石油公司嘉義溶劑廠的新研發，得到台灣的科學獎，台中的東海大學，請他兼課。父親還受到美國公司，來嘉義參觀，並且邀請他去美國。他回來後，帶來客廳中的一個白色的地毯，不准許任何人在客廳吃東西。我就問：那麼媽媽呢？父親回答：媽媽是唯一一個例外。

父母親的一生曲折離奇，他們在富裕家庭中長大。父親有不少的新發明，抗戰時，發明新法，大量的製造酒精，工業和取代汽油的酒精。他建廠出產，在四川有資中酒精工廠。哥哥姐姐在那邊出生。後來遷到福州開酒精廠，我在那裡出生。父親的工廠賺了好多的錢，後來遇到通貨膨脹，幾乎全部損失。

家遷到台灣，父親繼續開工廠，肥皂廠，磚瓦場，醬油，醬色等工廠，可是因為不諳銷售，產品沒有足夠的市場，節節敗北，以致賠錢負債。那時王婆婆管家中一切家事烹飪，我們三個兄妹上中學，么妹剛上小學一

159

年級，我們三人中午的便當，合分一個蛋。過生日的人，才有特權，在早飯時得到一顆蛋。對於王婆婆我們十分感激，我寫過好幾篇文章懷念她。

母親在嘉義女中教書，我們兄妹不用付學費，而且每人都有寧波同鄉會的獎學金。父母雖然兩人都做事，賺的錢，卻要還債，每次當寧波同鄉會的獎學金下來的時候，母親鬆了一口氣，又可以多還一筆債。直到債務還清後，父母才鬆了一口氣，我們家的生活才改善。

因此當我在德國經濟情況允許後，就在台北寧波同鄉會設立一個紀念父母的基金，利息作為給同鄉子弟們的獎學金，這只是一點小小的回饋對父母和寧波同鄉會的感激。

雖然家庭有一段清苦的日子，可是父母教養我們小孩，以身作則，從來沒有聽到他們吵過架。這樣我們小孩都能夠知道節儉，知道學問的重要，要好好讀書。

妹妹出生後，跟我們的年紀差了一大截，我們都很喜歡她。她非常的靈巧，在她出生後，家中有另外的一種情趣。妹妹很聰明可愛，她比我小 6 歲，不大喜歡唸書，小時候，我是她的小姊。妹妹喜歡吃零食，喜歡玩，她的零用錢用完了，就來問我想吃什麼，她要當跑腿為我買來，我們一同分享。這樣我逮到機會，就要她聽話，不准她亂玩，好好讀書，她滿口答應。可是一當我見她又要出門找小朋友玩，不肯讀，要她背唸的唐詩時，她就又反抗，不聽話。雖然她並不愛讀書，她在嘉義女中的成績很不錯，考上台大。妹妹嘴巴很會說話，有次父親開玩笑說，男人要娶年輕的女人，因為女人會早老。妹妹說，相反，應該妻子年紀比丈夫大，因為男人會早死。父親說她「狗嘴裡長不出象牙」，她回答「虎不生犬子」。

這些都是人生中，一些小小的拾穗的樂趣。這本書，主要是記載 2015-2016 年人生的另外一面，那是在生活中偶然出現的一些幽默，諷刺，反思，談論的小小片段。思念父母和逝去的妹妹，將此書以父母常讀的雜誌「拾穗」，幺妹在家中的一段幽默的話語，作為此書的前言，並將此書獻給父母，幺妹在天之靈，若是他們能夠讀到此書，想會有些地方也笑出聲來。

虞和芳，29.10.19

媽媽、王婆婆、葉嘉瑩教授

葉嘉瑩是在台大教詩選的教授，我去旁聽她的課，她的博學令人驚訝，說的一口京片子，分析詩詞的明瞭透徹，是難得的好教授。那時她教詩選的時候，她說，這些詩要用方言讀，才能看出它的押韻。她就請本省人，或是廣東人，用他們的方言來朗誦，果然別具風格，國語不押韻的地方，方言還押韻。並不是每個在家中會說方言的人，都會用方言唸詩，有些同學就不會唸。這是很奇妙的事。我們家的王婆婆就是只會說寧波話，我全部聽得懂，同學來，我可以翻譯成國語，讓她們知道婆婆說的是什麼，但是我卻不會說寧波話。語言要有訓練才行。

有次我把她的解析詩的方法和舉例說明，投在一篇新創立的刊物上發表。那時年輕的一代開始有了創意的想法，設立小型的文學雜誌，由喜愛文學的大學生來執筆，不用給稿費，刊登後，還可以購買此刊物送人。跟我索稿件的，是曙光文藝出版社，刊登後，我買了幾本，我寫的第一篇文，就是講葉嘉瑩教授詩選的課。葉教授的神態端詳，風度優雅，不管在什麼時候，在什麼場合，都是挺直的端莊態度。那時聽說，她的丈夫曾經受牽累，被誣賴有匪諜嫌疑而被監禁。她在課堂從不講私事。後

來才知她是滿洲人。而滿洲人和漢人一個樣子，一點分辨不出她是滿洲人。

葉嘉瑩教授跟我同一年出國，她到美洲，我到歐洲，在辦理出國手續時，不時的遇到她。再度遇見她時，是三十六年後，在南港的中國研究院舉行的國際漢學會議上。在那裡也遇到了吳宏一教授，他是跟我同年上中文系的同學。我選詩選的課時，時常看到他。他在台大桃李滿天下，有許多學生圍繞他，我去開會，他也很照顧我。

那時葉嘉瑩教授從加拿大返回台灣參加國際漢學會議，卻遇到一件萬萬她沒有想到的事情。在機場，學生來接她，獻花給她。她拿了花，另外一位學生幫忙她拿她的手提包。可是那位學生後來不見了，她的手提包，裡面有她的護照、信用卡、錢，全部遺失。這是一個陷阱，不知為什麼找到葉嘉瑩老師的頭上來這樣的使她受困。她要忙著去料理這件突然發生的事。我說我有台幣，她可以拿去用。她回答，出版她書的書局給了她的版稅，她不愁錢用，只是要辦理護照，信用卡等等的手續。

想起 1979 年，我母親有次從美國跟旅行團到歐洲旅行，她告訴我們此團會去羅馬，住在哪家旅館。我們從德國趕到羅馬，要跟她會合。我們早到一天，次日去那家她說好的旅館，可是所有旅行團的人全部抵達，就是缺了我母親。趕忙去找團長，才得知，他們抵達荷蘭首都時，我母親把她的手提包放在行李箱上，在等著旅館的 check in 時，她拿出相機在照相，只有幾分鐘，她一回頭，她的手提包不見了，被人偷走。因為這是旅行團來旅行，她沒有護照，不能夠跟著此團繼續她的歐洲之旅。我們急得要命，但是旅行團團長，不知道她住在哪裡，只說她等待辦好返回美國的手續後，就會私自的返回美國，旅行團團長，給了她回程機票，和在辦手續住旅館的費用。

　　後來聽到母親述說她的遭遇，她拿的是台灣護照，去找台灣的大使館，對方說，旅行社出的證明，不能證明她是寶桂英女士，不予受理。她還好記得我姊姊虞和健在美國的電話號碼，那是密碼查不到電話號碼。她告知和健。和健跟美國大使館聯繫，她才能夠拿到美國的入境證明，返回美國。母親說，她一輩子沒有在異鄉人地生疏的地方遇到這樣孤獨無助的情況。幸虧她是嘉義女中和師大附中的英文教師，要不然語言又不通，她真是不知會變成什麼樣的情況。

　　因為母親遇到這種意外遺失手提包的事，我對葉嘉瑩教授的類似遺失的護照身份證信用卡的事情，倍覺要盡力。葉嘉瑩教授被學生來這項奪走皮包的事，一定對她心理上是一個打擊，這是一種沒有料到的意外事件。好在她曾是台大教授，知名度強，又有出版商的版稅，不需要我的協助，就解決了她金錢拮据的疑難。但是仍然可以想像她的受驚和奔跑辦理護照等的各種手續繁忙不方便的情況。

虞和芳，1.2.18

無限思念

　　在媽生時，我不會想到，有一天媽會過世。她在我出生時，在我懂事後，她就一直的存在，她怎麼會消失？她不會消失，她沒有消失，她不可能消失！在我出國後，儘管跟母親分離，但我知道，母親是在國內。以後她住在美國。我們不時通信，不時打電話，有時我們會面。她一直都是存在的。我不能想像，她有一天會離開我們。這也許是我不願意去想，更不願意接受這個事實。所以就根本不去想，也不去面對這個事實。

　　直至有一天，它發生了，它來臨了。這時，我像是一隻失去了舵的船，我失去了方向，茫無所從，不知該如何是好，這是我第一次真正的感到和體會到失落。當

我看到媽的遺體，躺在那，仍然栩栩如生的樣子，我默默的想，「她哪裡有死，她怎麼會死？她沒有死。」我在等待著她的眼睛睜開，但是她靜靜的躺著，一動也不動，她安寧得很，沒有一絲痛苦的表情。難道這就是死亡？

是的，死亡把母親的生命奪走。死亡使得母親不能再對我們微笑。我們在她眼前哭，通常的話，她一定會起來安慰我們。但是死亡把她奪走，她只靜靜默默的躺在那，一動也不動。對我們的哭泣，她沒有反應。她要是知道的話，她一定會有反應。但是死亡把她帶走，死亡使得她，對她周圍所發生的事，視若無睹，死亡使得她無能為力。我們對她的死亡，也是無能為力！我們人的力量是多麼的渺小，我們對死亡是多麼的無奈！死亡是太可怕了。

當痛定思痛後，我思念著母親，逐漸對死亡又有了另外的一種理解和看法。我先痛恨死亡，因它剝奪母親的生命，使我們分別在兩個不同的世界。但因為母親的死亡，使我不得不面對死亡，使我對死亡有了新的領悟。自從媽媽過世後，我的人生觀改變不少。我對死亡有了另一種體會。媽媽接受了死亡，媽媽跟死亡已經合而為一。這是一件不能夠改變的事實，因此我必須接受媽的死亡，我也不再害怕死亡，不再痛恨死亡。因為媽媽是在死亡的那一邊，那是唯一的處所，我又能夠跟媽再度的會合。至少這是我的想像，和想像中的期望。

因為媽的緣故，我對死亡已經不再陌生生疏，不再害怕。同時，對於仍然生存的人，尤其對診所年紀大的女病人，自此都特別的體貼。她們跟母親過世前有共同點，她們有著病痛，她們處在需要人照顧的地步。她們使我不覺想著母親曾經受過的病魔煎熬和痛苦。我為母

親心痛難受，我深深的懷念母親。母親已過世，我對母親的愛，對母親的懷念，只能表達在對那些跟母親一樣大年紀的別的病人身上。看她們的病痛，似乎我就看到母親的病痛一樣。我悉心為她們治療。她們動作不靈活，我幫忙她們脫衣，診完病後，幫忙她們穿衣。這時我會想，母親一定會高興我這樣的對待年紀大，又有病痛的人們。

　　我多麼希望，在母親生時，我能夠這樣好好的照顧到母親！只可惜，她只來德國短期觀光，不肯來德國長期定居。母親一向是充滿愛心。也許她能夠感應到我這麼的做，是出自對她的愛。她一定會贊成我這樣的做的。我這麼的想，這麼的做，這不只是出於我的責任心，這是出於母親愛的感召！時常我會夢到母親，在夢中，母親根本沒有死，也沒有生病，她跟生時一樣。我想著，以前母親也並不是一直在我的身旁，但我知道她的存在。當我想到，我能夠會見她時，就感覺心安。

　　現在雖然我再去美國，不能拜訪她，不能夠在這個世界中，再見到她，但是她仍然跟以前一樣的，存在我的心裡。她只是在另一個地方。要是在另一個地方，我們又能夠再相見的話，我還有什麼可以懼怕的？至於有沒有那個另外的一個地方？它只是我的期望，或只是我的幻想？這些我不能夠知道，也不能夠得到答案。唯一知道的是，那個地方，是每一個人最後所必經，必入之地。至於它是什麼一個地方，是虛無飄渺，是……那些都不重要。

　　只要我想到，母親是在另一個地方，那麼那個地方，只因為母親的緣故，對我來說，它已經存在，不管它是一種什麼樣的型態，不管它是怎麼的令人捉摸不定。有一點，我確知，雖然母親在另一個我們看不到，摸不著

的世界。但是母親是活的。那是母親的精神力量。母親
儘管離開這個世界，她在這個世界，並沒有消失。她存
在我的心裡。她活在我的心內。當我思念懷念她時，她
又靠得我那麼的近，她似乎就活在我的身旁。我體會到
了，什麼是精神不死。

去的太早

Heissler 從 1980 年來，是我的一位病人。他的母親
九十歲過逝。我曾經見過她好幾次面，是她陪她孫女，
即 Heissler 的女兒來診病。那是十二年前的事了。當我
接到 Heissler 母親過世的通知後，立即給他寫了一張卡
片，表達我的哀痛之情。我說，我可以想見他內心的難
受，因為我在一個月前，也失去我的母親。

我跟 Stefan 說，Heissler 的母親，活的比媽媽長，
要是媽能活到九十歲多好。Stefan 聽到我說的話後，即
說，雖然我羨慕 Heissler 之母親活得長，但若 Heissler
聽到這話，他愛母親的話，一定不會同意，我說他母親
活得長。這話是對的。我們愛父母，那麼不管他們活到
多大的年齡，只要比我們早逝的話，我們都會覺得他們
應多活些，我們都會覺得，他們活的不夠長，那怕是九
十，一百歲。

想到所認識朋友圈中，今年二月過逝的四位，媽最
年輕，她才只活到八十三歲。媽應能多活長些。十二月
裡見她，她跟兩年前一樣，並沒老什麼。她的頭腦清楚
極了，我們說什麼，她都聽得清清楚楚，明白得透徹。
那麼怎麼一個月後就過逝了呢？我實在很難接受這個
事實！真羨慕別人有母親。他們的母親能活到高齡。為
什麼媽就不能呢！若是媽二月裡能度過那道傷風後體
弱的難關，說不定還能再活上十年的。

心中真悔恨，一月裡沒能多陪媽。要是我們大家都能夠在今年一月跟媽相聚會面時，多陪著媽，也許她不致於死得那麼的快，那麼的早！

修補媽媽手織毛衣

媽媽送給我一件，自己用手織的毛綫毛衣，我很喜歡穿它，穿著它時，心中有一股暖洋洋的感覺。經年久月這件毛衣就出現幾處破損的地方。我仍舊繼續的穿著它，可是左袖子的手肘處，磨損了一個大洞，袖口也是裂開。

上次去德國時，在一家店鋪內，看到有一團花色混合的毛綫，雖然跟媽的那件毛衣不一樣的花色，可是有藍色。黃色，棕色的混合。於是買了下來。昨天和今天上午把有磨損的地方全部補上去。雖然我補的不好看，但是至少彌補了破損處。

今天 Stefan 還看到 Prinz Charles 也穿補丁的外套在花園中工作。他說這是一種好的習慣，將珍惜的衣物，縫上補丁，連英國王子都這樣做。

今年 106 歲的余宗玲校長

余宗玲校長是我在進入嘉義女中唸書時候的校長。她的女兒余安之在我們班上。我們唸的是實驗班。那時我母親在嘉義女中教英文，常提到余校長，提到她的哥哥余紀宗為中國時報的創辦人。後來余宗玲校長跟痲瘋院院長結婚，帶女兒離開嘉義女中赴台北。

我曾在 blog 上寫過余宗玲校長〈緬懷余宗玲校長虞和芳 20.7.18.五發佈〉裡娘家姓面主要有三點：余宗玲校長製作嘉義女中的校歌歌詞；她為嘉義女中爭取到實驗班；她活到 100 多歲，今年應該是 106 歲的人瑞了。能夠活到這樣的年齡，不是一件容易的事情。

感謝武平老師寄來的「人瑞評宋楚瑜」，這篇文章看出余宗玲校長的認識宋楚瑜和她對他的評論，裡面提到許倬雲教授。他的姊姊許留芬是我母親竇桂英女士來往很密切的朋友，那時她時常談到他的弟弟許倬雲。這都成了很遙遠的一段回憶。很可惜我母親已作古，要不然還能跟她談「人瑞評宋楚瑜」。

附錄：「人瑞評宋楚瑜」

高齡103的余宗玲老太太，抗戰時官拜中校在胡宗南「麾下」工作，胡正準備給她報升上校時，因抗戰勝利而未果。但胡知道她本來要出國留學，因抗戰耽誤了，特別給她三千美金，資助她出國留學。學成回國國府已退守台灣。她先進教育界，任「嘉義女中」校長。

教育部曾有心改制中學學制為「四二制」（中學六年，前四年內完成所有課業，後兩年作為大學預科）「嘉女」與師大附中同被選為男女各一的實驗學校。以在嘉義的遍遠與資源差距，她卻打了非常漂亮的一仗；實驗班全部考上公立大學。並有五人為榜首；嘉義「許家班」的張文英、張博雅姐妹，都是她的學生；這些學生都對她非常敬愛，至今張博雅和她們的同學，還常去探望「余校長」（這也是一般人對她的「尊稱」）。

周書楷時代她被外交部借調為文化專員。在任期間幾乎走遍全美，訪問學者及留學生，解決各種問題；許倬雲兄弟，就是她當年發掘贊助過的留學生；至今，許倬雲、許翼雲兄弟的姐姐許婉清（李模的太太，李建復的媽媽）還非常感念她，與她結為至交。她發表任駐美國文化專員後，宋楚瑜正要赴美國留學。他的父親宋達帶著宋去拜訪她，拜託「余姑姑」「關照我們楚瑜」。故宋在美留學時，常在假日與陳萬水帶著兒子到「雙橡

園」去跟她共渡週末，她對宋楚瑜也視如子侄無微不至。
她說，當年，知道宋跟李登輝走得很近，她很為宋擔心，
曾經提醒他：李是個城府很深，不簡單的人物，對他要
心存戒心！宋卻很得意地說：「我們親密如父子，晚上
我到他家去，他穿著睡衣到客廳來接見我。」老太太出
身仕宦人家名門閨秀，聞此為之無言！在中國的文化傳
統上，成年又有身份教養的兒子，除非父親臥病在床侍
疾，是絕不會看到「衣冠不整」穿著睡衣的父親的；只
有妻妾、奴僕才會看到這一面！換言之，她認為這不是
「親密」而是「輕賤」。

　　凡有教養的人，也絕不會在有客來訪時，穿著睡衣
到客廳裡見客！而宋楚瑜卻以此沾沾自喜。後來，果然
被李擺道，弄得灰頭土臉！她也看穿宋時時處處都在用
「心機」算計！為馬英九的那一跪；老太太說：「他是
在學盧修一為蘇貞昌下跪。人家以病重之身無法輔選，
在選情危急的時候下跪，所以感動了許多人！而馬聲勢
大好，要你去為他跪甚麼？明擺著就是強賣人情給馬英
九『示恩』，以便日後以此『挾恩需索』！」從此之後
余宗玲老太太就「不想再理他（宋）了」！但她很喜歡
陳萬水，覺得陳萬水真是溫良賢惠。已然病重，還被宋
楚瑜的政治野心逼迫著，去為他拉票，以至活活累死！

　　這位人瑞巾幗老太太也是《中國時報》的「姑奶奶」
——她是余紀忠的胞妹。因為她是「遺腹女」，手足之
情更逾倫等。余紀忠去世大家都來安慰她的喪兄之痛，
但其實她有自己的社會地位、聲望、事功，余紀忠對她
並無助益，大家只知她是「余校長」。余紀忠去世之後
大家才知她與「中國時報」的關係。「時報」的人有
個笑話說：余紀忠天不怕、地不怕，就怕他妹妹！人家
老太太名門閨秀的教養，為人處世合情入理。又歷經黨、

政、軍、教、外交，見識卓越，是余紀忠幕後的「智囊」；重要的社論，都會先送給她看。

她過一百歲生日時，馬英九、陳沖（當時的行政院長）都致送壽屏和賀禮，派「退撫會」主持慶生會，耕莘醫院四十五年慶，也請她和馬英九一起切蛋糕。

這些年來，事實證明宋楚瑜只能算是個想「左右逢源」的投機份子，政治丑角！他是有些小聰明，當年蔣經國壓伏得住他，能適才適任的用他，也造就了他。當時確曾人模人樣的被期許過。後來「賣身投靠」、「賣主求榮」跟民進黨暗送秋波，蔡英文公然要讓席「親民黨」，只能說是他「圖窮匕見」了！有人把他比擬曹操，真是污衊了曹操，他哪配，說穿了，他就是一隻搖尾乞憐的哈巴狗！

5. 鍾愛虞和元的婆婆

在我們四位小孩出生時，婆婆就隨伴著我們，直到我們出國。婆婆最疼愛小哥和元，小哥很感激婆婆，他在出國前，婆婆很不捨得他，他就跟婆婆說，等他在美國結婚生孩子，他要接婆婆到美國住。但是婆婆心裡有數，這一別，就很難再見面。

從千層底布鞋到對婆婆的一段回憶

千層底引起我對王婆婆的思戀和一種愧疚的回憶。在我上新營的東國民小學一年級到三年級時，那時不少同班同學都因為家庭窮困，打光腳。我看到別人打光腳，或是穿很便宜的鞋子，就要跟他們學，不穿鞋子。這時我們家的一位王婆婆為我做千層鞋，還在鞋面繡花，很是美麗，要引誘我穿她手工做的布鞋。而我非但不感激，反而起反感，暗中要儘快的弄壞她苦心做的千層鞋子。

　　王婆婆是父母從大陸上帶來臺灣的家中幫手。她看到我打光腳，說怎麼可以打光腳，石頭或是玻璃會把腳刺破了，她就要我穿上她做的千層鞋子。班上沒有人穿這麼講究的布鞋，我就不肯穿。但是抵不過大人們的反對，祇好穿上。我就表示反對，穿上它時，用力的把鞋子在水泥地上磨，沒有多久，就把它磨壞掉。現在想起來，小孩子太不懂事了，不知大人們的一番好意，要入鄉隨俗的硬跟著別的小孩打光腳。真是人在福中不知福，還嫌大人們的囉嗦。太不識相了。

　　王婆婆結婚后，為丈夫連夜做衣服，染上眼疾，一隻眼睛瞎了，祇剩一隻眼睛。她一直照顧我們家的四個兄妹到大學畢業。這樣父母不必操心。她每天五點鐘就起床，給我們小孩弄早飯，便當。父母起身后，給他們弄第二次早餐。他們上班後，她就擦地洗衣服。她裹小腳，每天還去菜場買菜。然後準備父母的午飯。下午收拾曬乾的衣服，做家事，之後又準備晚餐。那時沒有煤氣，她都要生煤球，煮熱水，照顧家中大大小小的三餐和家事。

　　有一陣子，家裡開的東海化學工廠關門，父母到臺北找事工作，我們四個小孩全部由她一人獨自的照顧養育。那時家中經濟情況很拮据。她不但得不到薪水，還倒貼錢，給我們小孩加菜。她沒有讀過書，不識字，但是她記住我們每個小孩的生日。每當我們生日的時候，不知道她怎麼會看日曆，早飯她都做了長壽麵，裡面放一枚蛋來為我們慶生。

　　她最疼哥哥，每當爸爸發脾氣要打哥哥時，她聽到的話，就站在父親和哥哥的中間說，要打他的話，就打她，不准父親動手打哥哥。我跟婆婆睡在一起，每當她

的背癢，我給她抓背時，她都說：好舒服，比喫魚喫肉還舒服。

當哥哥姐姐到美國留學后，她一聽到飛機飛過的響聲，就跑出到院子那看飛機，口中喃喃的說，就是飛機把他們帶走飛到美國，何時能夠再帶他們返回到臺灣？哥哥曾說，以後他在美國生了小孩，要把她接到美國去，請她代養他的小孩。她不知道美國在哪裡，祇知道很遠很遠。

她活到 80 多歲，近 90 歲后，非要返回浙江的家鄉。母親祇好託人找到她的兒子媳婦，把她送回到老家。後來母親和姐姐從美國到浙江去探望她。我也曾委託一位武漢餐廳的宋老闆，返回中國時，從德國帶錢給她。她那時已經全盲，記憶也消退，不管她知不知道，我們對她的孝敬之心，這祇是表達我們對她的一點懷念和感激之情。這樣好的王婆婆，也是中國社會的一種傳統美德。

這些回憶中的日子越來越遠了，我們懷念她，想她。此刻我的心也緊緊的跟她系在一起，感覺我們靠得很近。

虞和芳，4.1.18

有關月亮

同學 Paul 寄來一篇觀月者，讀了此文引起我的一段有關月的童謠和對教我們此童謠婆婆的回憶。

Paul 談到月亮，"Thus, we became moon watchers. The moon knows my heart because she has a maternal softness and her light not only shines upon but caresses our upturned faces. Sometimes, we do not see her but we know she is there guiding our steps in the cold and dark morning !"

　　是的，月亮一直為人們所關切「但願人長久，千里共嬋娟」，月亮不管我們在哪裡，都會跟隨我們。月亮的盈缺，自古就使人們有很多的想像，遐想。

　　記得小時後聽到我家的王婆教我們小孩童謠：

　　「月亮走，我也走，我給月亮提笆簍。一提提到天門口，打開天門摘石榴。石榴樹上一碗油，大姐二姐來梳頭。大姐梳個金板兜，二姐梳個銀板兜，三姐不會梳，梳一個糾糾在後頭。」

　　這位王婆婆跟我們一起來台灣，聽說是遠房親戚。丈夫二十多歲早死，她生了一個兒子，就守寡，在我祖父家幫忙。在我記憶中，她那時來台灣已有六十歲了。我父母都工作，她就照顧我們四位兄妹。她能幹得很，我母親生妹妹時，她來接生。聽說哥哥姐姐在四川出生時，也是她來接生。她把家中弄得井井有條。我們小孩都被她照顧長大。

　　她到八十多歲，非要回浙江寧波老家。當我哥哥，小名叫毛毛和姊姊，小名叫大妹，在 1965 年 9 月同一天飛往美國求學後，她一看到飛機就罵，說它把毛毛和大妹帶到遠方，不回來了。我 1966 年也離家到歐洲。在 1972 年返回台灣時，那時家已經搬到台北，母親在師大附中任教。王婆婆說，我們小孩一個個都離開台灣，她不肯在台灣待下，就非要回大陸。父母託人為她安排返回家鄉，設法送她返回寧波。那裡她跟兒子和媳婦孫子會合。

　　我父親剛 62 歲就過世，母親提前退休也到美國。後來姐姐和母親從美國還返回大陸去看王婆婆，那時她已 90 多歲，雙眼失明，但是還知道那是她們去看她。在 1975 年，我在慕尼黑圖書館做事時，有一位武漢參館的宋老闆要回中國去看他的兒子，我請他經過寧波時，帶

給王婆婆我一個月薪水 3000 馬克。他去看她，說她頭腦不清，他把錢交給他的兒子和媳婦。

我們每一個人都對她十分感激，時常想到她。我們到大學畢業一生都跟她度過，直到家中小孩全部出國，她就要返回老家，她有中國人的傳統，不肯過世在外處，要返回家鄉。想到我們這一代的各處為家，失去我們的根源，是幸福？不知道。我想我們這一代每人都有其支離破碎的過去。

夢到跟一位阿嬤說話

夢中出現不同的人物，其中有一位三、四十歲的婦人和旁邊的一個人。跟她談了一些話，談的什麼話，不記得，只記得其中有一句話，就是問她，每天幾點睡覺，她說她都是每晚在 10 點，就上床睡覺。

這位婦女的模樣是跟昨天瑞明寄來一個短短影片 A Little boy 的阿嬤很像。在那影片中，她準備殺一隻雞，一隻手抓住雞脖子，另一隻手拿著菜刀。每當她要割雞脖子的時候，旁邊的小男孩就哭叫，不讓她殺這隻雞。這個片子雖然短，但是那位小孩的哭叫非常的感人，使人想到，他可能曾經看過母親殺過養的雞，使他不願意再看到雞被殺，這是這個小孩在懂得生死的區別後，孩童的惻隱之心。晚上就出現這位阿嬤的臉孔，她對著小孩和那隻雞之間微笑，有些為難的神態。每當小孩哭時，她就把切雞脖子的刀停下來，看出她猶疑的反應。

夢中就出現我問她每天幾點睡覺，她回答 10 點。這個夢是昨晚看到那部小影片，和我發佈在 blog 上的長壽健康的短文有關。它跟我們家中的王婆婆和我也有關的反映。它反映出我小時候看到王婆婆殺雞，兩人都不

忍心的情境。換言之，那部電影的阿嬤殺雞，小孩啼哭，這是一幕反映出，喚醒出，我小時候經歷過的情境。

那時家中養雞。每到逢年過節的時候，王婆婆都要殺雞。她每天都是早睡早起。在殺雞之前，她先抓住一隻待殺的雞，先切雞脖子的動脈時，她都要先唸一道詞：「不是我要殺你，而是有客人來，不得不殺你。」她先切雞脖子，將從脖子內的血，倒在一個碗內，等被殺的雞不動了，放入在一盆燒熱的水浸入，那是為拔雞毛用的，這樣可以容易拔雞毛。她是習慣於做這件事，我曾經看過她殺雞，心中雖然感覺不忍心，可是並沒有去阻止，禁止。這變成知道我沒有權利去阻止，禁止後的心情寫照。

在台灣的時候，偶爾去菜市場，在市場中，對待被放在籃子裡面出售的動物，都是沒有仁慈之心，放在小小的圈欄子內，任這些小動物們擠來擠去，不滿意的叫來叫去，這些小動物的命運，最後都是被殺。我寫過一篇《白白》的小說，白白是一隻豬的名字，那是描寫在法國生活時的一隻豬的寓言小說。

王婆婆雖然殺生，可是她有原則，不吃牛肉，她來自農家，養過牛，看到牛辛苦工作後，不忍心吃牛肉。雖然她來到我們家幫忙，也給我們炒牛肉，滷牛肉吃，可是她絕對不吃牛肉，也不吃自己養的，殺了的雞。這是她的仁慈之心。她活到 90 多歲，跟我們來到台灣時，不到 60 歲，到她近 90 歲時，一定要回到大陸老家。她有一個兒子，我母親不得不給了她一筆錢，把她送到她兒子和媳婦那裡。後來母親還跟我姊姊返回大陸，去看她，可惜她卻全盲，也不完全知道她們是誰了。儘管如此，我曾經將在德國，我在巴伐利亞圖書館賺的一個月薪水，請慕尼黑武漢餐廳的宋老闆，去大陸時，帶給王

婆婆。她把我們幾個小孩帶大，我們對她都有無限思念和感激。我也曾為她寫過一篇回憶的文章。

昨晚看到瑞明寄來的 A Little Boy 的短片，晚上就出現一位阿嬤，她很像那位短片中的婦女，而醒後我想到兒時王婆婆殺雞的一景，她都是早睡早起，而我老是做不到這點 10 點關燈睡覺，就出現夢中那位阿嬤說她都是 10 點睡覺的夢境。

夢到送姊姊上機場

夢中跟姊姊連絡上，她告訴我，她的電話號碼。後來她要搭乘飛機回美國。我要送她。我叫了一輛載運貨物的車子，它比計程車便宜。搭上了此車子，告訴要去機場。他開我到了機場，問在哪個航空公司下車。這時我才知道，這些我都不清楚，我只是知道，姊姊下午要乘飛機回美國，我們只是在電話中，通了電話，顯然她是在另外一個地方，我們要在機場見面。我身邊沒有手機，要找她的電話，打算問她，她搭乘哪班航空飛機，但是若是請司機打電話問她的話，她會不高興，因為她很慎重，不願意電話號碼讓別人知道。美國她的電話號碼都是密碼，詢問處問不出來的。那麼該怎麼辦？我想只有下了車，到詢問處問，這時我醒來。

這個夢顯然跟 2016 年跟姊姊到台灣時，我們在台北住的旅館會面有關聯。我們是為舅舅和幺妹的過世，到台灣奔喪。他們在前後兩天過世。幺妹在美國，舅舅在台灣。姊姊在幺妹過世前，陪她在 hospice，經歷她的過世，參加幺妹的喪事後，就來台灣，我們一起來台灣參加舅舅的葬禮，我從馬爾他搭乘飛機飛台灣，只待一個星期左右，為舅舅和幺妹，趕出一本紀念冊《魂夢遙》

來紀念他們。姊姊不讓我去接她，我們講好在旅館大廳見面，當兩人見面時，忍不住相抱哭泣。

　　之後我返回歐洲，姊姊就搬到二哥那裡住了幾天，然後返美。她的接送我都沒有到機場相迎接和送行。她來時，交代我，不要去接她，我們在旅館會面。她返回美國時，我已經離開台灣，不能夠送行。這是我們在台灣兩人相會面的情況。在這之前，我們相會是在美國媽媽過世後，在 1999 年我們在媽媽的葬禮在美國會面。哥哥和幺妹都去參加。而在這期間，幺妹過世已經 5 年，哥哥今年在 9 月 21 日在美過世，姊姊因為疫情，也沒有參加哥哥的葬禮。我們只是正在安排為哥哥出版一本紀念冊。這些都是很遺憾的事，手足從小一塊長大，而學成沒有歸國，都在海外，彼此各有家庭，各奔東西，難得一見，最後陰陽異路，只有在夢中相會了。這是此夢，要在機場跟姊姊見面，兩人要在機場會面，而我有心意要去機場，卻是兩人沒有溝通好，我到了機場，連姊姊搭乘哪班航機都不知道，我搭乘載貨的計程車前去，不知在哪下車的茫茫然情況。

　　這也可能反映媽媽在 1979 年從美國跟中國人舉辦的旅行社一塊來歐洲旅行。跟母親講好，我們在義大利，他們要住的旅館會面。我們搭乘火車到羅馬，到那家旅館要跟媽媽會面，才得知媽媽在荷蘭抵達旅館拍照時，手提包放在行李上，等待旅行社的嚮導辦理住房事宜，她在短暫等待照相時，手提包被偷，她沒有護照，沒有任何證件，不能夠跟旅行團繼續旅遊，一人只有流落他鄉，旅行社團長，只寫了一個簡介，留下 600 美金給她，要她去台灣辦事處，辦理手續，但是台灣辦事處，不給補發她的台灣護照，最後幸好，她還記得姊姊的電話號碼，打電話給姊姊，姊姊透過美國大使館，給母親出一

個證明，她才能夠回到美國。母親在這期間，來到異鄉，人生地不熟，遇到好多的折磨，受到很多的罪。我們到義大利，她聯絡不上我們，我們不知道她住在哪個旅館，聯絡不到她，只是在義大利乾著急。人生有很多意想不到的事。

醒來，想到王婆婆，跟 S 談到王婆婆的種種，她是在傳統中，重男輕女的環境下長大的，她裹小腳，結婚後，生了一個兒子，為丈夫趕縫製衣服，連夜沒睡，眼睛發炎發病，一隻眼瞎，丈夫又過世，她一人寡婦帶著一個兒子，來到我們祖父家幫忙，照顧我父親輩長大。她跟我們到台灣，家中三餐全由她一人照顧。家中四個小孩，也跟她一塊長大。她雖然不識字，但是好能幹，把我們當做自己的孫子對待。每人的生日，她都知道，我們生日時，吃長麵，加一個蛋。每次灶神過生日，她都不忘。買了好多的糖果飲食祭灶神。

有一陣子，父親辦工廠，賠錢，最後父母上台北去尋出路，王婆婆一人照顧我們四個小孩。有一晚半夜，有人在搖動門，她聽見聲音，到院子裡看到有一個高大的頭，在往內看，她問那人做什麼，那人沒有回答，就離開了。我問她不害怕是鬼。她說她一生中，沒有見過鬼，鬼不會傷人，傷害別人的，都是人。哥哥姊姊赴美後，她看到飛機飛過空中，都要罵：你們為什麼把毛毛（哥哥小名），大妹（姊姊小名）帶到那麼遠，什麼時候把他們送回來。在父母經濟拮据，沒有付她工資時，她拿省下的錢給我們添菜。她令我們懷念不已。人生有好多值得我們懷念的親友。王婆婆是一位了不起的人物。

虞和芳，11.12.21

回憶王婆婆

王婆婆是我們不能忘記的看到我們長大，我們每個小孩都非常感激她的人物，很可惜我們四位兄妹，兩位已經過世，這真是一件很令人傷感的事。下面是昨天，跟同學友人通信時，談到王婆婆。

Dear Paul:

Very interesting！德國有很多不同的狗種，如在警察查詢走私，或是監獄中的狗，多半為狼狗。用狗來驅逐 wild animals such as racoons. A hunting dogs keep them away！，或是用來打獵，防小偷盜賊，歹人入侵，這是很實用。這使我不覺想起，我們在德國 Giessen 曾經養過一個狼狗，因為在 Lahn 河旁邊，位置偏僻，有次我們去參加 Hannover 城的工業展覽，家中被人破門而入，偷走一位王婆婆送給我的一枚金戒子，這使我很傷心，因為別的東西，都還可以購買，而這枚有紀念性的戒指，卻不可再得。

我離開台灣到歐洲時，她也是不捨，把省下的錢打了一個大戒指，非要叫我拿到國外。而在 Giessen 家中被破門而入後，偷走了這枚戒指，我們才養了一條狼狗。後來搬家到城中公寓居住，只好把狼狗送走。祝福

安康

虞和芳，9.1.22

Dear Daniel:

是的，我們歷經三代，還記得「學童喜歡飼養的寵物是蠶，從吐絲到作繭自縛，破繭為蛾，過程相當有趣」那是跟大我兩歲的哥哥，看他養蠶，跟他一起去到公園採擇桑葚葉子餵養蠶。而哥哥去年過世，但這是一項值得回憶的往事。

「在瓦斯爐沒出現前，生火作炊用煤球爐」，那個時代，家中三餐由王婆婆管一切，在我有記憶起，她大約已有 60 歲。她跟我們一起來到台灣，她只會說寧波話。當瓦斯爐來時，她拒絕使用。後來使用瓦斯，當瓦斯用光，她會抱怨還是煤球好。老一代的人們，有她們的可愛處。

「二十年為一個世代，不知不覺過了三個多世代，從社會的實習生，過渡到退休的資深公民。好的事物僅能在記憶中翻找，那些年學校有規矩，公務員有官箴，軍人有志節，社會講求儉樸勤勞的美德，然而一切都走遠了。」說的非常真確，感謝轉寄分享。祝福
安康

虞和芳，9.1.22

小偷光顧 Giessen 在 Lahn 河旁邊的房子

我們跟 Lahn 河有一段緣份，所住的 Giessen 城，和 Marburg 城，都是 Lahn 河河流經過的地方。尤其是住在 Giessen 時，就在 Lahn 河的旁邊，從陽台上可以看到 Lahn 河和它的對岸，那是正瀕臨在 Lahn 河旁邊。附近沒有住家，只有住在城中的德國人在 Lahn 河河邊租借或購買一小片花園的園地，週末來整理花園/菜園，休閒的地方。有些德國人搭蓋小小的木房，放置園地的用具，和簡單的桌椅，可在內棲息，週末下午在那裡喝咖啡。然而我們租住的是一棟如別墅的搭蓋的石磚房子，正式可以居住的帶花園，院子的洋房。附近左右沒有鄰舍，沒有住家，相當的清淨。

那是第二次搬到 Giessen，我已生了兩個小孩，我們挑選一棟花園別墅的房子，它正在 Lahn 河旁邊。有一個不算小的花園，底樓屋主放置一艘船，可以拖到河邊

放入 Lahn 河中。旁邊是敞開的車庫，停放一輛老式的
VW 汽車，這是我們在德國購買的第一輛汽車，它是二
手車，不過相當好用結實。兩個小孩在花園遊玩，或是
在陽台上遊玩，很自在寬敞。他們相差一歲十個月，兩
個小孩會對話，聊天，又有空間遊玩。家中養了一條狼
狗，叫小黑，從小就以 50 馬克買來，牠跟小孩子玩。這
段時間，對兩個小孩來說，是在家中玩樂，沒有上幼稚
園，沒有別的小孩，但是他們兩人可以遊玩，並不寂寞。
我那時也整天在家，只偶爾開車去一次馬堡大學，當晚
返家。

　　這棟洋房的第一層樓，有三間房間，上面還有一個
閣樓。院子跟一般家庭來比，算是大的，裡面有一個狗
的小木房間，小黑就住在裡面。有次我們去 Hannover 城
看商展，小黑在這段時間送到狗的居留所，每天付費。
可是回到家中，發現小偷光顧 Giessen 在 Lahn 河旁邊的
房子。為了防安全，我把每間房間都上了鎖。小偷用強
力打開每間房間，偷取錄音機，它不值什麼錢，可是偷
走王婆婆送我的一枚金戒子。這對我來說，是無價之寶，
因為它是用錢買不回來的紀念品。

　　她後來過世了，雖然她送的戒指被偷，但是我對她
的懷念卻是被別人偷不走的。這種懷念感激之情，是任
何人都拿不走的。這是她對我們愛顧恩澤的留香。

虞和芳，19.10.19

第三章
虞寶兩家的子女們

一、虞和允篇章

1. 頤和園前奏曲：談到為哥哥虞和元出書和我們間的家庭情況

小妹，看到你的信心中感慨萬千

二哥：

　　有您的消息真好。只要您們身康無恙就好。請多保重！敬祝

　　安康

和芳上，1.9.21

姊姊問起一些大家情況

二哥、繼媛、小妹、俊茹：

　　日子飛快，一幌已經進入秋季的九月了。今天有空看到關於想編輯虞氏春秋的家譜，非常高興二哥能把他記得的一些事情寫下來。但我不知大哥哥是否還能在這方面貢獻一些心力。因為很久沒跟他通 email，只知小敏還照顧他。但不知他的記憶如何？雖然老徐只有 84 歲，但他不但記憶減退，連話話咬字都不清楚。所以不但行動不便，思考也跟不上。所以不知大哥目前狀態，因他比我大 12 歲，也就快 92 歲了，真希望他還腦聰目明。如果大哥還記得一些軼事，可以口述給小敏，請她記下來，再告訴大家。

　　謝謝繼媛、俊茹及和芳的信。得知威禮一家已到台灣，威禮到南港中研院天文所工作，真太好了。祝福他們。他女兒也長得很高了與我們家的二孫女瑪婭很像。我不記得二哥的大外孫女，是否今年進大學？還是已經是大學生了？在這疫情間希望大家多多保重。每次出門回家要洗澡及洗鼻比較安全。祝福大家。代問候另一半好。

和健，2021 年 8 月 31 日，週二，下午 12:18

姐姐：

　　剛接到您的來信。每次有您的消息，我就把別的事，放在一邊，看您的來函。

　　姐夫 84 歲，他一直都注意養生，幾年前在網路看文章很勤，時常寄來養生和別的有意義的文章。那時他的情況一定還不錯，可惜後來中斷，因為他的 mail box 滿溢。若是他能繼續的話，也許不致於記憶減退，連說話咬字都不清楚。

　　他每天如何過日子？您整天都要陪他？您還有時間整理花園？最好他的輪椅也在花園內，他可有新鮮空氣，您也接觸園中的植物，那時您寫的園中詩很好。

　　現在每天寄給我三首詩的余處長，快一百歲了，腦筋很清醒，每天三首詩中，多半都是講最新中美和台海兩岸的情況。我每天回覆他一首。這種互動很好，訓練自己，不把自己系住在家中的四壁，而能擴大眼光和心懷，對退休的人來說，一定不能把自己侷限在家中，要跟外界來往互動。寫回憶是一個很好的對話方式。您還有繼續攝影？希望能夠看到您的攝影，和一些詩作，即使寫寫一天的動態，也是很好。祝福

　　安康

　　　　　　　　　　　　　　小妹和芳上，7.9.21

二哥談到他的兒孫

Johnny Yu 於 2021 年 9 月 14 日下午 4:07 寫道：

　　今天看到你們的來電，立即回覆。結果又遇到困難。總之我將努力提供資料。但不知你們手中是否有二本你大伯編輯的虞氏春秋和蘭庭先生紀念文集？那裡有很多你們需要的資料。大妹提到我家第三代，先禮的老大哲承暑假後已大三唸中原大學化工材料系，老二哲昊義

守大學營養系，先慧老大中興大學園藝系老二李琦唸麗
山高中升高一。他們都大了。我們怎能不老？今天先說
到這裡怕話太多畫面又跑了。

二哥：
　　讀到您的來函，您建議的很好，虞氏春秋有不少可
取用的資料。
　　先禮的老大哲承暑假後已大三，唸中原大學化工材
料系；老二哲昊唸義守大學營養系。先慧的長女唸台中
中興大學園藝系次女李琦唸麗山高中。
　　回憶起來，在台灣時，先禮出生，我在出國前還抱
過他，還照了相片。先禮的老大哲承和老二，當我們在
水蓮山莊住時，他們老大上小學，老二還沒有上學，蹦
蹦跳跳，好調皮可愛。先慧大女還很小，那時當她懷老
二時，大家都還擔心，她受不受得了，而老二李琦升高
一了。時間真是過得很快。
　　那時每次您們去購物，都帶我一塊去購買，這樣對
我們幫助不少。舅舅對我們很是照顧，妹子還為 Stefan
的病，載他去道教驅邪去病，那段日子，多虧大家的照
顧，很是感激。
　　您們子孫繞膝，好是幸福。現在最重要的就是身體
康健了。哥哥和姐夫都生病在身，嫂嫂和姐姐照顧他們，
這是他們修來的福氣。不過人生最大的福氣，還是擁有
康健的身體。
　　跟我每天以 e-mail 通信，寫三首詩的余處長（他曾
任台灣在慕尼黑辦事處的處長），年近一百，對目前世界
局勢瞭如指掌，每天寄來他的三首詩作，我不看報，這
幾乎是能「知天下事」的來源，我每天回敬他一首，是

在訓練自己寫詩，樂也在其中。對他的知識和精力非常的敬佩。所以身體健康最重要了。請多保重。敬祝
安康

小妹和芳上，14.9.21

二哥談到一些回憶

未完待續？小妹，一直想跟你們聯絡。但每次都覺得這個電腦讓我無法完成。總是突然消失了，這次再試試，寫些和元的東西。在心中充滿了回憶，記得那天是個陰森森的雪日，我坐一輛廂型馬車到瀋陽車站去接由於重慶回來的二叔。第一次看到你們一家人輩都五歲的和元好瘦好小，和大妹一比倒像是他姐姐。這是第一印象。下面怎麼樣都忘二叔是回來接收工廠的也是和老姨看望八年未見面的外公外婆。他們住在宿舍裡，然後又來了好多四川回來的親戚。舅舅和爸爸也回來了，我哥哥因為唸書的關係則在北京育英中學沒有來瀋陽。

印象最深的是每到週末大家都在二叔家聚會。叔叔輩都年輕在日式宿舍裡玩捉迷藏，阿姨從窗上，突然掉下來了。不知道誰被壓到全體大笑，躲到一旁的我們小孩子也一起大笑。

Johnny Yu

這段寫的很生動。二哥對爸媽，外公外婆知道的最清楚。您們看，該如何請他繼續完成。

他寫的那段「坐一輛廂型馬車到瀋陽車站去接由於重慶回來的二叔。第一次看到你們一家人輩都五歲的和元好瘦好小，和大妹一比倒像是他姐姐。這是第一印象。」那是他第一次見到大家？哥哥五歲，姊姊四歲，我三歲，這段情境，完全沒有記憶。

　　至於爸爸輩份，大家在玩捉迷藏，我有過模糊的印象。我記得大哥有次拿餅乾沾在墨水上，放入口中吃，說好香好吃，也要我們吃。二哥也很喜歡逗人，每次逗得我，不是笑，就是哭。大媽在一旁笑著說「四歲、五歲、討人嫌」，後來變成「六歲、七歲討人嫌」，可見我小時候，是會哭哭鬧鬧。

　　我收集出一些資料，也在新寫一些回憶的資料。昨天和今天的，以附件寄上。不日內，我將寄給您們，我擬訂的大綱，和我寫的有關我們兄妹們的一些內容。也很想能夠看到您們所擬的大綱。再談。敬祝

安康

和芳上

二哥感嘆老了，和芳的回覆

老了，懶了！

Johnny Yu

二哥：

　　您哪裡有老，每次見到您，您都是同樣的樣子，瀟灑風趣。

　　謝謝您寄來這段回憶，寫得很生動，讀起來引人入勝，還等待看繼續的記載。真是難得讀到您那時的回憶。還望您空下，能繼續寫，或是用手機的記事本，錄音機邊講就用中文打字錄下來，電腦和手機都有這種自動的 dictation 設備。等待拜讀您的續集。

　　我們這一家，有太多的回憶。每人有自己的別人可能不知道的回憶。您提到大人們玩捉迷藏的這件事，我也有記憶，不見得是當時的記憶，也可能是聽到大人們談到此事後的記憶。在台北時，也聽舅舅談過此事。

去虞宏叔叔家的事，我還記得很清楚。有一次我一人去阿姨和叔叔家，不久後，他們養的狗發瘋了，有位台糖的工程師，被咬到。他後來到台北就醫，舅舅還去看他，當時沒有查出他得的是狂犬病。很可惜，在他出國前就過世了。

阿姨一家，對待和元哥哥很好。他在唸成大電機系時，有空就會去看他們一家。不知您有沒有大姐虞姍姍的消息？

您的膀胱情況如何？鍾姐背部情況如何？您們要多保重。敬祝

安康

小妹和芳上，11.4.22

2. 頤和園正文

二哥虞和允手寫的頤和園章節，後來嫂嫂繼媛安排打字下來。下面是二哥對往事的回憶，接續前面的前奏曲寫的一些往事。這是從還在大陸上的家中和上學情況，看出中國的內亂的一些影子。

七十餘年來與和元相處的點點滴滴

——二哥記

此後二叔又搬到廠區附近的廠長宿舍，我則一直跟外公住在中國銀行瀋陽分行一棟大樓裡，許多單身行員都住在裡面，每個週末我都到二叔那裡和大家玩，未久因內亂的關係，二叔一家搬到北京，考慮下一步如何開展事業，在北京的景山西街租了房子，除了二叔一家，我父親、你們的大伯、大哥和先、舅舅以及我的繼母吳姨也都住在一起，外公則是辦了退休第二年和外婆一起也來北京跟我們住在一起，這時景山西街可是熱鬧非凡，是我們虞家親人聚在一起人數最多的一次，也是外

189

公外婆和老姨、舅舅在抗日勝利後在一起生活的最後一次。

記得在北京住了將近一年，除了小妹外，和元、大妹和我都進入私立孔德學校，我唸五年級、和元二年級、大妹一年級，孔德跟景山西街有一段距離，我們每天早上都是出門叫三輪車去上學，下學也是三個人一起坐車回來，因為我唸五年級下學較晚，和元、大妹則是先放學，他們二人都是坐在學校大門口的門坎上等我。華北的局勢很亂，國軍節節自東北撤退，北京也很緊張，街上經常有示威遊行，屆時就戒嚴，待遊行完畢後再放行，記得有一次剛好我們放學遇到遊行，我居然帶著和元及大妹走到二叔的朋友家避難，現在想起來也不知哪來的勇氣及膽量。

因為局勢混亂，物價飛漲，老姨每天給我的來回車錢沒幾天都不夠用了，經常帶著他們二人要走很遠才能找到三輪車，回家車錢不夠還引起老姨的不高興。

在這段日子裡爸爸好像曾去張家口批貨運來北京賣，但也沒做多久生意，在計畫未來的等待期間，家中經常迎來好多親朋好友，大家在一起唱歌、跳舞，許多流行歌曲，像夜來香，康定情歌、小夜曲……，我們聽久了也能哼幾句，有時孔德有什麼活動，我居然也上台哼上一曲，就等著聽唱完後台下給我的掌聲，大人們唱歌跳舞，我們小孩子也不得閒，那時在客廳對面是一排房子，是廚房、餐廳以及婆婆帶著和元及和健三人的臥室，我們經常玩的遊戲是坐火車，就是將吃飯用的座椅橫過來，一個接一個連成一串，我們稱之為火車，和元坐在最前面則是司機，我永遠是乘客坐頭等艙，大妹小妹充當車長和服務員負責售票、查票服務工作，每次玩得都很高興。

　　因為局勢很亂，在北京這段時間根本沒機會出去逛逛，其實我們租的房子背後就是景山，出門向南走就是故宮，出門過街對面就是北海公園，向北走就是鼓樓，好在客廳的二樓有一個陽台，在上面正可以看到景山、故宮及鼓樓，這樣在北京我們唸了一年書，和先大哥也唸到高中畢業，第二年二叔決定來台灣發展，除了大哥要升學到清華以及外公外婆還要考慮，二叔、爸爸決定一起來台灣，後來舅舅也來了，外公則是決定先一個人過來看看情況，是否再接外婆來台，於是民國三十七年暑假，爸爸、吳姨帶著婆婆、我們四個小孩由北京經上海再搭太平輪到了台灣，二叔及老姨則是早幾個月先來台北做一些前期部署。

　　我們由基隆上岸改乘火車來台北，二叔已買好房子，就在仁愛路及新生南路附近，是一棟日式房子，地點很荒涼，四週一片稻田，由後院望去，只見遠遠的一堆房舍，據說那是台灣大學，附近有一所國小，名稱為新安國民小學，距家很近，走過一片稻田就可以由後門進入校區，這年暑假我唸小六，和元三年級，大妹二年級，但不記得小妹是否唸一年級。

　　我們安頓下來後，二叔和老姨則先去新營，準備在那裡開一間鹼廠，產品銷往大陸，因此 38 年寒假我們全家就搬到新營，然而大陸局勢突變，鹼廠產品無銷路，於是二叔停了鹼廠，在新營郊區買了一個磚瓦廠，計畫政府撤退來台，必定會建設台灣，屆時磚瓦必定大為好銷。怎知這個磚廠是用天然氣為能源，政府天然氣供應不足價格飛漲，最後終於放棄燒一半的磚窯，草草結束這個事業。此時我們小孩轉入新營東國民小學繼續唸書，但每天要步行好長一段路上下學，對於和元、大妹是怎麼去學校的，我至今一點也記不起來了，只記得有

時下學回家的路上,正巧遇到我的導師騎車回家,順道載我回去,他就住在我們磚廠過去的一個村子裡。

39年暑假我國小畢業,那時升初中必須通過各個國中的個別招生,那時新營除了新營中學外,另有一個在新營糖廠區內的南光中學,是台糖公司創立專門給公司員工子弟唸的教育學府。我因為叔叔在台糖蕭龍廠鐵道部工作得以非台糖子弟應試並錄取,因成績優異並獲得非台糖子弟獎學金,得以免費入學,至於台糖子弟則全部免費就讀。

就記憶所及我進入南光後,因為教我們音樂課的老師(李茂實女士)也是台糖在新營的國小公誠小學擔任校長,我居然不顧一切直接找她,告知我尚有弟妹三人也想進入公誠就讀,只記得有一天放學,晚飯後我帶和元大小妹直接去老師公館,因她先生是岸內糖廠廠長,所以在新營有一間官舍,結果和元他們如願進入公誠就讀直到小學畢業,現在思及也不知哪來的勇氣辦成這件事。

收拾起磚廠事業之後,全家搬到新營市中心,在我們就讀的國小旁租了一間日式房舍,二叔主導在那裡開設東海化工廠生產釀造醬油,名為真善美兼賣醬菜以釀造醬油為主,摻雜一些人造醬油出售,院中圍了一個大池子,裡面放了好多鐵桶製造豆醬,然後移出壓榨成醬油,每天要攪拌醬桶,很辛苦。有空我也曾做過,沒有工人,全家一起動員,開啟了初期在台灣辛苦的謀生生活,老姨此時有機會進入南光中學擔任英文老師,二叔則利用各種關係想找到合適的工作機會,醬油生產技術不難,爸爸可以負責經營,最後終於利用在四川的工作成就,那些老朋友透過關係,使得當時的經濟部長親筆下條子,二叔才順利進入中油公司嘉義溶劑廠報到就職,擔任製造組副組長,組長為老中油,在溶劑廠等退

休不理事，二叔乘機整頓製造組，與當時戈廠長形成莫逆，為嘉廠展開新的一頁，老姨也乘機在嘉義女中找到一個教英文的缺額，於是二叔全家搬去嘉義住進溶劑廠宿舍，生活算是平靜下來，和元由南光中學轉入嘉義中學，和健也由南光，轉入嘉義女中，和芳轉入垂楊（崇文）國小，後來亦攷入嘉女，幺妹後來也循序由崇文國小攷進嘉女。

　　爸爸的醬油生意因競爭太激烈不久也結束，繼母到台北擔任考試院附小老師在木柵，於是爸媽搬到台北的景美，在山腳下的一條小溪旁租了一間簡陋的小房居住，爸爸經何伯伯介紹在一家貿易行工作，我則搬入南光的學生宿舍，此時已是民國 42 年，正是全家在台灣生活最艱苦的一段時期，我們小孩子也體會到生活不易，大家都努力讀書，以備來日有出息，記得嘉中距二叔的宿舍很遠，每天要爬很長一段山坡才能到達學校。和元就這樣辛苦中唸到畢業，每天要帶個便當去上學，便當裡有個蛋，以及魚、肉都讓我們高興一陣，婆婆則每天辛苦張羅二叔一家人的伙食，有時家用不足，二叔多半會向婆婆借錢支應，二叔及老姨上下班都是騎一輛舊自行車，我則是每個週末由南光回到嘉義二叔這裡。現在已經記不起來，二叔長榮街的日式宿舍非常小，怎麼能住得下我們七八口人？

　　二叔在嘉廠工作之餘，和老姨二人研究出利用美援會救濟台灣的奶粉來提煉成乳酸鈣賣給藥廠，於是在嘉義市沿河街嘉義憲兵隊對面租了一塊地，與溶劑廠的同事胡慶餘、潘柱才等人合資成立了金龍實業社，找來鐵工匠在空地原有的鐵皮屋內架起了一座座直立的塔槽，如蒸餾塔、回收塔、反應槽⋯⋯等等看起來頗似一座室內化工廠，開工很順利，合伙人每晚下班後來輪班，白天爸爸獨自照顧著，有狀況再找二叔，然而好景不常，

未久美援停止，原料奶粉不再救濟進口，金龍只好先停頓。二叔又想起何不利用製藥工廠生產葡萄糖的剩餘物資「糖漿」來轉製「醬色」售于醬油廠用以摻入人造醬油，達到釀造醬油的一樣的顏色，這種「糖漿」因是廢料，所以很便宜。

於是將金龍實業社改頭換面，增加了幾個大蒸煮鍋開始製作「醬色」，這個點子終於成功了，雖然沒有賺大錢，但維持基本的生活是足足有餘，使得我們小孩今後求學的費用不會再傷腦筋了。

後來我於民國 44 年考入第一屆東海大學化工系，之後和元考入成大電機以及交大拿下碩士，和健考上東海化學系後，唸了一年又轉入台大，和芳考入台大外文與同學彭珈俐談上戀愛，畢業後先後赴德深造，幺妹也順利考上台大，然後與同學何道安相繼赴美，和元與高明元小姐在嘉義溶劑廠結婚，雙雙赴美，和元繼續攻讀博士。我則繼續留在台灣，民國 57 年由溶劑廠借調到經濟部工程顧問組，它前身就是美援會，自美援停止後，當初談的美援工程必須再工作一段時間，於是經濟部成立「工程顧問組」留下幾位外籍顧問，向中油借調工程師擔任石化美籍顧問的助理，所以 57 年年末我調來台北。二叔此時也調來中油台北公司任企劃處副處長，老姨也來到台北師大附中擔任英文老師，校長就是榮英姑姑的丈夫劉安愚先生。

來台北不久我就在台北民生社區買了房子，是美援貸款興建依美式標準所以沒有偷工減料，搬入不久慧慧出生，二叔也搬到民生社區，最後爸爸和二叔在民生社區也買了「廣合大廈」五樓，舅舅聞訊也在廣合四樓買了一戶就在二叔樓下，經過這一段歷程，我們虞寶二家至親又搬到一起。小孩都已畢業出國只有幺妹還在台灣，生活終於安定下來。二叔未搬入廣合前，由於中油

公司在民生社區就是我住的富錦街正對面租了一棟三樓，我們遙遙相對，我們經常過去吃飯。二叔精神好時常下廚做幾道拿手菜，叫我買瓶啤酒，想當年和樂融融，此情難再。怎知當年二叔調來台北，因是戈伯伯的人，而戈伯伯沒有與當年中油老人相處的好，所以二叔在台北沒有老人提拔，工作不順，只有悶在心中獨自悶悶不樂，最終被迫提前退休，65 年 4 月不幸因胃癌去世。當日他將過去，我趕去醫院看到他躺在床上，臉上紅潤雙眼微閉，滿臉充滿慈愛那麼安詳平靜，看到這個顏面後，心中已不再悲傷，默默向他說「二叔你已解脫了，病痛已離你遠去，安心吧！」在中油公司的協助下，二叔平安的安息在台北市寧波同鄉會的墓園裡，因地處山坡上，到民國七十六年以後我因膝蓋骨左右二腿都碎裂，復原後諸多不便，所以只有和元他們回來時去二叔墓前參拜。最後和芳在台教書結束返回原住地時，託付給墓園管理者照料，此後也不知現況如何？談到先人的遺體事，現在只有老姨最幸運，葬在美國，原先有和芸，和健、和元、大姐照顧，我的爸媽及繼母，現在連遺體在哪裡都不知去向，只能常在我心深處不時的懷念。

二叔逝去，家人早已協議，在美國的兒女因路途遙遠都未能返台送葬，只有舅舅和我們全家給他送葬，二叔就是這樣離我們遠去。

我工作的工程顧問組後來又由美請來一位石化專家擔任顧問，所以我正式辭去中油的工作，成為工程顧問組的一員並兼任行政院經合會的技正，參與中華民國政府四年一期的經濟發展計畫石化及人纖部分的設計規劃，因此民國 61 年奉派赴美參訪美國石化工業的現況及發展，為期半年，四月初去華府國務院報到，由國務院負責對開發中國家的發展專家共同確定，參訪的美國重要的石化公司及生產石化產品的工廠，了解他們對

195

石化業的研發及業務的推廣。半年中我從東岸到西岸獨自一人走過了三四十個州，拜訪數十間石化公司及工廠，國務院負責給我安排行程的人特別安排了許多我有親戚朋友的地方，因此我終於有機會在訪美途中與和元和健和兆文的大姐全家，以及一些我在東海的同學會面。

　　在華府行程安排好之後就往紐約方向往北走，費城坐火車去紐約，停靠站就是紐澤西大妹住的地方。來車站接我的是和元，他拿到博士學位後，做了二年博士後。其間因高明元離世，萬念俱灰，想回中國。後經家人及朋友陳眾勸說，才重新找工作，暫住在和健這裡。我也住在和健家跟和元睡在一間上下鋪裡，除了排定的行程美方派人來指定的地點接我參觀完畢再送我回和健這裡，遇空檔時大妹上班，徐世勳在學校唸書，和元就開著他的 VW 金龜車帶我在紐約附近各處跑，餓了就吃麥當勞，記得有天他帶我去紐約的長島（Long Island）介紹當地富豪的豪宅，讓我第一次遊美的人終於見識到了有錢人家的奢華。

　　以上是當年四五月我初到美國第一次與和元相見的情況，而在美國第二次與和元相見，他已找到在達拉斯 Dallas 一所大學做「博士後」的工作，好像是在研究室，所以可自行安排時間陪我在附近走走，他還是開著那部老爺金龜車，他告訴我這部車在駕駛中不可以熄火，停下來再起動就很麻煩了，所以跟他開車出去，中途下來辦事，車子必須不能熄火，辦完事才可繼續上路。Dallas 的公路筆直，開上去幾乎很少轉彎，讓我最難忘的是有次辦完事返回，車一直往西行駛，晴空萬里一路無雲，夕陽就在車頭前方，又大又圓。數十年後每思此景仍歷歷在目、永難忘懷，他還帶我去一個海灣吃螃蟹，

　　跟以前嘉義女中談校長的兒子，幾個人吃了好幾十隻海邊現撈上來的螃蟹。

　　這次造訪和元後，直到九月返台都沒再見到他，只是我離美最後一站在 LA，他介紹他的同學招待我住在他們家，讓我又省下一筆旅館錢。

　　返台次年經合會改組，工程顧問組結束，我也隨之遭到資遣，隨而轉入民營石化工業工作，直到民國 82 年初選擇退休。先與東海同學合資到大陸發展，剛好和元此時也與天津南開大學洽談合作，在天津設廠煉製電池原料，準備進軍未來電動車使用的電池，未來遠景大好。最後與南開大學，天津近郊寶坻縣合資成立「天津海泰實業有限公司」在寶坻設廠煉製鎳鎘合金研製鎳鎘合金的陰極片，提供給美方獨資的電池廠生產電池。和元找我去負責寶坻的工廠，於是民國 83 年我轉入海泰工作，是我正式與和元工作的開始，他擔任海泰和天津電池廠及美方公司的 CEO。

　　自此我與和元共同工作了四、五年，是今生最長一次的合作，那時他住在天津，我在寶坻，二地雖然相距不遠，但當時交通不便，來往一趟總得花上一二個小時的車程。和元全心投入工作，經常中、美、台三地跑，辛苦萬分，然而因冶煉技術逕自南開自行研發，製作電池蓄電能量仍不能用在車輛行駛上，所以生產的合金儲電能量的提升與加強是海泰開工後最大的難題，也是和元對投資事業成敗的關鍵點。當初合約內並未要求南開負責技術的改善及研發，海泰自認可以自行改善，和元極盡全力廣向各學者專家尋求改善之道，然而進展遲緩加以資金不足，生產的電池品質不穩，銷售影響頗大和元聘請美國、歐洲、台灣的精英幹部雖賣力演出，奈因原料問題，所以整個電池的品質與日本歐美的產品比較就是無法及時迎頭趕上。

在1995年的大陸正是改革開放之始,正如台灣1970年代由老舊的管理走向新式的科學管理,與歐美各國相比更是落後太多。和元在對當地工作人員的管理也是絞盡腦汁,要將他們的工作觀念改變確實不易,他對於工作環境的清潔更是強烈要求,尤其對於廁所,因為都已改成抽水馬桶,對於當地大多數仍使用的茅坑,要讓他們抽水清潔真是難上加難,和元就僱用一名清潔人員,守在那裡,隨時進去打掃。但是人們還是輕易隨著漂來的「香氣」找到廁所,這種類似的改善舉不勝舉,好在慢慢也成了習慣。

另外和元來寶坻視察我們研究如何維持環境整潔,因為寶坻在鄉下,大部分人員住工廠宿舍並在餐廳用午、晚餐,我們改以使用鋁製餐盤,大家排隊領餐,用餐後自己將桌面清潔放入餐盤送到廚餘桶旁的水槽,使整個餐廳頓時變得很乾淨,附近工廠曾派人來觀摩。

和元對於海外來天津的工作同仁,照顧有加,定期讓他們回國與家人相聚十天半月,寶坻開工時期經常派人由天津帶來水果慰勞住在宿舍的外來同仁,我也因此吃了不少天津的水果,鴨梨、柿子等等。

然而業績無法展開,資金缺乏,內部人事複雜,董事之間也不太和諧。和元終於在 1997 年底離開海泰,由台北直接返美,他在天津的衣物也沒有回來清理,還是我幫他整理後全部運回美國。其中看到一本練氣功的書「香功」,使我想起剛到天津時,他就建議我學學「香功」,這本書的氣功對我們的身體可以達到保健的功能,因為整天的辦公室工作沒有適當的運動場所,他已經練習多時,目前頗有收穫。我週末回天津跟他們一同住在莫比士租來的宿舍,清晨經常看到他騎著自行車,然後在宿舍樓下練香功,弄得一身大汗回來沖個澡,吃完早餐就上班去了。然而慢慢的他腳後跟時常酸痛,得了肌

腱炎，有時影響到他走路，此症狀他返美後似乎逐漸加重。

　　和元是 1997 年正式辭職莫比士總公司，而 1997 年下半年之後，有一天回台休假居然發現莫比士已經停止發薪給我，而且事前也沒有給我任何通知，海泰因產品品質沒有進步，影響了生意，財務逐漸吃緊。我也在 1998 年中離職返台，結束了短短五年的天津之行，也結束了與和元的共事機會。

　　我返台之後正式宣布退休養老，和元在美國又成立了公司，專門以他多年來的電子業工作研發成的眾多專利，尋找買家與合作的伙伴，所以經常來台，在台北還設立工作室，聘請了二位博士跟他工作。每次來台停留數日，我倆見面一、二次，每次他都帶著一大袋五顏六色的藥丸，早餐後就抓一把來吃，但他的肌腱炎卻更嚴重了，不能走長路。我起先不知，直到有一次我倆相約去「茹絲葵」吃牛排，先在松山機場會面，然後走到民生東路口的餐廳用餐，一路上他愈走愈慢，一直問我到了沒有，我才知道他的腳後跟傷的不輕，他說休息一下，不要走這麼遠的路就會好些。

　　他在美國的這間公司似乎開的不怎麼順利，我因為不懂電子這個領域，所以也不便多問，不久他又來了台灣，並告訴我他準備把他的專利請台灣有規模的電子公司幫他試做，成功了可以讓這個公司使用，也不記得他來了幾次台灣，而他的身體狀況也逐漸衰弱，又聽說幫他試做的那家公司把他的專利修改了一些，終於試做成功，然後他們居然用到他們自己的產品上，認為這是他們自行研發的產品，和元奈何不了他們。

　　直到 2015 年 3 月和元的病情更加嚴重，現在則增加了定期洗腎的這個療程。這次也是為了工作，由繼媛陪來台灣，事先安排好洗腎的診所，3 月 22 日和元夫婦

前來探望舅舅（舅母已於二年前去世），大家在舅舅住所附近共進午餐，記得和元已必須坐輪椅，飯後他倆就直接搭車離去，這是我跟和元最後一次見面，在和元與病魔纏鬥的往後這幾年中，心中不時想到和元，尤其在天津工作的這段時間，是這生中跟他接觸最頻繁又充滿快樂的一段時光。記得休假時我倆叫個「打的」就去市中心勸業場「三友百貨」「華聯百貨」閒逛，買個「冰棍」就當街吃起來，有次和元吃完把冰棒隨便一丟，哪知剛好街道清潔的一個大媽發現，和元無奈給了五毛錢換回一張罰單，乘沒人注意，一下子就丟了。

有次大家去「食品一條街」找到很有名的包子舖「狗不理」吃包子，我們有很多人就坐了一個圓桌，向伙計要菜單，伙計一臉驚訝冷冷回一聲「我們沒有菜單，你們要吃多少錢的 30、50 還是更好的？」好像我們最後選擇了一桌 50 的，包子也吃不出好吃在哪裡？

回想起來，腦海中與和元相處，印象最深刻的是 1973 年赴美半年以及 1994 到 1998 那五年，往事有許多尚能清楚的記得一些細節，其他的記憶則漸漸的淡化得如煙般逝去，偶爾還會想到片斷的往事，但一深入卻已什麼都沒有了。

轉眼又到了中秋，這麼快他走了即將一年，繼媛要為和元出版紀念專輯，因為我對電腦是外行一直學不會，寫起郵件來比手寫的還要花時間，最可惡的是好容易寫了一些，哪知突然間全部跑掉無法找回，所以一直拖到現在，眼看著大家都交了稿，最後我決心由電腦打字全部改成手寫的文稿寄給你們，由你們傷腦筋，原諒我這過了年即 87 歲的老人吧！

【本節補充】

已在二哥的打字文稿上更改二處 1997 年

Dear 和芳，

　　請見下面所附，我已在二哥打字文稿上更政二處 1997 年，其他地方和健似已更正，請與和健確認。

　　　　　　　　繼媛 2022 年 7 月 28 日，凌晨 3:18

Subject: 頤和園

Dear All:

　　小妹寄來二哥文稿再看一遍，發現有些年份及小地方還需要修改，我把原文 copy 如下，並一路修改。請再校對一遍，看看有無遺漏地方，謝謝你們。

　　　　　　　　　　　　　和健上，2022-07-17

姊姊讀了二哥文後的函件

　　以上二哥的文章，就我記憶所及修改了一些。上面提到我們在台北進的小學叫板橋國小，不知是否現在為新安國小。在嘉義小妹與幺妹進的小學是崇文國小，請 double check 一下。小哥帶二哥去的私家花園應該是在費城附近的 Longwood Garden 而非「亨廷頓」因為 Huntington Garden 在洛杉磯幺妹家附近。

　　二哥能追憶出這麼多往事，實在太難得了。由他娓娓道出，比聽故事還親切。尤其在北京那段日子，由於我只有五歲，很多事情有個印象，但東西南北方向都搞不清楚，也不知道時局變化和急慮，身處亂世，卻都由父母來承擔，一點也不憂愁。逃難的日子雖經歷過，但好像一點也沒關係似的。

我沒看過二哥提的李琪姐妹的名字，是否是後來才寫的文章？上面我改的文章是以 Word 那份原稿 copy 後改的。希望大家校正後就定稿了。謝謝大家。

和健

和芳回函

Dear 二哥，嫂嫂，姊姊：

感謝嫂嫂寄來二哥的這份修改溝通後的打字文稿，姊姊也有信件註解說明，您們都費了不少的心神，非常感激。

二哥寫的這份文稿很精彩，是此章節最重要的主軸，再加上介紹二嫂鍾姊姊，您們的兒女先禮，先慧，他們兩家的一點簡介，挑選全家福代表性的照片就完成了。先禮，先慧也能來幫忙父母，就能圓滿的完成這章節。這樣由二哥一家來編輯最理想了。我們三人，不管誰來編輯，都沒有二哥自己著手來編輯，來得理想。

感謝大家的合作。敬祝

安康

和芳上，28.7.22.，Malta，晚 10 點半

接到二哥今天 29.7.22.的來函

小妹，我現在才明白這本書除了紀念和元的文集之外還要我們每個家庭的狀況，而我一直往與和元有關的部分著墨。當初沒有注意，好在我的文章中有一些敍述家人的一些事，其他不再補充了，我已沒精神了。

二哥

接到姊姊的來函 8 月 2 日，週二，上午 9:58（1 天前）

Dear 和芳：

　　我剛才把妳送來二哥篇章再看了一下，發現請小妹改正的地方未改。此中有：我們剛到台北進的小學是新安國民小學，請將（板橋）刪除。二哥提到哥哥帶他去逛的私人花園不是賓州 Longwood garden，請刪除，改為長島私人花園。姊姊 8 月 2 日的來函糾正的地方。

3. 和芳的一些回憶

懷念伯母吳玉蘭女士和我們大家相處的過去

　　我們有一位伯母，她是吳玉蘭女士，山西平定縣人。我從她那裡聽到一些話，其中有說蔣經國當平定縣縣長的事。她長得十分的美麗，有蓋平定之稱，即是平定縣當時最美的一位女子。我們稱她為大媽。她是伯父的續弦。

　　有次學校有活動，大媽陪我晚上去學校，還記得演出一個漁家小孩的擔心：天那麼黑，浪那麼大，爸爸捕魚去，為什麼還不回家，聽海浪滔滔，真讓我心中害怕。跟伯母回家時，在漆黑的夜裡，看到有流星。這時大媽告訴我，那是天上掉下來的星星。我問，會不會掉到我們的頭上？她說，不會，要我別擔心。有次颳颱風，二哥把我裹在他的風衣內，一起回家。二哥非常照顧我們。聽說有次姊姊掉到學校的茅坑內，二哥把他的褲子拿給姊姊穿，帶她回家。在那小學中，我被老師和同學欺負，他們見我是外省人，把我拉到一邊揍我。有次大掃除，我去噴水池取水，滑了一跤，被一位女老師，打了一個耳光。相形之下，家是一張大溫床。

　　那時伯父伯母大家都住在磚瓦場。伯母喜歡貓，父親不喜歡，有次父親把伯母的貓甩出窗外。伯母每逢走進家的不速之客的貓，就收留，而父親幾次要丟掉。她

203

就只好帶著貓，蒙上眼睛，走到遠處，將她從籃子中，揭開矇住的眼睛，放入可能有人會收容牠的家庭。有次有隻貓，在伯母這樣安排下，居然又跑回來了。可見貓也會認路，要回到愛顧她的伯母身邊。

後來搬到新營另外一棟房，父親不做磚瓦場，改建東海化學工廠。伯父母住在斜對面的一間小房間，他們三餐都在我們家吃。每當開飯時，我們就大聲叫：大媽大伯伯吃飯了。他們幾分鐘就過來，大家一起吃飯。那時我時常到她家裡，跟二哥玩，他很會逗我，把我逗得哭後，大媽就一邊笑著，叫二哥別這樣逗我哭，同時對我說：六歲七歲討人嫌。言下之意，要我乖一點。

大媽是遠視眼，做活時，線穿不進針孔，我幫忙她穿，跟她聊天。她教我唱，蘇武牧羊。記得她說，蔣經國當過平定縣的縣長，在他當縣長的那時，平定縣治安非常的好，夜不閉戶，不會有小偷光臨。她在燕京大學學音樂，是基督徒。我們搬到新營鎮內，住新營，開工廠時，附近有一個浸信會基督教教堂，大媽在裡面彈風琴，教教友們唱詩歌。每次帶我們小孩去做兒童禮拜。

在新營父親開真善美醬油廠時，大媽和母親管醬油製成後，用吸管放入醬油瓶內。二哥管把瓶蓋用儀器往下按，蓋上蓋子，哥哥姊姊和我，管把標籤貼在瓶子上。請了一位工人，來做各種雜事。有次，他發現么妹掉入水溝內，把她抱出來。後來搬到嘉義，爸爸白天在溶劑廠做事，業餘開了一個乳糖工廠，由伯父和伯母來看管。有次伯父外出，我去陪大媽過夜，她生活非常有規律，照顧我好好的。後來她到台北幼稚園做事，我大一時，還去幼稚園看她。有次我們一塊回嘉義，在火車上，她十分照顧我，別人讓她的座位，她要我坐，我不肯，後來大家擠一擠，都有座位可坐。

她的字體很漂亮，有次抄太極拳的歌詞給我，這是
第一次我看到她的字體。她有一位表妹在英國，我們稱
她為熊姨。她原來在香港，聽說丈夫是百萬富翁，離婚
後，她到倫敦，跟一位台灣去的外交官陳堯舜結婚。她
有她曾富裕生活的一面，跟英國女王學，每件衣服只穿
一次，然後不時寄穿過一次不再穿的衣服給大媽。我上
大學後，大媽就把一些衣服拿給我穿。我們從德國去倫
敦時，還拜訪過熊姨。而曾幾多時，大伯大媽都過世了。
我也上了七十多歲。記憶中跟大媽學的蘇武牧羊的歌，
我不時還唱著。人事變遷好大，回憶往事，不勝唏噓。

回憶伯母講蔣經國的建樹

這一段事是在讀到 Jenny 寄來一信中，說她去武陵
農場到蔣經國為退伍軍人所設，做義工，可見得蔣經國
的眼光和實踐力很強。台灣能夠有今日的成就，兩蔣的
功勞實不可滅。而 Jenny 義務解說到武陵農場值班 6 天
回來，「真覺神清氣爽，能和來自台灣各地的遊客，分享
武陵的故事和樹木花草，真是一大樂事啊！」Jenny 是
一位肯效力，正向的實踐者，當義工，為別人，但是自
己也同時享受到大自然的美。台灣能夠建設的那麼好，
蔣經國的功勞不可以滅。從蔣經國這段，使我回憶起伯
母說的平定縣在蔣經國當縣長時的建樹，而一口氣寫下
一段回憶伯母的往事。

二哥和我們

虞和允是我們家的表哥，也是堂哥。他是母親的姊
姊，跟父親的哥哥結婚所生的第二個小孩，所以我們稱
呼他為二哥。他是最會逗人的人。他有個外號叫「怕太
平」。我小時候，常被他逗得哭哭啼啼。等我們長大了，
幺妹還小，他就逗起幺妹了。

205

　　他和幺妹有十二歲之差。他上大學，幺妹還是小學生。有年暑假，他帶口香糖回家。幺妹嚼著嚼著就嚥下到肚子裡去了。這時二哥說：「妳吞下肚了？那還了得？吞下口香糖，會把腸子全黏起來了，妳要死了。」幺妹被他一嚇，嚇哭了起來。媽聽到了，說了二哥一陣，告訴幺妹沒那回事，這她才破涕為笑，又吃第二個口香糖。

　　我被姊姊管慣了，唯一我能管的人就是幺妹。於是要教她唐詩。她不聽，我就攔住門不准她出門，姊妹間吵吵鬧鬧好玩的事多著了。有次爸爸說，女人易老，男人應娶年輕的太太，幺妹聽了說：「男人命短，女人應嫁年輕的丈夫。」爸爸就說她：「狗嘴裡長不出象牙。」她立刻反駁：「虎不生犬子！」幺妹的急智可多著，這可看出她人有多聰明。我上大學後，交了男朋友，當他來訪時，爸爸要幺妹當「電燈泡」，看守我們，每小時五毛錢。有天爸爸回來，看到「看守」我們的幺妹，居然坐在椅上睡著了，就怪她，電燈泡不靈光。她立刻伸手說：「沒電了，要電費。」

　　幺妹喜歡小動物，家裡養一頭小白兔，牠誤吃殺鼠藥中毒，帶去看獸醫，還是死了，她陪上不少的眼淚。家裡為她還養了貓，她喜歡那隻雪白的波斯貓，常伏在她身邊睡著。

　　幺妹不大愛讀書，可是人聰明得很，考試前，抱抱佛腳，就能拿到高分。她考中學、即使考大學，一點也不費力，就進入人人羨慕的臺大。幺妹有說不出來的逗人可愛處，就是氣了你，你還是喜歡她。她喜歡小動物，後來在台大讀畜牧系。真是一個人的個性可以從小看到大。她留美後得了碩士學位。

　　我們家的四兄妹，在父母的教育薰陶下，各有千秋。對於哥哥姊姊妹妹，我有著無限的情誼，我深深的愛他

們。我們就跟四劍客一樣，息息相關，「手足為我，我為手足。」

23/12/1992

我們手足有說不完的往事

就跟「天方夜譚」樣，在我們手足之間有說不完的往事，道不盡的故事。像小時候跟哥哥去公園捉鳥，看哥哥養蠶，採摘桑葉餵蠶；看妹妹學騎車，妹妹喜歡帶一群小朋友來家玩。我們四兄妹玩起捉迷藏，官打捉賊，大家在一起玩牌，在校園中散步，吃西瓜，談著婆婆，爸爸、媽媽。

那時我們都是孩子。曾幾何時，我們從孩童到小學中學大學，出國留學，直至我們都結婚生子，傳遞了另外一代，而婆婆、爸爸、媽媽、都隨著時間，到了另外一個世界。所剩下的是時間的影子，那是時間所留下的記憶。

然而手足情深，儘管我們見面不多，又分散在不同的大洋洲，我們之間卻是心心相印。時間的影子，將我們維繫在一起，當回憶時，我們雖然遠在天邊，卻跟近在眼前一般。

28/2/2013

虞和允跟虞和元夫婦的合作

哥哥有一段時間，回到台灣，跟台積電合作，那時他跟在台灣的二哥，妹子兄妹們不時會面來往。

後來哥哥到天津，請二哥跟他一起合作，經營電池公司。

在這段期間，我們到北京參加中醫的國際會議，和受到前外交部長，和人大副委員長黃華伯伯的邀請參加長城協會。

我們曾到天津拜訪過他們在天津經營的電池公司。

207

　　二哥有一次來北京，那時正好受到北京外事部的邀請吃飯，為 1984 年我們在德國慕尼黑舉辦的中國醫學週贈送獎章，就請二哥來參加。大家長大後，各在天涯海角，見面的日子很不容易。非常珍惜每次的聚會。

4. 二哥二嫂和他們的子孫

時間不斷荏苒的一年年度過

　　前面二節中，二哥談到他的子孫們。我在台灣時，參加過二哥二嫂的婚禮。他們倆人真有緣份，生日是在同月同日，這真是難得。

　　當他們的兒子先禮出生時，我還在台灣。還抱過他。1966 年我離開台灣，到歐洲比利時和德國留學。2005 年，回到台灣。起初住在舅舅家，後來二哥在他和女兒居住的美麗的水蓮山莊幫我們找到一個帶家具的公寓。此後跟二哥二嫂鍾姊來往的比較勤。每次二哥去大賣場購物，都帶我去購買。不時也看到先禮，先慧。

　　2006 年我們搬家到南華大學教授宿舍居住。2014 年又返回歐洲，不過每年都會回南華大學演講，每次來往匆匆，只有一到兩星期的時間。有機會妹子都安排大家見面。在這期間，世界變化很大。2020 年後疫病流行世界，旅途來往中斷，好在透過 e-mail 大家都繼續保持聯繫。

二哥全家照片

Dear 繼媛、和芳：

　　這是二哥最近寄來生日及過年的全家福，因為他沒你們的 line，所以請我轉寄給妳們。

和健

Dear 和健，

　　謝謝轉來相片多張，好熱鬧，好福氣，二哥二嫂是老了不少，但看起來還很精神。

繼媛

　　虞和芳也回函感謝，這樣看到二哥二嫂全家福，子孫滿堂，真是幸福。遙遙的祝福大家

和芳，29.7.22

二、虞和元篇章

1. 哥哥離開我們了

得到哥哥過世的消息

上午 9 點多讀到姐姐寄來的信件，得知哥哥已於昨天 9 月 21 日下午美國當地時間過世。那是德國 22 日清晨或說 21 日半夜，今早讀到這個消息，忍不住傷心的哭了起來。Stefan 要我上床休息。我是上床了，可是每想到哥哥，就不禁悲從心來，忍不住哭了起來。

躺在床上哪裡睡得著，就起來，給姐姐回覆一封信。哪裡能吃午飯，就在 12 點半，上床午睡。在床上，每想到哥哥就免不了一陣陣的悲痛，獨自飲泣。這樣昏昏沈沈的睡著。下午三點醒來。S 在樓下休息，四點半上樓，他打著煎 Pfannen Kuchen 晚餐。六點我們在前陽台晚餐，天氣陰陰沉沉的，正跟我們的心情一樣。我說，我們唯一能夠做的事，是給哥哥葬禮寄一個花圈，和為哥哥出一本書。

我講述一些小時候，哥哥養蠶，我跟他到嘉義中山公園採擇桑葉，也許那不是嘉義，而是新營，是我更小的時候。我們看著蠶的幼蟲吃桑葉逐漸的長大，結繭時，成為好美的不同顏色的繭，後來蠶在繭內從蠶變成娥，咬破繭，飛出來。

他找出 Eufloro 可以跟美國聯繫，送花圈。我又跟他講我們小時候的情境，和希臘神話。

人生太短促了。這些記憶猶新，只有將它一段段的寫出，來紀念哥哥。

懷念哥哥，談到為他出版紀念冊

我們心愛的哥哥已於今年 2021 年 9 月 21 日下午二點半去世（今年的中秋節），心中有無限的傷感和懷念。

下面一首詩，和回覆姊姊的來函，內談到為他出版紀念冊和有姊姊的詩作。

　　人生生死兩茫茫，相互思戀就難忘。夢中心中一思戀，死生異路又能見。往事如煙繫心懷，一當思憶又喚來。勸君莫惜金縷衣，多多珍惜精神域。

姊姊的詩作

　　下面是回覆姊姊的信，

姊姊：

Thank you very much.

　　我接到您的此信。也讀到您的大作。我趕快告知已經接到。而且收到大作分享。您真是有天才，將哥哥一生娓娓道來，寫出哥哥的天性，寫的長詩，感人肺腑。其中如：

　　雖為獨子，未曾受嬌寵。生性樂觀，困難迎刃解。年少翩翩，成大攻電機。大三軍訓，鍛鍊體始健。

　　吾哥天生性善良，未防小人渡陳倉，只顧技術研發功未卜，錢財被淘空。幸有昔日美上司，勸邀返美共科研。天生我才雖有用，千金散盡未復來。投資欲展專利功，赴台爭取小試研。未料錢去技被改，竹籃打水一場空。

　　飲馬歌：中秋節日到，斷魂北加道。明月雖相照，月圓人已渺。追亡魂，干里遙，入我幽夢裡，天人隔。

　　是的現在雖然「追亡魂，干里遙」，不過幸好在夢中，在思念中，我們跟父母，跟哥哥又靠的很近。這就是我們要為哥哥出版紀念冊。這本紀念哥哥的書冊，有您的詩作和嫂嫂的照片，加上嫂嫂，二哥和妹子。這樣每人能加上自身對哥哥的回憶，出版後，以慰哥哥在天

213

之靈。他一定會含笑接納。現在疫病又開始流行。請多多保重，照顧好您們的身體。敬祝
　　安康

　　　　　　　　　　　　　　小妹和芳敬上，13.11.21

2. 回憶文

　　在這個章節中，錄下有關哥哥的不同時間的文章，盡量按照記載的日期，或是先後發生的次序編輯。

從上海搭乘太平洋船艦到台灣前後的一段回憶

　　在登船之前，記得住在一個旅館內，好像是上海的一個旅館，似乎談到舅舅的女朋友，「大洋馬」，她塊頭很大，才會有這個稱呼。舅舅是否跟我們一塊搭乘同一艘船來，就沒有印象。可惜舅舅已經過世，無從從他那裡得到音訊。

　　在登船之前，經過一個走道，聽到上面澎澎澎的聲音。哥哥解釋，這是下雹，告訴我，他在學校學習到下雹的成因。我很羨慕哥哥上學，學到這些知識。在船上，我跟哥姐們睡在不同的上下舖。記憶中，在床上，我們上下舖吊餅乾吃著玩的事。有次在甲板上，海風很大，把姐姐的扇子吹走，姐姐追它，但它被吹到海裡。有次吃魚，我們小孩子中，有一人把魚翻了一面吃，被大伯伯打了一個耳光，說，在船上不能夠翻動魚，魚翻了，代表船會翻。

　　我們怎麼下船，怎麼到台北，不記得了。只記得在台北住的是很大的一棟日本式的大房子，聽說後來它為台灣省主席的官邸。哥哥姐姐們在台北進小學，學校離開家中不遠。早上 8 點我在家中，可以聽見小學內唱國歌和升旗的歌聲。我很羨慕哥姐們上小學，而我年齡太

小，不准上學。心中很是懊惱，恨不得趕快長大，也能夠跟他們上學校。台北的家中很大，從前面走到後面，對我來說，要走許久。家中有園地，種植熱帶樹木和小灌木。種的是什麼樹，沒有一點印象。家中客廳內有一個裝飾，是水玻璃內有蚌殼類似的生物，有時蚌殼會張開口，有時會有很小的螃蟹類似的粉色生物，在玻璃瓶的在水中爬動。記不得在那裡住多久。這是對我來說，來到台灣的第一個印象。

17.10.19

哥哥的喜好

　　哥哥很好奇，從小就知道下雹的成因，遇到下雹，就學以致用，講給我聽，下雹的原因。哥哥喜歡養蠶，還有過鳥籠，養鳥。不知是他自己造的，還是購買的鳥籠，把它放在公園中，掛著，裡面放一個鳥喜歡吃的東西，鳥一飛進來，就出不去了，這機關到底怎麼弄，我也搞不清楚。那時我才上小學二年級，不過跟哥哥到處走，有他在場，我就不怕了，因為我知道，哥哥懂得多，他對待妹妹們很照顧。

　　哥哥從小喜歡試驗，這使我想起，母親剛生出幺妹後，餵牛奶，哥哥那時只有 8 歲，姊姊 7 歲，我六歲，哥哥就要做實驗，把家中的溫度計，放在熱水瓶內，量熱水的溫度。卻不意它爆掉了。幸好哥哥知道溫度計中有水銀，有毒，就寧知會挨罵，還是告訴媽媽。

　　哥哥從小就對儀器，電氣，機械方面很好奇，什麼都想試試，才會有溫度計在熱水瓶中壞了的情況發生。家中手錶、機器、電器，一買來，哥哥就喜歡拆開來看，然後還原。家中電器壞了，都由哥哥來修。我不懂電的原理。有次熨斗壞了。我就學哥哥，來修理。哪曉得，

215

插上電插頭後，啪一聲，嚇了我好大一跳。這時哥哥得知，說那是短路斷線。這我才知修理電器，不懂的話，多危險。哥哥從小喜愛的這種實驗的精神，想是他後來選上電機系的原因。

被譽為中國原子能之父的孫觀漢教授稱讚哥哥虞和元的話

認識孫觀漢教授起源於 1973 年，我到美國時，在姊姊家裡讀到一本孫教授寫的《柏楊和他的冤獄》。讀到這本書，非常受感動。我返回德國後，給孫觀漢教授寫了一封信，談他這本書的影響力和我讀到此作品後的感受。很快的就收到孫教授的來信。德國有國際特赦組織，我就跟當時管亞洲部門的女士聯繫。她住在波昂，為柏楊，來慕尼黑跟我見面商談。將被判刑的柏楊資料匯入她的特赦組織的一項項目中。

自此之後，孫教授和我雙方互相通消息，各盡所能的為解除柏楊的冤獄盡力。孫觀漢教授是美國有名的科學家，曾經在 1950，60 年代受到蔣中正總統的邀請，來台灣發展原子彈，設立原子爐。可是受到美國的干預，他在台設立原子爐後就返回美國。孫教授認得蔣中正總統，為柏楊的冤獄寫信請求釋放，但是只得到一封委婉的回信，柏楊並未能獲釋。在我們通信這期間，曾經謠傳柏楊在監獄中過世，我們傷心得很，後來探明真相，這是謠傳，才放下一顆沈重的心。這時對柏楊的出獄，更是重要，否則不知何時，柏楊真可能會在監獄中喪生。孫教授這時更積極的為柏楊的冤獄到處奔波。

適逢美國卡特當選總統，他倡導人道，孫教授上書給卡特總統，告知柏楊受到冤獄的事。卡特很重視孫教授的上書，即照會台灣的美國大使館，來調查此事，幾

經斡旋，柏楊在他被監禁9年零二十六天後得以釋放。我們的高興，不亞於柏楊。柏楊出獄後，住在沈紫忱教授家的小偏房，車庫中落榻。當柏楊知道他的出獄，可說是孫教授一人鼎力促成，他才得復見天日後，感激不盡，立即跟孫教授書信連繫，我也是跟他們中通信的一員，在台灣還有好幾位一直跟柏楊有連繫的年輕人，梁上元，陳麗貞，我們也互相聯絡上來。大家雖然不曾見面，但是書信往來，成為忘年之交。

　　柏楊出獄後，恢復他的紙筆生涯。這些事情在孫觀漢教授和我的通信中，是主要的話題。柏楊和孫觀漢教授對我很提拔，鼓勵我寫作。柏楊在自立晚報上發表一篇「虞和芳來的一封信」，後改為「德國來的一封信」。他們為我出版《虞和芳選集》，自動為此書定名，為此書寫序；柏楊安排「虞和芳選集」中的「異鄉客」劇本，在當時文化大學，戲劇系的演出。他們鼓勵我多多寫文，為我在台灣的文壇上鋪路。我對他們的鼓勵和為我出書，有無限的感激。

　　孫觀漢教授在台灣的時間內，很巧的是，剛好我哥哥虞和元，也正在台灣，他們有緣相見，在孫觀漢教授給我的信件中，讚美哥哥是他在台灣所見到的唯一一位君子。這句話，多具有說明哥哥的風度和人格。

9.6.19

昨日，今日，明日

　　昨日我還是一個天真的小孩，幻想美妙綺麗的未來，企圖以光明照耀人間，不要讓失望的痛苦，侵蝕我的心田。

　　今日我不再是天真的小孩，幻想也在心中化成白煙，以往的抱負消失始盡，只有失望的痛苦，侵蝕我的心田。

　　　明日我將攆出痛苦悲傷，因為人生的意義，是奮
鬥向前。看那明星點點，不正象徵著，美麗燦爛的未
來？

　　這是記憶中我寫的第一首詩。那是答覆我哥哥同
班，很會寫詩，黃昌海的詩。他寄給我刊登出的「昨日，
今日，明日」的一首新詩，我回應他的一首詩。那時是
我在中學時代初二的時候。他是在我初二時參加青年寫
作會中認識的。他一看我的名字，就說他跟我哥哥虞和
元是嘉義中學的同班同學，他此後就藉機來看我哥哥，
每次就託他帶給我一封信。我偶爾也回覆他一封信，寄
到他家。可是他不能夠寄信給我，父親知道的話，不得
了。他就在來看我哥哥時，交給我，他寫的信。那是我
交往的第一位筆友，他來我家訪問時，我們不敢交談。
當我父親後來還是得知這件事，這還得了，不但把我哥
哥和我大大的訓誡一番，把我監禁在家中，不再准許我
參加任何活動。聽說那位黃同學，後來投考空軍，發生
事故，而退下來不再做飛虎英雄。現在回想起來，恍如
隔世。

虞和芳，9.6.19

夢到指揮樂隊

　　夢中我的任務是要指揮一個樂隊團。我有些著慌，
如何指揮是好。我想，既然我被派遣，只有盡力而為。
一般樂隊的指揮，都是揮手做一個信號，作為開始，然
後就按照拍子，做手勢，至少在公誠小學，新營的台糖
學校的指揮是如此的。我不知道這個樂團是什麼，他們
要準備奏什麼音樂，他們都是成年人，是交響樂團。既
然我得要出場，又沒有機會跟樂隊溝通，只有硬著頭皮
的去做。我上台後，給樂團做了一個記號，然後就左右
手上下的動作來指揮。夢中是我完成使命，但是怎麼的

具體來辦理，怎麼的發展，如何的來指揮完成，並沒有交代。

　　這個夢是兒時，在上公誠小學的一景。我不是指揮，但為樂隊的一員，吹笛子。我是自己學習來吹笛子，就被選上進入樂團，也沒有經過什麼具體的訓練，這個樂團，有打鼓，有敲鑼，有吹笛的。那時指揮由一位羅可光同學，她起初來上學時，是裝成男生，後來得知她是女生，她才留起頭髮來，她有一位姊姊，叫羅可玉，也上公誠小學，跟我哥哥虞和元同班同學。聽到有關她女扮男裝的原因：她父親是軍官，希望生一個男孩，在抗戰時期，生了她，母親要讓丈夫高興，就說是男孩，這樣她就裝成男生，一直到父親得知她是女孩，才改為逐漸留起頭髮，成了女學生的裝扮。

　　後來輪到簡維昭轉來到公誠小學，那是我上小學五年級的時候，他是新營台糖副廠長的兒子。在四年級的時候，我是班上第一名，五年級，他是第一名。四年級那時班上有一位劉曉光同學，他母親是南光中學的老師，父親是台糖工程師。他很調皮，上美術課時，他把我穿的鞋子，拿到講桌上，跟老師說，大家可以畫這鞋子的素描。這我才知道，上課時，我會不自覺的脫掉鞋子，被他發現，才會有這個惡作劇。他以我們三兄妹的名字，編成一串連的句子，成為同學們唱著好玩的句子：虞和元，頭圓圓；虞和健，頭尖尖；虞和芳頭方方。有些別班級調皮的男生看到我，不說別的話，就說：「虞和元，頭圓圓，虞和健，頭尖尖，虞和芳頭方方」，然後一溜煙的跑掉。

　　新營公誠小學，是供台糖子弟創辦的小學，每一個班級人數不多，每一科有一個別的老師來教課，如國文，算數，歷史，地理，自然，美術，音樂，體育，勞作，課外活動，都是專門的老師來上課。教我數學的是吳靄

丞老師，五十多年後，在台北舉行的小學同學會，那是由簡維昭的弟弟簡孝文召集，還見到吳老師。後來有次我們到台北，請他和 Jenny 一起來凱撒餐廳晚飯。我們兄妹因為母親在南光中學教書，所以我們都可以上公誠小學。我前三年是上的新營東國民小學。在公誠小學四年級的時候，同班的劉曉光的功課很好，成績是班上最高分，但是，他調皮，品行分數不如我，那時班上排名是課程分數和操行分數平均值，因此我得了第一名。可是劉曉光在暑假期間游泳淹死了。這消息是在南光中學唸書的虞和允二哥得知，告訴媽媽，我在旁邊，我才知道，那是一個很震驚的新聞。

我曾經夢到，劉曉光告訴我，他 17 年後會再投胎。這些事情，我記得很清楚。那時每一個學生在校園有一塊園地，自己耕種種菜。每人種的菜不一樣，我種包心菜和大頭菜，一顆大頭菜，被鳥啄出一個洞，我還很得意的將長熟的菜帶回家吃。那時的一件大事，是謝校長得腦溢血去世，學校組織紀念會。他的妻子後來到學校教音樂，他們有一個三歲左右的男孩，很活潑，有時在校園跑動，有一天，他母親找不到他了，很著急。學校有一個游泳池，好像有人淹死過，就廢棄不用，裡面長水蛇。學校每天全體學生，8 點集合，唱國歌，升旗，教務長，訓導主任訓話。每週六有一個比賽：演講，書法，數算，拔河……週一在全體早晨集合，唱完國歌，升旗，教務長說話時，頒發獎品，我們還是童子軍，我最怕當童子軍在學校大門口站崗，站在那裡一個小時，不准許動，好無聊。我最喜歡下午放學後，跟同學坐在一顆榕樹下聊天，看著一些飄動的白雲，真想跟孫悟空一樣，乘雲在天上飛到家，不要跋涉一段長路走回家。這些一連串的往事，由這個夢悄悄的襲上心頭。

21.4.2020

哥哥和牛奶糖

哥哥很喜歡吃一種糖果，有次他省了一點錢，我們去嘉義圓環附近一家糕點店鋪，要買那種牛奶糖，店鋪說，那麼點錢，不夠買。碰到受人瞧不起的對待，心中很不舒服。

舅舅每次來，都要買些禮物送我們。有次舅舅知道我們小孩喜歡吃一些特別好的糖，就給我們小孩一筆錢去購買，此款在我們眼裡看來，不算小的數目，哥哥就帶我們去購買那個我們都特別喜歡的糖，整整購買了一大盒。這次哥哥很神氣的，一次買到一大盒的牛奶糖，之後回家，大家分著吃，好不快樂。哥哥雖然是獨子，不過爸爸對他很嚴格，動不動就會拳打腳踢，那時媽媽就叫哥哥快走開，可是他不動，婆婆就站在他和父親中間，說要打哥哥的話，就先打她。這樣爸爸才住手。婆婆裹小腳，每天還到菜場上買菜。哥哥有了自行車後，就騎車去接婆婆，有次兩人都從自行車上摔下，好在不厲害。有時我們出門，我不會騎車，也沒有自行車，哥哥出門，我坐在車前，警察看到會干涉，我連忙下來，警察一離開，我又坐上了哥哥的自行車上。

哥哥中學的一位芮同學

哥哥不時帶他的中學同學到家裡來，其中有一位芮同學，每次來，都跟哥哥下象棋，他的父母也是中學教員。這位芮哥哥，也是吶木得很。後來我們上台大，芮哥哥來女生宿舍找姊姊，姊姊問：你來做什麼？他答不上來，只跟我們一塊到外面吃一頓午餐後離開。在姊姊出國後，有次他來台大，我遇到他，才知他愛上姊姊，但是他太木訥了，他們兩人就沒有戲唱。

我初二時，參加學生暑期寫文活動，哥哥有位同班同學，一看我的名字，就知道我們是兄妹，於是也來拜

訪哥哥，請他轉信，其實我們是談文章，談學問，沒有談戀愛。可是父親得知，這還得了，哥哥受到好大一頓責罵，我受到的處罰，是暑假不准出門，不准參加任何校外的活動。

中學時，每個週末，父母都帶我們去看電影

每次哥哥都先騎自行車去戲院買票，才能買到樓上第一排的票。這是我們小孩每週最高興的一天。有次吃完晚飯後我們出門去戲院看電影，哥哥說他很快就會來。可是整個晚上沒有見到他，我們都很擔心，原來哥哥高興的從進門的坐櫃子穿鞋子處，一開心的往門外跳，頭撞到門樑上，撞出一個大包，婆婆聽到聲音，看到他前額頭上的腫脹，要他在家好好休息，不可外出看電影。

哥哥上大學時帶系裡第一名來嘉義家中度假

哥哥在成大電機系時，每學期把系裡第一名的同學帶回家來住幾天。那時一位徐哥，也來，他很會畫畫，跟我們要照片，姊姊給一張電影明星樂蒂的照片。當徐哥寄來他畫的照片，我們驚呆了，調皮的我，就把這張畫像，交出給美術老師，他一看，卻說，他知道我有天才，就是不好好作畫，我忙說，這是我哥哥同學的畫。老師不理會，把這張畫，作為最佳作品在學校張貼出去展覽。每當其它班級的同學讚美我的畫時，我都馬上聲明，這是我哥哥同學畫的，不是我畫的。

後來姊姊在美國留學，偶然間又遇到徐哥，他們結婚。這是哥哥幾年前，帶他來我們家玩，種下的因緣。次年哥哥沒有帶同學來，一問之下，才知道，原來哥哥得了班上第一名。哥哥上交大碩士時，有次要去台南，父親不贊成，不給車票費用，我就代他出了。沒有想到，當他得到交大發的錢後，送我一隻法國出產的鋼筆，比

我為他墊的錢多十倍。他沒有表示什麼，就只把鋼筆送了我，但從他的此舉，看出他的人格高尚。

哥哥的婚姻

哥哥姊姊一塊出國。哥哥在美返台跟一位小學教師高小姐結婚。婚後把妻子接到美國，她去美國沒有多久，就得癌症過世。我曾寫一篇中篇小說《美國 美國》，內中我以一位哥哥同學的身分，來陳述哥哥的這段不幸的婚姻。

後來總算皇天不負苦心人，哥哥娶到一位師大畢業同病相連現在的嫂嫂。她的未婚夫是籃球健將，在運動場中突然因急性腎炎昏迷，不久離世。兩人都有一段過去的不幸經驗。他們有緣相識成婚 48 年。他們婚後，曾邀請我們去美國德州拜訪數次，有一次為母親大壽慶生。大家到德州相聚。哥哥嫂嫂設宴為母親慶生。姊姊搭乘飛機，當天沒有如時的抵達，我們焦急得很，沒有那架飛機降落的消息，一夜大家不安，總算清晨，姊姊打電話過來，飛機飛往別城，降落在他地，次日早晨飛往德州，哥哥接到姊姊返家後，我們大家才鬆一口氣。

那次聚會，哥哥和嫂嫂為母親特質做了有母親放大照片的磁碟，我們每人都得到一個這磁碟的紀念品。後來哥哥先到加州，我們跟媽媽和哥哥在加州，相會了幾次。

跟哥哥幾次的會面

有次我們去美國，跟母親一塊去拜訪哥哥。哥哥帶我們週日船遊，他卻在船上累的入睡，沒有欣賞到大鯨魚噴水的奇觀。

1995 年哥哥到天津創辦莫比士（Mobius）電池公司，我們去天津拜訪過他，也參觀過他新設的工廠。1998－

1999 年哥哥參加一家國際的 Consulting 公司，一年之內 8 次飛到瑞士一家公司去技術指導。我們在瑞士有兩次會面。

哥哥還來到德國慕尼黑西門子公司洽商。我們那時住在慕尼黑奧林匹克公園旁，離開 BMW 汽車工廠很近，帶哥哥參觀 BMW 工廠，和奧林比克的運動場。

母親過世時，我們去加州送葬，跟姊姊哥哥們相聚。

2001 年我去美國參加瑜珈教師訓練營，去 Saratoga 拜訪哥哥嫂嫂。哥哥安排我和新營台糖公誠小學的雙胞胎姊妹陳慶蘆會面。那是 1950 年代小學的同學，見面有如隔世，不勝唏噓。這是我跟哥哥最後一次見面。

嫂嫂是一位文學藝術修養很高的藝人，她在不斷的發展她的繪畫天分，加上努力辛勤的作畫。哥哥也為她辦了兩次個展，出版兩本畫冊，另外她還繼續出版 29 年的月曆，都是用她的油畫做成的。她的這種長期作畫的精神，令人讚佩。最難能可貴的是嫂嫂在哥哥 8 年洗腎中，一直悉心的照顧哥哥。嫂嫂的相夫教子，跟哥哥同甘共苦的精神毅力，不是一般人能夠做到的。這也是哥哥修來的福氣。哥哥生病多年，今年 9 月 21 日離世往生，這是每一個人都不能避免要進入另外一個世界的路程。現在父母婆婆，舅舅舅母，伯父伯母，哥哥和幺妹，他們都在另一個世界中相會，他們會不會也跟我們一樣，談論著過去的種種人間經歷？

20.11.21

夢到哥哥換了工作

夢中哥哥換了工作，他要適應新的環境，夢中出現他開車在高速公路上的一景，像是看電影似的看到他在開車。哥哥是去年 9 月過世。下月 10 日是他的生日。

我非常的想念惦記他。我們在編輯準備出一本紀念他的書。還在等待紀念他的文章，那麼就趕不出來在他冥誕時出版。

夢中他換了工作，可能代表他到了另外一個世界。那麼高速公路呢？難道進入另外一個世界是一條長路？這是我們的想像。生死是人生的一件大事。我們出生是在自己不知不覺中出生，可是對母親來說，是一件大事，古時候有時母親生孩子喪生，如凱撒大帝的母親就是破腹而亡，所以有所謂的生孩子就等於進入一個死門關，母親生孩子的痛苦，很難想像。這是一種痛到脊椎上面的疼痛。在小孩出生後，疼痛立即停止，小孩的出生是一個喜悅。可是對小孩本身而言，就記不得了。對小孩來說，是一個新生命的開端，也可能帶著危險。即使現代小孩出生，也有危險，若是出生時，沒有立即大哭的自己呼吸，會造成腦部的受損。

認識的朋友，妻子是醫生，但是生出兒子因為呼吸延遲，造成一個智障身障的後遺症。出生是人生的一個起點，我們得到了生命在不知不覺間。死亡呢？只有在神話宗教中，有想像的天堂地獄。因此有「一路好走」這樣的話語。這短短的夢中一景，引起我對哥哥的過世遐思遐想來解釋。好像是哥哥換了一個工作，和夢中看到他開車在公路上。死亡到底如何？孔子說：未知生，焉知死。

17.3.22

今天是我哥哥第一個冥誕

以前每到快要到哥哥生日時，我都會想到給哥哥去信，祝福他生日快樂。哥哥姊姊妹妹的生日，我都記在心中，不會忘記。去年哥哥 9 月離開我們到另外一個世

界。今年 4 月 10 日，他的生日，我該怎麼祝賀他呢？一想到哥哥已不在人間，心中就有無限的悲傷。

今天接到嫂嫂寄來的新畫作，太棒了，引起我寫一首詩，將她的這張畫作加入其間。一年多，每日給「余虞對話」一首詩，以余處長詩中的一句「羽化欲登仙」為題，將嫂嫂的畫作放在裡面，寫的一首懷念哥哥的詩。

今天是我兄冥誕，心中為此頗悵然。生離死別路盡頭，突然又抵另一岸。接到嫂嫂新畫作，小橋流水通兩岸。人間天上有橋通，想念哥哥在心中。思緒寄語彼岸兄，一路好走遇順風。精神漫遊無阻路，騰雲駕霧好輕鬆。多多聯繫多溝通，此信附上嫂嫂畫，宇宙天涯能共話。天橋兩岸有鮮花，通向彼岸哥哥旁，天長地久相對話，世間時間在昇華，生日快樂在羽化。

虞和芳，10.4.2022

人生的旅途

每人都有父母，有些還有兄弟姊妹，人生伴侶，子孫，彼此間相互相連，卻是過程經歷不同。

在講述回憶過去時，對於我的哥哥，我只能從我的角度來看，講跟他之間經歷感受到的一些點滴。我能夠說的，我感激有這樣一位勇敢地，盡責，又有愛心的哥哥，他雖然遇到一些人生挫折，但是他有堅強的意志，勇氣，他有一位賢良淑慧的妻子，美滿家庭，他的一生，是他雙手創辦的家庭，透過他的美德，才會有他這樣不容易，不平凡奮鬥出的一生。

7.5.22

3. 婆婆和哥哥

王婆婆最喜歡哥哥

王婆婆（我們都稱呼她婆婆）是我們不能忘記的老前輩，她看到我們長大，我們每個小孩都非常感激她，很可惜我們父母生的四位兄妹，兩位已經過世，這真是一件很令人傷感的事。婆婆是跟我們來到台灣的一位遠房親戚。她的一生，身世淒涼。她二十剛出頭，生了一個兒子就守寡，就來在祖父家幫忙。父母結婚後，請她到我們家來做事。父母和他們同輩的親戚，都稱呼她為阿朗嬸。1978年媽媽和姐姐回到寧波鄉下，看王婆婆時，她兩眼已瞎，但仍能分辨她們的聲音，並非老人痴呆，什麼都不知道。

婆婆屬於老一代的人，那時父母在四川開資中酒精工廠，哥哥早產，哥哥是她在我們家中接生的第一個孩子，身體弱，所以婆婆最疼哥哥。姊姊也是她接生。後來父母遷到福建，哥哥和姊姊就由婆婆在四川帶養。父母在福州生了我。1948年，我們來台灣時，她跟隨伯父帶我們小孩來台灣。父母在新營開磚瓦廠時，1949年，她為媽媽接生么妹。婆婆從小照顧我們到大。後來搬家到新營鎮上，父親開化學真善美醬油工廠。廠品為出售，父親委託批發商，銷售給零售商時，被騙。批發商拿走產品，不付款，跑了。

父母就放棄自己開辦工廠，到台北去尋找祖父當年認識的朋友謀職。在這段期間，都是由婆婆一人照顧我們小孩。母親和我們一家都很有福氣，因為從結婚後，就由婆婆一人來料理家務，有婆婆在，父母就放心，不必操心。婆婆又是小腳，雖然後來放大了一點，但是行動還是不方便。她每天步行去市場買新鮮食品。母親從

來不管家事，由她一人照顧。每當父親打哥哥時，她聽
到，就來阻止的說：要打毛毛（哥哥和元，大我兩歲）
的話，就先打她。這樣父親才止住對哥哥的拳打腳踢。

當哥哥，姐姐出國後，她很傷心，每看到飛機飛過，
就指著飛機罵：可惡的飛機，把毛毛（指哥哥）大妹（指
姊姊），帶走，什麼時候把他們帶回來！我離開台灣到
歐洲時，她也是不捨，把省下的錢打了一個大戒指，非
要叫我帶到國外。而在 Giessen 家中被破門而入後，偷
走了這枚戒指，這是無法取代的損失。

我們歷經三代，在瓦斯爐沒出現前，生火作炊用煤
球爐那個時代，家中三餐由婆婆管一切，在我有記憶起，
她大約已有 60 歲。她跟我們一起來到台灣，她只會說
寧波話。當瓦斯爐來時，她拒絕使用。後來使用瓦斯，
當瓦斯用光，她會抱怨還是煤球好。老一代的人們，有
她們不少的可愛處。

19.8.22

王婆婆為第一排右第二位。
大伯父在中間，左二為大伯母吳玉蘭女士。

姊姊虞和健為記念婆婆寫的王婆婆頌

王婆婆頌

吾祖自寧波，祖鄉面未識。卅載隔離遠，心中常記之。首次踏神州，近鄉情更怯。七八年首訪，偕母探王婆。婆年九十四，雙眼幾失明。輾轉臥床榻，猶辨吾音言。

難捨吾親婆，相處越廿載。呀呀待哺乳，全靠親婆苦。童年在南台，回憶清苦甜。婆操全家務，吾輩刻苦學。今日能成事，婆功不可沒。常念婆辛苦，任勞半輩楚。

若無婆操勞，兄妹非今比。長兄年幼時，婆常護吾兄。婆疼吾兄功，免受父責難。婆雖字未識，聰慧過凡人。綉鞋親手製，甚超商品貨。廚藝樣精細，吾輩口福多。

猶記離家時，婆依閣相送。依依不捨情，每思淚衫襟。未卜再見面，已過十三載。時光荏苒過，一別近中年。此時吾成家，有子一歲半。婆情溫柔在，溫暖我心悲。

未幾得噩訊，親婆已仙逝。享年九十六，堪坷人生路。吾輩欲盡孝，樹靜風不止。人生徒奈何，事常與願違。問君何所思，盡孝應須早。莫等謝幕時，徒嘆早已遲。

後記

妳身上的哪個地方是日本人？

曾經接到過一個郵電，拿一些說日本人的英文字來諷刺日本人。我接到後，感覺這種花絮搞笑，不經過大腦，就轉發出去。接到一位蔡元奮教授的來函，將另外的一些英文字的頭一個字連起來，講日本人的好處。接到後，想到我轉寄譏諷日本人的不當。他將 joyful 快樂的，active 主動積極的，peaceful 和平的，admirable 可欽佩的，noble 高貴的，excellent 卓越的，smart 機靈的，elegant 優雅的，來組成 Japanese 日本人，看出以正面精神和視野者來減少人們間的敵對仇恨心的重要。

事實上要說一個人的壞話，何患無辭。就跟要定一個人的罪，莫須有也能判下死罪。拉丁字母，都有同樣開頭的字母，有不同的相反的字和意義出現，所以要把一國說壞，只要先有那個字，Japanese，Chinese 的字，挑選要罵對方的字出來，就能定下標籤來說這個人，或是這國人的壞處。這是太窄小，太短見，也太不公正。納粹的殺害 6 百萬的猶太人，種族歧視是多麼的可怕！那封我轉寄的搞笑，是我不好，何必將這樣說日本人壞話的文字向外傳播，沒有意義。

事實上，我們虞竇家的外婆是日本人。外公留學日本時，娶了一位中學校長的女兒。在八年抗戰時候，外婆不知為淪陷中的多少中國人，解決困難。她說侵略中國是日本軍閥，還有很多日本人反對侵略中國，有些為此被殺死。她來到中國後，只跟我們說中國話，寫中國字，所以母親不會講日文。外祖父跟我們先來台灣，外祖母還留在大陸處理事情。可是大陸淪陷，她出不來。

外祖父來台灣，對台灣的地震、颱風不適應，又思念外祖母，他老人家要返回大陸。他獲准回去。大陸情

況變得動盪不安，跟台灣沒法直接通信和寄錢去。幸好舅舅在香港有認識人，在北京也有同學，就委託他們轉寄錢去給外祖父母。每次外婆來信都說，不用寄錢，他們很好，要我們放心，只需要一年給他們寄一張全家合照的相片就可。

在我初中的時候，有一天，放學回家時，看到舅舅的鞋子在那。我覺得很奇怪，他從臺北來嘉義，以前祇有逢年過節才來。這位舅舅，好幽默，我們都好喜歡他。可是那天聽不到傳出的笑聲。原來他得到消息，外婆過世，而在 6 年前，外公就已經過世，她沒有告訴臺灣的子女，怕他們傷心。舅舅和母親，一次連得到喪父，喪母的消息，可見心中是多麼的傷痛。

從我們外婆的一生為人，可以想見她是多麼好的一位日本人。可是因為受到中國歷史的影響，聽到南京大屠殺日本人的罪行，不能跟日本人認同。雖然母親，舅舅有一半日本人的血統，我們只認定他們是中國人，也不會去想外婆是日本人，她在我們虞寶家的下代是代表我們的外婆，她是好人，她的人種，都不重要。

有次我先生問我：「妳身上的哪 1/4 是日本人？」我回答：「身上最壞的 1/4 是日本人。」他說：「妳外婆聽到這句話一定要傷心了。」這使我感到很慚顏。我怎麼能說出這樣等於污辱外婆的話！此後我不再說這種話。

那次我這樣的沒有多加思考就將這份說日本人壞話的搞笑傳單傳出去，雖然那是一個搞笑，但是還是很不應該。

****

下面錄下幾封當時關於此事的幾封信。

231

蔡教授：

　　謝謝您來信，以反字來說日本人的聰明，活潑可愛。來點醒我的不應該。也謝謝您寄來《飛花輕寒》的資訊。在此也一併謝謝列夫寄來的類似資料，很高興，您們對這篇搞笑的反應。這說明，明眼人不少，世界還有希望。敬祝您

　　愉快健康

和芳，23.1.15

虞教授：

　　個人非常同意您的看法，收到您轉寄的前函後，初時也覺得只是「茶餘飯後『搞笑』而已，我自己也不經意地很快就轉寄給一些朋友。其中一位中學同學幾小時後就就給了我回覆，再加上近期讀到的一些新聞，使我有了多一個面向的思考，所以才寫了上一封電郵給您。這次的轉寄，現在回想起來，確實沒有意義。謝謝您的分享。順祝

　　安好

元奮，104-1-24

和芳姐，

　　您好！謝謝您的分享，我很抱歉轉寄了先前那封不當的 Email，以後確實應該三思而後行。我有兩位非常要好的朋友，都是日本人，和她們相交已超過二、三十年了，一位住京都附近，我三月初去東京出差後，會順道拜訪她和她的家人。另外一位住在台北，我們曾經同事過，彼此的觀念和想法，都非常接近，幾乎每個月會見面一次，她可以說是我一輩子的至交。

　　很高興得知您外婆的故事，我相信她在天上，一定會對您的卓越表現，深感驕傲的！祝好

明蕙上，2015 年 1 月 26 日

明蕙：

　　謝謝妳來信的體諒，也談到妳日本的朋友。是的，每個國家民族都有可愛的人，也有不可理喻的人，要擇友而交，不可以貌或以國籍信仰來取人。祝福

　　闔府康健

和芳，27.1.15

　　這位跟我通信的蔡元奮教授曾任台大醫學院的教授，他一直默默的為他的學生盡力，直到他過世。他是留德的學者。我們在 2013 年德國的 DAAD 在北京舉辦的國際醫學會上認識。蔡教授是西醫，來聽我自然醫學的講座，散會後，他自我介紹，說他父親得病，西醫束手無策，問自然醫學有無改善的方法。我們就此通信，主要是談他父親的病，和中西醫學及一些經歷事情的討論。

　　2016 年，幺妹和舅舅先後過世，姊姊來台北，我們參加舅舅的葬禮，那時姊姊和我還跟蔡教授會面，大家談的很盡興。可是他父親過世後，他很傷心，他是一位孝子，在 2018 年可惜他過世了。心中為此很傷心，於是我出版一本《種瓜得瓜》，這是我們五年來的通信。僅以兩人間的通信，來紀念他。

　　蔡元奮教授，為人正直，他的名字中有「元」，有「奮」。哥哥虞和元的名字也有「元」，姊姊將紀念哥哥的書名定為「一位勇者奮鬥的故事」，有「奮」字。現在回憶起來，正是跟蔡教授和哥哥的名字，不謀而合。

　　僅將此文，作為此節的後記。它發揮人性善良，這是一種正面的力量。蔡教授和哥哥，一生中都是盡心盡力的默默耕耘。發揮努力奮鬥正向能量，他們是受人尊敬的學者。

虞和芳，20.8.22

三、虞和健篇章

1. 虞和健簡介

生於 1942 年，比哥哥和元小一歲，比和芳大一歲。比么妹和芸大 7 歲。

她在台北跟哥哥進入小學。後來我們三兄妹都進入台糖的新營公誠小學，那裡跟其他的小學完全不一樣。每一門功課，有一位專門的老師來教學。每一年級，只有一班，學生也不多。我們非常喜歡這所小學。和健中學一年級就讀南光中學，後因家遷至嘉義，轉入嘉義女中至高中畢業。大學為台大農化系。在學校中她常得第一名，在大學還得書卷獎，這些都說明，她的認真求學，是家中最會唸書，成績最好的一位。

和健和元同一天一起到美國，兩人都得到獎學金。他們出國後，婆婆最傷心，她看到我們小孩長大，意識到可能她一輩子再也見不到他們了，她看到飛機都要罵：您們把毛毛（和元），大妹（和健）帶走，什麼時候再把他們送回家！

姊姊在美國得到生化與有機化學碩士學位（蒙他拿州立大學與紐約大學石溪分校）。畢業後在紐約長島 Brookhaven National Lab Medical Center 研究 Parkinson Disease 一年。後於 1971 年七月在 Shering Plough 藥廠工作，直到 2003 年底退休。此間修了化學博士（Rutgers University）。姊姊跟哥哥同班同學徐世勳結婚。他們育有一子徐道群（David）。David 和 Christine 有二個女兒，Hannah & Maya 分別為 14 歲和 12 歲。徐道群取得 MIT 麻省理工學院 computer science 學士與碩士學位。畢業後先在 AT&T 及其他研究機構做有關軟件方面的研究工作。後入普林斯頓大學電腦系攻讀博士（2008）。畢業後在 Google 做科研。Christine 畢業於 NJ Rutgers

University 化工系，後又取得 MBA 學位。現在一家化工廠做 MBA 工作。

　　虞和健興趣多方面，除了化學本行，她對許多別的領域也涉及不少，對寫詩詞歌賦，繪畫都有興趣、且喜攝影、旅遊。

2016 年曾與兒孫們去北加州探望和元及繼媛，並攝影留念。

2017 年底於 Las Vegas，此時徐世勳還能走動。

235

2. 談論為紀念哥哥和元出書

懷念小哥

嫂嫂繼媛來函：

Dear 和芳，

謝謝轉來的文章。看了之後，不由對和元又有懷念之情。他的大半輩子都在搞這東西。在這篇文章中，有提到中國大陸的高鐵離不開的 IGBT，和元就有一個有關 IGBT 的專利。和元生前有很多技術專利，但是在做成產品的路上，因各種原因而未成，因此他生前並未獲利，而是兩袖清風。問候 Steven，大家多保重！

繼媛

姊姊：

今早讀到此信為紀念哥哥出書。

和芳上，7.11.21.

Dear 嫂嫂：

感謝您的來函，您提到中國大陸的高鐵離不開的 IGBT，哥哥就有一個有關 IGBT 的專利。您對哥哥的發展情況了解的最透徹。每次您們多半都是一塊的到中國和台灣。您對他所有的專利都十分了解。值得收集起來，這些都是他的智慧結晶，他的建樹。那時被譽為中國原子能之父的孫觀漢教授，也跟哥哥會過面。他寫信給我，哥哥是他見過在台灣唯一的一位稱得上的 gentleman。

姊姊已開始找出時間寫文，正在擬為哥哥出版一本紀念冊，對於您們婚後的情況，請您撥冗來記載您們的旅行，家中的生活情況，加入您們的照片，這樣才算完整。

我們兄妹間的回憶，都是小時侯的。二哥對哥哥在台灣和大陸辦廠也有參與，妹子那時，不時的也跟哥哥會面，當他去拜訪舅舅時，一定也知道一些情況。這樣每人將他的所知，回憶，出版這本紀念冊，才是完整。敬祝

安康

和芳上，7.11.21

姊姊定下出版哥哥紀念書的書名

自從哥哥過世後，我們（嫂嫂、姊姊、我三人）就在考慮為哥哥出版一本紀念書。我們分別在不同地方，每人都有本身要照顧的事情，美國和歐洲的時間不一樣，透過信件來往，來互相溝通，編輯這本紀念書。姊姊的提議非常的適合，我們決定哥哥的紀念書名為

《一位勇者奮鬥的故事：紀念虞和元博士》

下面是我們通信中，有關此書的定名，其中還談到一些別的，每人現實的情況和個人對往事回憶，相互溝通，相互理解，糾正補遺，文章中的錯別字，將我們三人的一些通信錄下。

三人中的一些來函

Dear Hefang and Chi:

我忽然想起書名可否改為：一位勇者奮鬥的故事：紀念虞和元博士。你們商量一下，還有沒有更好的名字。

我剛才看到和芳寫在 block 的文章。第一篇談論「生與死」，寫得很好，也很有哲理，可以放在書的「前言」中如何？第二篇講述我們小時候的事，其中我要補充一些如下：爸爸是在燕京大學唸醫學院，大概在大三時才轉化工。抗戰勝利（1945 年）後，我們沒有馬上回北平。

237

我們在 1946 年秋冬季節先去了瀋陽，看望外公外婆。那時二哥與他們同住。

那時爸爸在一家面粉廠做事。叔叔與阿姨也在那裡，因為阿姨的哥哥張德輝在瀋陽。我還記得他帶著我們去採毛豆。他的年紀與舅舅差不多，很帥的一個青年。很可惜沒多久因為腦溢血去世了。二哥回憶中提到瀋陽的日子，中間有些錯辭，要改一下。那場在我們瀋陽家玩捉迷藏的大人有阿姨及叔叔，舅舅等。他們爬到窗戶上門的外邊，一不小心摔下來，不知道壓到誰了。我想不是從天花板上掉下來的。

我們大概在 1947 年的六月回到北平。後來在九月進了孔德小學。我上一年級，小哥上二年級。二哥上五年級。每天有黃包車拉我們上、下學。本來要送妳上幼稚園，但妳哭鬧死活不肯去。只去了一次，爸媽只好作罷。我記得那時常常戒嚴，也不知是抓囚犯還是抓共產黨。我們在北平住的地方是租的房子，位於景山西街 13 號，離紫禁城很近。我於 1978 年與媽媽一起回北京，還去看過那房子。已經破落得很。還有便衣過來問，你們為什麼要照像？我們說三十年前我們住在這，他們才沒囉嗦。

那時住在北平，大媽和媽媽常帶我們去景山公園玩和北海划船，逛故宮等等。你提到有一天晚上婆婆發現我不在了，其實是外婆發現我不在了，才急忙去找我。發現我又回到婆婆身邊睡了。在北平時哥哥和我一直和婆婆睡。所以小時候心中的感覺，我和哥哥與婆婆比較近。也特別喜歡和依靠婆婆。我和媽媽在 1978 年夏天回寧波鄉下老家看婆婆時，她還叫得出我的小名。也是因為她把我們一手帶大的。現在回想起來，我們算是幸運的，雖然經歷過第二次世界大戰，及國共內戰，但都

因為年紀小，所以都不記得了。1947 年，我們離開瀋陽早了一年，未親臨戰火現場。1948 年夏我們到台灣，未見北平的和平解放。但也未碰上台灣的 228 事變。人的一生雖說可以自己掌控，但總逃不出命運的安排。

很奇怪小時候，我對妳的印象比較深，也許我們玩在一起的時候比較多。但我記得在北平時，哥哥喜歡吃切糕，二哥就帶我們去前門買切糕。那時因為太小，不認得東西南北，最怕就是走丟了。外公還帶我們去天橋看馬戲表演。

我現在沒有太多時間參於如何編輯這本書。最多能做的是 prove reading，及妳們二位決定後給一點意見。現在每天我照顧老徐的時間要比以前更多。因為一不小心，他推着車，腳跟不上車子的速度就會摔倒。所以都得跟著他走。目前雖然生活千篇一律，但有時候看看院子的花樹變化，心情會好，也自得其樂。

不多寫了。多多保重。代問候 Stephen 好。秦始皇的故事可以告訴 S，他一定會有興趣知道的。前幾年我看過「大秦賦」及「商鞅傳」與秦帝國興亡很有關係。

和健上

姊姊：

謝謝來函，您將書名改為一位勇者奮鬥的故事：紀念虞和元博士。是的，這樣更適合，恰當。想嫂嫂也會贊成。

您的記憶真好，謝謝您糾正的地方。您提到大媽和媽媽常帶我們去景山公園玩和北海划船，記得有一次，婆婆送我們一人一個很漂亮的別針，您的是綠色，我的是紅色，好像我們在盪鞦韆的時候，把別針丟掉了。您提到我上幼稚園，大哭大鬧，媽媽後來也說過。為什麼

我那麼的哭鬧，自己也不知道。您提到有一天晚上婆婆發現我不在了，其實是外婆發現我不在了，才急忙去找我。發現我又回到婆婆身邊睡了。我把婆婆外婆弄混了。好像那天還有一個大鳥破窗而入？爸爸還在麵廠做事，我一點不知道。他們為什麼不在酒精工廠做事？

　　姐夫會摔跤，一定要他小心，這樣摔跤傷筋動骨很難復原。您跟姐夫能夠交談？他的溝通情況如何？有沒有藥物能夠改善他的病情？您照顧他，要特別小心您自己，千萬不可跟他一起摔跤。

　　無論如何，請您多多保重，每天做一些甩手，八段錦，對身體很有幫助，並請多注意自己的行路安全，身體健康。

和芳上，8.5.22

我自告奮勇的來為您編輯有關您的章節

Dear 姊姊：

　　讀到您的來函，和寫的有關哥哥的詩，寫的非常的好。將回憶以詩歌的記載，不是一件易事，而且加上日期。記得那時您和哥哥同一天赴美國，此後我們就跟您們分離，各奔東西了。您寄來的詩，一點不嫌多，驚異您的才華。您的作品，多多益善。我再找尋一些您以前寫過的文章。謝謝您寄來的自我介紹。

　　您每天照顧姐夫，我就自告奮勇的來為您編輯，可能會有些錯誤發生，那麼請多指正。謝謝您照顧姐夫，那麼的繁忙，還花時間來寫詩，寫信。請您多多保重。

　　您那裡若是還有小哥的信件或文，或是有空記載一些回憶，都是非常歡迎。篇幅不會嫌多。敬祝

　　安康

小妹和芳上，8.5.22，PM10:50

240

3. 回憶往事

Re: 往事

Dear Hefang:

謝謝來信。很多事情若非你提起也忘了不少，現在想起來威禮的小同學 Caroline，來我們家玩。中午吃過蛋炒飯，沒吃完的東西他們就往牆上扔，弄得牆上不少油蹟。被我罵了一頓。大概威禮還記得。十多年前，他帶了女朋友來 Las Vegas 看我們。那時他們還沒結婚，沒想到現在女兒已經這麼高了（二哥發來的照片）。相信他們在南港過得很開心吧。

我最近也很喜歡看 youtube 上有關太空及銀河系探索的問題及研究。宇宙浩瀚不是我們有生之年能瞭解的。但探索新知識，一直是我的愛好。

我也佩服妳有那麼多時間可以從事妳愛做的事。不把時間浪費在無聊的煮飯事上。下次再聊，多多保重。代問候 Stephen 好。

Love,

姐和健上，2022-05-21

談到教育的重要

Dear 姊姊：

感謝您寄來有關威禮和小同學 Caroline 的事。Stefan 聽了後說應該告訴他的做法不對。

《三字經》中有寫：

> 養不教，父之過。教不嚴，師之惰。
> 子不學，非所宜。幼不學，老何為。
> 玉不琢，不成器。人不學，不知義。
> 為人子，方少時。親師友，學禮儀。
> 香九齡，能溫席。孝於親，所當執。

241

融四歲，能讓梨，悌於長，宜先知。

教育一個小孩長大真不容易。威禮小時候，跟 Stefan 相處的很不錯。威禮喜歡提問題，Stefan 都很有耐心的一一答覆。威禮曾說，他學天文，還是受到 Stefan 的啟發。

您最近也很喜歡看 youtube 上有關太空及銀河系探索的問題及研究。您一向是我們家，書唸得最好，也最認真的一位。您不只是理科為專長，對物理化學專精，這是繼承爸爸的才華，對繪畫、文史、攝影、寫詩更是才華洋溢。您說的對，宇宙浩瀚不是我們有生之年能瞭解的。但探索新知識，一直是您的愛好。

您的名字為「健」，真是應了「天行健，君子以自強不息」的精神。中國人拿「字」來測命，有時真令人難以想像。如哥哥叫「元」，「元」字音同「緣」，高明元成了他的第一任妻子，嫂嫂叫繼媛，音同「繼緣」。

當時營救柏楊最熱忱的是一位台大植物系畢業的梁上元，她跟幺妹同年。後來她們兩人都在文化學院當助教。她才華出眾，詩詞寫的很好，她為柏楊編輯一本《柏楊與我》的書。她寫的「二十世紀長恨歌」可以看出她的才華。她跟第一個丈夫生了一個小孩後離異，後來接到她的來信，她又結婚，丈夫名字叫「理元」，很是妙，又是「元」字，配合她的「上元」。

姐夫情況如何？醫學那麼的發達，有沒有希望改善他的病情？若是他能夠好轉，您們之間能夠溝通的話那真是上上大吉。

以前姐夫對網路很熱衷，寄來很多各方面的資料，也有中醫方面的資料，後來聽說他的電腦爆滿後，就很少有他寄來的資料。不知這是否跟他的病情有關，還是

因為不再對事情有興趣了，才逐漸使得他的病況惡化？兩者之間可能相互影響。

我讀過一篇報導，凡是影響腦子記憶認知的疾病，若是多用腦子，能使病情延緩，或沒有病象，此文專門研究壽命長的修女，有些在過世後，她們腦子顯象出早已得了老人痴呆症，可是因為她們一直在辛勤的為病人服務照顧病人，她們的疾病沒有爆發出徵象來。

照顧病人是很辛苦的。請您要先照顧好自己的身體才行。

Stefan 生病期間，服用很重量的西藥，它對身體肌肉，腎臟肝臟都不好，那時醫生先說，這些藥服用一陣子就可以停下來，但是一再的服用後，卻不終止給藥。後來在我追問下，這位醫生卻說了明話，這些藥物要服用一輩子，因為這只是壓制病情，而不是治療。

於是我就給他針灸，做催眠治療，每天開車帶他到附近的橄欖樹園地散步，做吐息的氣功六字訣，把醫生開的藥物幾乎全部去除。在 2015 年到台灣時，他也已逐漸恢復正常。那時我們先住在舅舅家，舅舅舅母很照顧我們，妹子還帶他到道教處治療。後來二哥說他們住的水蓮山莊，有一個帶傢俱的公寓空下來，我們搬到那裡住。每次二哥開車去購物時，都帶我一起去購買食品返家，直到 2006 年，我在南華大學當專任教職，跨自然醫學研究所和歐洲研究所，住進南華大學的校舍，才離開台北。

每人一生都會經歷到不少的挑戰，人生其實就是一個成長的過程，有永遠學不完的新知識，永遠停不了的工作和設法解決對應每一個新來的環境困擾。

易經 64 卦，第 63 卦是「既濟」，而 64 卦「未濟」，又回到原始點。人生的吉凶禍福，誰都不知，但是為人

有天理，天良，秉著實行，又託高堂和親戚們的福澤，我們才能過著安安穩穩自給自足的生活。您寫虞家銘（見後面詩集），真是好。感謝。敬祝

安康

小妹和芳上，22.5.22

一些往事

Dear 姊姊：

謝謝您的來函「往事」。您談的往事，比我知道得多了。您跟哥哥在大陸上過同一所小學，在台北也上過同一個小學。我只記得，在台北時，您們學校離家中不遠。我在家裡可以聽到學校的唱國歌和升旗的聲音，很羨慕您們上學。後來家裡搬到新營，我們四人，二哥，哥哥，您和我都上的新營東國民小學。

有次颳颱風，二哥護著我走回家。風雨很大。雨打在地上，打擊小石頭，濺到腿上，很痛。在新營磚瓦廠，工人養豬。起初外公跟我們住在一起，他吃蓬萊米，我們吃在來米。後來外公遇到颱風和地震，過不慣台灣的生活，外婆還留在大陸，外公就要返回北京。自此之後，每年大家照一張相片，委託舅舅在香港的同學轉信。

在新營，媽媽生了幺妹，家中殺了一隻乳豬，牠的味道好鮮美。媽媽奶水不足，就給幺妹沖牛奶。有次哥哥拿溫度計要量熱水瓶內的溫度，它太高溫，溫度計爆炸。哥哥就告訴媽媽，幸好哥哥寧可挨罵，以免幺妹喝了牛奶中毒。這裡看出，哥哥實驗的好奇心很強，什麼都要實驗。家中不管買什麼手錶，收音機，哥哥都要拆下來研究，然後裝回去。

磚瓦廠的四周，爸爸種植好高大的楊樹，結果全部枯萎。後來搬到新營城內，父親開東海化學工廠。豎立很大的煙囪。爸爸用大豆發酵，釀製醬油。品牌為真善

244

美醬油。媽媽和大媽，從高高的大缸中用吸管，裝滿瓶中，我們小孩幫忙貼商標標籤。

　　大伯伯，大媽和二哥，住在不遠處的一間房子內。每次吃飯時，我們就站在木板上對著他們家喊：大媽大伯吃飯了，他們聽到就來，大家一起吃飯。住家對面有一座基督教浸信會教堂，週日我們去做禮拜，大媽彈琴，她大學時是學音樂的。哥哥，二哥，和您，都上過南光中學。

虞昊叔叔及思旦：（回姐姐來信）

　　是的，虞昊叔叔是位才子，他在文革時，被勞改，他妻子被捉，因為把報紙毛澤東的照片，拿來包裝東西，那時思旦很小，幸虧一位阿姨在她父母都不在身旁時，照顧她。

　　思旦父母釋放後返家，可惜思旦的母親，精神受到打擊，雖然沒有發瘋，但是受到影響。她過世後，父親回老家，娶了一位年輕的寡婦，思旦和他先生搬出清華大學原來跟父母的住處。後來昊叔叔在 2018 年，年底過世後，思旦和他當建築師的先生，又從那位後母手中，買回當初她長大的原來住處。

　　我們在 1981 年就到北京，那時昊叔叔帶思旦到北京飯店來看我們。思旦還上小學。之後連續幾年我們都到北京，除了參加國際中醫會議，還安排中德間的醫學來往，連接幾年，每年都到北京。

　　那時去中國，要受到邀請才能夠拿到簽證，旅遊還沒有開發。飯店有友誼商店。在那裡可以用三餐和購買到中國的手工藝品。付款都是要用的外賓鈔票。

　　在一次國際中醫會議中，我們帶了巴伐利亞電視台，醫學部門主任 Dr .V. Wimpffen，一起出席國際中醫

協會，他想跟中國在醫學上合作。很巧的，那天黃華接見德國來的代表，我跟黃華伯伯說，我是虞悅先生的女兒，他聽到後，非常高興，那時他是人大副主席，就安排一個在人大的邀請。其中有我們，中國衛生部的外事處主任，和我們帶來北京的 Wimpffen 博士。此後我們去北京和上海，西安等地參訪醫院。每次去北京，都跟昊叔叔和思旦會面。

在這期間我們在 1984 年在慕尼黑舉行中國醫學週，邀請衛生部一行教授 team 來慕尼黑參加中西醫合作的國際會議。慕尼黑市長出席，邀請的一行人是中國的醫學教授，西醫的有燒傷科教授，斷指再接教授，針麻專家，中西醫都有，並跟慕尼黑大學和慕尼黑工業大學醫學院掛鉤，開會，研討，每天從早到晚節目排得滿滿的。電視台還錄下一個醫學節目，在全德國不同公立電視台上演。這場的所有參與者的路費，生活費，全由德國州政府負責。之後德國衛生部接受這行人，到德國不同的城市醫院參訪。這是在當時德國跟中國合作的醫學交往，連同衛生部合作，受到德國政府的關切和讚揚。

當我們有次受到中國衛生部邀請時，剛好二哥在北京，我們請衛生部主管，也請二哥來參加共餐。

這樣四十年來，我一直跟昊叔叔和思旦聯繫。在這之間，思旦結婚，生了小孩。當她在北京聯合大學當副主任時，我在南華大學執教。我們跟南華大學合作，以「中德關係」為研究主題，開研討會，並出版書。裡面談到德國在東三省建造鐵路，可能跟祖父也有關聯。思旦就找尋這方面祖父的資料。

思旦跟聯合大學同事一行人，有次來台灣參訪。我想思旦既然來台灣，何不也來南華大學參訪？於是思旦

安排，他們一行人，訪問南華大學，由副校長接見他們一行人。

　　2018 年 11 月，我們又去北京兩個星期。那時昊叔叔病重，我們去拜訪他，他躺在床上，偶爾睜開眼睛說話。那年 12 月虞昊叔叔就過世了。這是我跟昊叔叔、思旦認識相會的經過。

　　哥哥去天津辦廠，跟他們一家會面過，思旦認識哥哥，她說她會為哥哥寫一篇文。再談，敬祝
安康

小妹和芳上，10.5.22

談到姊姊和我們小時候的往事

　　姊姊是我們家最用功的小孩。她一直都是名列前茅，從小學起，直到大學畢業。她為人一板一眼，負責任，有紀律。

　　記得小時候，她抱著一歲多的幺妹出去。那時，她也不過是七、八歲，幺妹在她懷中一動，掉進水溝。她立即將幺妹從水溝中撈起，大哭的抱了回家。由這點小事，可看出她的急智及責任心。這使我想起「司馬光打破缸」的故事。若是她沒立即將幺妹撈起而跑回來告訴爸媽，幺妹的掉進水溝，多半就一命嗚呼了！

　　我們三個兄妹都同上新營台糖的公誠小學，那時學校有這麼一個開我們玩笑的「歌謠」：「虞和元，頭圓圓，虞和健，頭尖尖，虞和芳，頭方方。」這是由一位跟我四年級同班同學劉曉光編出來的，他非常的聰明，可惜在升小學五年級的暑假時，游泳淹死了。雖然只跟他同學一年，這件悲傷震驚的消息，至今難忘。其實姊姊的頭一點也不尖，她長得眉清目秀，她清白聖潔，頂多脾氣有點鑽牛角尖。

　　我們小時候，不大玩洋娃娃，只玩一些「跳間包」，用布將沙或米縫在裡面的小包包。姊姊很會縫，縫的小巧伶俐，又結實。她會講故事。我小時候好喜歡聽她講童話故事：白雪公主、小飛俠、長鼻子，還有不少後母的故事。是她聽來的，還是看書看來的？我不曾問過她。總之它們引人入勝極了。

　　姊姊還喜歡畫圖。中學時，她迷上一些電影明星，像：葛莉絲凱萊、瓊方登……。每部電影片，由誰主演，她都背得滾瓜爛熟。週日空下來，就畫她們的像，畫得很逼真，掛在牆上。那時我也就跟她學畫，但我畫出來的，卻是什麼也不像。她後來還學畫國畫，我卻沒那麼多興趣來作畫。

　　我是小她一歲的妹妹，她儼然當起教訓我的責任，我怕她，比怕爸爸還厲害。她不但管我，但也愛顧我。讀台大時，我們住在同一間宿舍，每次她買飯菜都分我一半。她當家教賺的錢，也分給我用。她畢業後在嘉義女中教書，每個月寄錢來給我用。

　　姊姊是面冷心熱，她在表面上什麼也不表示，但內心卻是極為慈祥。有次有位朋友拉我們去聽道。牧師講了一些見證的話後說：「現在相信主的人，請站起來。」她居然站了起來，並要我也站起來，我很疑惑的問：「妳怎麼真信了上帝？」她說：「站起來吧！那牧師那麼地熱心，怎好潑他的冷水？」

　　在台大時，有一天，我耳朵痛，痛得難忍，姊姊知道了，立即帶我去一家耳鼻喉科診所就診。醫生給我敷上藥後，很快的痛就消下去了。

　　她和哥哥一塊赴美留學。在美時，還不時寄錢到德國來給我。一九七五年，我去美國她那住了九個月。她將自己的臥房讓給我和兒子住，每天都從公司打電話回

來一次。對待我的孩子，就跟她自己的小孩一樣，給他們做睡衣。在美國住她家時，有天感到眼前有黑星，她也立即帶我去醫院檢查。

她不僅對我，對妹妹好，而且對哥哥也照顧得無微不至。哥哥在他失去前妻時，曾遭失業之慘局，姊姊立即邀他住她家中，使他在手足情深中，度過那段精神身心苦悶的歲月，直至他逐漸身心復原，又謀到另職才「遠走高飛」。誰能照顧手足，照顧得這麼周全？

姊姊修到了兩個化學碩士，一個化學博士學位。修博士是她在 Shering 藥廠公司做研究工作後，邊讀邊攻出來的。

這種鍥而不捨的好學精神，真令我佩服。

談到幺妹的往事

在媽生幺妹前，阿姨曾是接生婦，特地來接生，她等了幾天，媽還沒生，因家中有事就先回去了，不久幺妹就誕生。在生她時，我們幾個小孩被趕出房間。生了她後，從王婆婆養的豬中，選了一隻，並給媽補月子。這是我第一次吃到那麼香的豬肉。

幺妹出生後，中指和無名指靠攏，分不開來。媽媽常抱她，指著牆上的各種掛的日曆照片，像中華日報的日曆等等，來教她。在她說話之前，只要問她什麼，她都會指，但卻不說話，一句話也不說。婆婆怕她是個啞巴。有一天晚上，她突然說話了，什麼話都連在一起說，自言自語的說個不停。

第二天，她就變成為一個口齒伶俐的小孩。她在一夜間，將一年聽的話，全部消化，全盤托出。這如同偷偷地一元一元存在小豬中，突然打開了它，成了「大富翁」一樣。這大概就是所謂開竅吧！幺妹會說話後，可精靈得很，她好聰明，聰明得會說出氣人的話來。

我們談到小哥和過去的一些往事

Dear 姊姊：

謝謝您來函提到小時候的事。您提到掉入毛坑的事，發生在北京。您寫的很詳細，在上孔德小學一年級的事。好像腳一滑沒站穩，一隻腳就掉進毛坑了。後來爬出來，趕緊用水沖，哭著找二哥送您回家。

您提到以前中國及台灣廁所衛生問題，實在是惡夢。您至今有時做夢還會夢到上學校的廁所，每間都有大便進不去，趕快退出就醒了。即使在台大的第一女生宿舍的廁所，衛浴也不乾淨。沖水沖不掉。的確，我也會夢到這種惡夢。

在東國民學校時，有次我上廁所，我的手還沒有離開，就被人關上廁所門，左手大指被門夾到，好痛，整個指甲蓋，起初充血，後來變黑，最後長出新的指甲，它到現在，這個指甲蓋充滿了不同皺皺的輪廓，最奇怪的也影響右手指甲。這在中醫上，左手疾病，可用右手來治療。上下也相互相連。這是幻痛，沒有了手，但是還是痛，可以用另外一隻手來治療，甚至手腳相對應處治療，如合谷（手部拇指和食指間）太衝（腳，大腳指和二腳指間）穴位是手腳相對的位置，不止相互影響，而且兩個穴位對稱來以針灸治療，叫開四關，相配合，可以有很多的治療作用。人體真是神妙！

您提到的三叔三嬸，我都不認得，五叔五嬸聽過，也不清楚。這些思旦很清楚，她對虞家我們這輩份，和上一輩，下一輩都知道的清楚。

透過我們為哥哥寫書，我們彼此通信勤快，每人都有自己的回憶。跟嫂嫂從沒有這般密切的聯繫，對哥哥的小孩孫子，我也沒有聯繫過。若有機會回台灣的話，大家可見面多聊聊。敬祝

安康

小妹和芳上，13.5.22

Dear hefang:

　　謝謝來信。其實我的記憶力比妳差很遠。

　　只是有時候會靈光乍現，浮現腦海。但要真去追憶，也只是支離破碎而已，尤其是十歲以前發生的事情。

　　我上封信中提到的張德輝舅舅，英年早逝。

　　Ho-Jane Shue，5 月 10 日，上午 2:37（3 天前）

表姐：

　　小時候的記憶很模糊，但榮英阿姨爽朗的個性還是印象很深的，她收養的女兒是跟我年紀相仿的那位嗎？一時之間想不起名字，高中時期我們還有些聯繫，她好像有段時期過的不是很好，後來就沒有消息了。另一位珊珊表姐是虞宏叔叔的女兒嗎？我的記憶很混亂，不知道有沒有亂配對了，印象中珊珊表姐溫柔美麗，家住台中？也是完全沒有聯繫。

　　　　　　　　　　　　　　　　　　　　寶俊茹

　　　　　於 2022 年 5 月 12 日，週四，上午 4:10 寫道

妹子：

　　妳是虞寶家我們這代最年輕的一位。妳很聰慧，小時候就是如此。妳學法律，成為聯合報的處理法律的台柱，為聯合報打贏好多的官司。關於妳，舅舅舅母生了妳的哥哥小佳佳，我們都有很深的回憶印象。

　　榮英姑姑一生，妳父親知道的最清楚。她爽朗樂觀，聽說在大陸上還生過三個兒子，來台灣後，跟劉安愚姑丈生了三個男孩。兩個大兒子不喜歡唸書，一個小兒子很聰慧。威禮的父親我以「加利」來代表，在台大農工系當助教時，教過榮英阿姨的小兒子，他清秀聰明，每次由軍用的吉普車送來。加利的同學祝敏雄，本省人失戀又失業，我們請榮英姑姑幫忙，立即祝敏雄就在師大

附中得到一個教職教書。這全是靠榮英阿姨幫忙的關係。榮英阿姨收養的小女兒，跟妳差不多大的年紀，我看過她幾次。

是的珊珊表姐是虞宏叔叔的女兒。她比我們大好幾歲，她求學和婚姻都不順利。哥哥和二哥應該知道的詳細。虞宏叔叔的妻子張德芳阿姨，姊姊回憶中是張德輝的父親為牧師，收養的韓國孤兒。這件事，我也聽說過。張德輝是舅舅的同學。虞宏叔叔在總爺糖廠做事，離台南不遠。哥哥在成大上學時。時常去他們家，阿姨對待哥哥很好。

二哥可能知道的詳細。多保重。祝福
安康

和芳，12.5.22

Dear All：

謝謝大家的來信。我也很久沒和妹子及二哥寫信了。看了繼媛、小妹和妹子的信，心中非常溫暖。以後有空該多聊聊。

小妹的記憶是我們之間最棒的，尤其她能記得住那些細節，真佩服。所以才能寫小說，及各類文章。

謝謝小妹告訴我那麼多有關昊叔及思旦的事。也許1978 年時，世勳和我陪媽媽去北京時，曾見過他們。但後來沒有繼續來往，所以不太記得他們了。三叔女兒珏如（她是神經科醫師）及她先生也見過面及通過信。但後來也斷了連繫。也許思旦知道他們是否還活著。五叔和五嬸及他們的孩子，我們見過。也通過信但不是很熟。五嬸好像 1995 年左右就去世了。二哥和小哥可能跟三叔家人比較熟，因為那時他們都住在天津。

和健上，2022-05-13

提到姊姊的詩

姊姊：

Thank you very much.

我接到您的此信。也讀到您的大作。我趕快告知已經接到。而且收到大作分享。您真是有天才，將哥哥一生娓娓道來，寫出哥哥的天性，寫的長詩，這本紀念哥哥的書冊，有您的詩作和嫂嫂的照片，加上嫂嫂，二哥和妹子（當然我也會來收集以前寫的有關哥哥的回憶，加上一些新寫的文，也許一兩首短詩）。這樣每人能加上自身對哥哥的回憶，出版後，以慰哥哥在天之靈，他會感到欣慰的。

現在疫病又開始流行。請多多保重，照顧好您們的身體。敬祝

安康

小妹和芳敬上

後記

由於看了二哥篇章，紀錄了不少與小哥之間的軼事，心中有不少感觸。趁著最後機會我也簡單敘說一些。

小哥只比我大十一個月，小時候因先天不足，體弱多病，身材瘦小，我塊頭比較大，在 1－2 歲間因不懂事，兩人爭執時，常常會推小哥。所以他常向婆婆告狀：大妹打哥哥了。但在我的記憶中不記得這事。只是聽婆婆唸古時常說這事。

因為男孩子發育晚，也晚開竅，小學、中學我的成績比他好。但上了大學、研究院，小哥是後來居上的。小哥在中學時，很喜歡數學和物理。他對地理也很精通。在成功大學時也曾得過第一名。他後來的學業都是一番風順。

在東國民小學時，每逢周末，我們常去學校玩單桿跳躍遊戲。在新營唸書最後半年，因為爸爸工作關係，他和婆婆、小妹及幺妹先搬到嘉義市，而我及哥哥繼續在南光中學唸完初一和初二下學期。此時媽媽在新營中學教書。我們放學後會去菜市場買肉及菜帶回家幫媽媽做飯。在成長懂事期間，我和哥哥相處最好。很少吵架。他有時會帶同學回家來玩，一起研究如何拆東西，又裝回去。樂此不疲。

後來我們一起來美留學。這期間 1966 年我曾去印弟安那州，到他的學校去看過小哥。1968 年夏末畢業後去紐約大學前經過新墨西哥州去看小哥和高明元。1969 年我與徐君結婚時，小哥也來參加。

小哥待人誠懇，性情溫馨，人緣很好。又有賢內助，所以在美國工作能做到公司的高位。替我們華人爭光，在他的領域，貢獻頗多。

254

姊姊的詩作和攝影

小哥和元於 2021 年九月 21 日下午二點半去世（今年的中秋節）：

中秋佳節，噩訊電傳知，小哥仙逝，月圓人未圓。
年享八十，七載殘夢年，晚年病累，老妻不懈前。

人生如夢，八十載寒暑，先天不足，墮地早產兒。
七月嬰兒，體弱病纏身，幸有慈母，照顧茁幼苗。

身為長兄，後有妹三人，兄為楷模，好學未曾倦。
幼資聰慧，喜好動手學，家中電器，拆解又復原。

雖為獨子，未曾受嬌寵，生性樂觀，困難迎刃解。
年少翩翩，成大攻電機，大三軍訓，鍊鍛體始健。

一年服役，交大攻碩士，笠年赴美，與妹偕伴行。
（*1965）天主學府，印第安納州，三載留學，喜得博士位。

回台完婚，攜妻共赴美，（*1968）新墨西哥，博士後專研。（*1968）晴天霹靂，妻癌赴黃泉，（*1968）萬念俱灰，遠離傷心地。（*1971）

欲報祖國，赴加領事館，（*1971）機緣未熟，傷心挫敗歸。慈母赴美，相勸始振作，（*1971）暫居妹家，後赴德州研。（*1972）

友人情誼，結識盧繼媛，（*1972）喜結良緣，共創新生活。（*1973）賢妻淑惠，子女相繼臨，齊家心暖，事業登高峯。

心繫祖國，赴台創業年，（*1985）惜未圓夢，翌年折返美。（*1986）昔日舊識，成立新公司，電池業興，回中建新業。（*1995-1997）

　　拼手砥足，興建摩必歐，（＊Mobious）電池技術，日夜專研中。南開大學，加股共探秘，用人未當，牆角被挖空。

　　江湖險惡，吾輩非能手，創業艱辛，逢狼又遇虎。吾兄善良，未能游刃餘，坐失良機，徒嘆夫奈何。

　　旋及返美，居家寫專利，專利技術，層出腦海際。數家公司，爭相取購之，離台返美，得病旅途中。（＊2013）

　　多年奔波，累跨兄身心，三高纏身，引發腎衰竭。（＊2014）鬼門關過，洗腎越七年，退休歲月，病躏床前過。

　　歲初二月，突得腦中風，（＊2021）急救送醫，插管渡餘年。七度送醫，回天終乏術，安養中心，妻兒女在前。

　　蒙主召恩，身軀解痛苦，壯志未酬，遺憾身先死。親人不捨，但願人長久，祈禱他年，天上再相會。

詞作：飲馬歌
　　中秋節日到，斷魂北加道。明月雖相照，月圓人已渺。追亡魂，萬里遙。入我幽夢裡，天人隔。

　　以下是一年前因夢見小哥而寫的詩。
　　09-07-2020 今晨五點在夢中被小哥一聲「大妹」驚醒，當天下午打電話給小哥，繼媛說他還好，但我未提臨晨做的夢。心中有些不安。

憶小哥往事
　　五更喚妹聲驚醒，小哥腎羌近七年。相偕留美过半世，吾心遙祈吾兄全。

　　昔時赴美二十餘，英姿煥發求學研。學成數載歸國志，終償宿願卅載前。

首赴臺灣新竹園，專研半導領前驅。研發經費問題觸，終返德州繼前緣。

欲承父志創實業，天津興建電池廠。未料科技受人阻，敗興而歸錢財損。

籌路難簣近四載，人事管理難安擺。未暗人心險惡處，被抄襲捲終敗賣。

吾哥天生性善良，未防小人渡陳倉。只顧技術研發功，未卜錢財被淘空。

幸有昔日美上司，勸邀返美共科研。天生我才雖有用，千金散盡未復來。

投資欲展專利功，赴台爭取小試研。未料錢去技被改，竹籃打水一場空。

人生錢財有定數，勸君切勿去強求。健康首要保骨本，失命萬事皆止休。

1965 年與小哥結伴赴美留學

同機赴美半世前，學成歸國欲創業。世態炎涼未曾料，人生起伏經歷遍。

1982 年第一次返台

遠赴重洋離家園，回首已是十七年。近鄉情怯欲探訪，物換星移早已遷。

幸有親人尚健在，伯叔姑舅齊聚首。聊憶年少嘉義時，喜見親朋尚未遲。

造訪仁和新村居，攜兒留影村前區。腦際浮現歡家影，不勝唏噓難再續。

憶及半世九月時，（*1965）偕兄離台赴美學。大伯籌款購機票，舊金山處始分離。

257

回憶此生過往事，最歡乃屬青少時。父母兄妹皆和樂，未知後路艱辛遲。

雖是同胞父母生，兄妹境遇各不同。小哥經歷多曲折，成就亦屬手足冠。

得一賢內非易事，齊家助業全靠嫂。兒女有成家幸福，復何所求享天年。

2019 年 8 月初重返臺灣台北

去年夏末返台時，先輩早已乘鶴離。唯見二哥與茹妹，追憶往事嘆唏噓。

09-24-2020

夢幻先人夜中醒，緣自思念未斷魂。回夢喜見親人面，夢緒湧斷何太急。

已故親人走馬燈，飄逸夢際時隱現。欲問仙鄉何處是，倏然隱去消影踪。

惆悵茫然夢忽醒，未能暢談母妹情。終有一日能相遇，莫自悲嘆且自吟。

09-23-2021

魂兮歸來小哥魂，家人思念難捨分。天涯望斷路遙遠，往日情懷腦湧現。

為紀念小哥而寫的感想：我们成長過程的心歷路程。

虞家銘

家不在富，有德則興。人不在貌，有誠則靈。斯是家庭，受教庭训。做人需誠信，吃虧是小福。待人不卑亢，助人需即時。慈恩沐浴廣，幾代傳。有伯舅

之恩澤，無爭產之勞行。兄友妹互助，事業各有成。老太云：吾家福幸！

兄妹銘

吾有長兄，下有二妹，各業有成，愛我中華。兄好研發，妹有才情。自幼受庭訓，手足互友愛。交友以誠信，德譽見真情。斯是兄妹情，吾慶之。無爭吵之亂耳，無相嫉之勞行。喜好學終身，擁知識殿堂。老太云：何其幸哉！

08-24-2022 虞和健後記

今日偶然翻到十年前我寫的回憶錄，雖然只到大學畢業，但有二首詩，也可描繪一些我的個性與感觸。擇錄於下：

一

吾性喜自然，兒時種因果。心中一片天，神遊慰我懷。願離世隱居，不問世間事。惶惶五十載，宿願仍未達。昔為樂童子，今做退休人。回首前塵遠，苦樂不言中。

二

人有不捨情，牽伴了此生。雖做自由人，心卻繫他鄉。冉冉年華逝，昔未能重來。生為中華兒，豈能忘祖宗。遊遍江南北，落葉歸根願。天涯歸客遠，何處了殘生？

姊姊拍攝下來的照片好神奇好棒

今天翻到 2018 秋天的一個晚上我在家門口對著山下賭城燈光照的像。那時偶發奇思，就試試這種照法，結果有意想不到的驚喜。

　　秋夜賭城燈光耀，畫龍點睛展光效。偶有線畫成藝術，影相万千實難料。

　　翔龍飛凤舞夜燈，线条成画乱狂奔。偶得傑作心狂喜，線画艺術幻相生。

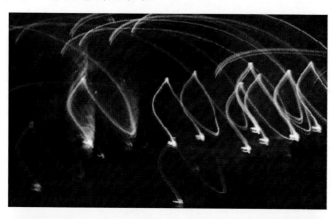

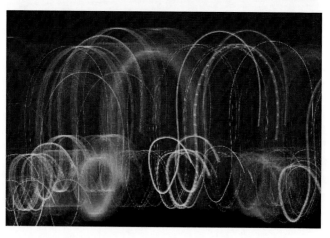

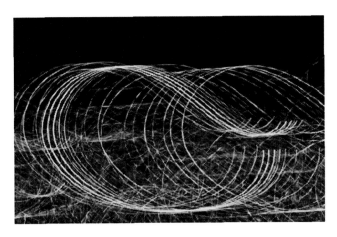

四、虞和芳篇章

前言

虞家銘——虞和健詩

家不在富，有德則興。人不在貌，有誠則靈。斯是家庭，受教庭訓。做人需誠信，吃虧是小福。待人不卑亢，助人需即時。慈恩沐浴廣，幾代傳。有伯舅之恩澤，無爭產之勞行。兄友妹互助，事業各有成。老太云：吾家福幸！

兄妹銘

吾有長兄，下有二妹，各業有成，愛我中華。兄好研發，妹有才情。自幼受庭訓，手足互友愛。交友以誠信，德譽見真情，斯是兄妹情，吾慶之。無爭吵之亂耳，無相嫉之勞行。喜好學終身，擁知識殿堂。老太云：何其幸哉！

1. 介紹虞和芳

虞和芳，1943 年生，1948 年在伯父領導下，搭乘太平洋艦來到台灣，在台與父母會合。在台灣歷經小中大學。1961 年參加軍校招生，成為「落第狀元」。1961 年大專院校聯考，考入台大外文系。1965 年畢業。1966 年赴比利時魯汶大學就讀。同年跟彭加利結婚後赴德國。婚後 7 年離異。1972 年取得德國 Marburg 大學博士學位。1973 年到美國。1974 年返回德國在州立巴伐利亞圖書館亞洲中國部門任職。1976 年設立東方文化中心，內設 Dahan 有限公司與中國德國通商，進口中國手工藝品。透過東方文化中心，傳授中醫點穴按摩課程，社區大學請我教授點穴按摩，並開課教授學生中國醫學。

1978 年與 Stefan Rokoss 結婚。1981 年通過德國自然醫學執照考試,在慕尼黑開設自然醫學診所到 2000 年底在德國行醫。1980 年德國公立巴伐利亞電視台邀請本人為中醫點穴按摩電視節目的講座來賓,和一位西醫教授對談。出版一本點穴按摩,觀眾三萬人從電視台訂購此書。1984 年在慕尼黑,舉行中國醫學週,中國衛生部派遣一行中西醫醫生,跟慕尼黑兩所大學醫學院舉行中西醫對談的講座。

　　德國公立電視台邀請本人一共六次作不同的自然醫學講座,出版四本德文書冊。由 Moewig 出版社出版一本「Akuprssur」書,三次反覆翻印發行。2001 年我們遷居馬爾他,從事寫作和文化交流工作。2006 年－2014 年在南華大學歐研所跨自然醫學研究所教學。我們在馬爾他設立 Dolphin Foundation,作為台灣和馬爾他文化交流平台,給予獎學金和邀請師生來馬爾他遊學。2011 年,台灣跟歐盟申根取得合同,來馬爾他不需要簽證。南華大學歐研所師生 11 人來馬爾他 Dolphin Foundation 會館舉行學術交流活動,鍾志明老師為此行編輯的一本書,贏得台灣教育部的學海築夢計畫第一名。

　　2017,2019 南華大學由張心怡老師申請到學海築夢計畫,帶領師生來 Dolphin Foundation 做文化交流活動。2019 年有 17 位師生由張子揚老師和張心怡老師帶領來馬爾他,之後他們到歐洲其他國家旅遊後返回台灣。

　　2015 年我們在德國 Schweckhausen 購買到一座古堡,佔地六萬平方公尺,除古堡外,還有好幾座偏房,開始翻修。其中兩個小工坊的翻修贏得州政府 LWL2017 年 8 月的模範翻修月的紀念獎賞。2017 年繼續翻修古堡,種植 21 棵 7 年大的 Linden 樹,挖掘 300 年未曾挖

掘清理的護城堡河大型清理工作，2019 年 Willebadessen
市頒予家鄉獎。

　　本人出版 40 本中文書籍，包括醫學，小說，文藝、
小品文。第一本書《虞和芳選集》於 1978 年問世，柏楊
和孫觀漢教授安排下，由星光出版社發行，柏楊寫序。
其中戲劇《異鄉客》由文化大學戲劇系演出。

2019 年 STEFAN 跟張子揚老師在陽台上合影，那晚子揚大顯
身手為 19 位師生下廚烹調的惜別宴。

郭武平老師，2019 年也來馬爾他跟大家會合。2011 年是武平
老師第一次帶領歐研所學生來馬爾他遊學，那年鍾志明老師
編輯的馬爾他遊學報告書，贏得教育部學海築夢計畫的最佳
獎。

虞和芳在 Dolphin Foundation 會議廳對學生的演講

在翻修古堡二樓時，新發現天花板上的圖片，有媒體報導
HTTPS://WWW.WESTFALEN-BLATT.DE/OWL/KREIS-
HOEXTER/WILLEBADESSEN/4155082-
RESTAURIERUNG-INHABER-VON-SCHLOSS-
SCHWECKHAUSEN-IN-WILLEBADESSEN-ERKLAERT-
WAS-DORT-2020-GESCHIEHT-ANWESEN-BEKOMMT-
NEUE-SCHLOSSBRUECKE

2. 虞和芳的兩個小孩，威禮和威英

彭威禮

　　威禮 1967 年生在 Giessen，1973 年初，帶他去美國，住在我姊姊虞和健家中，在那入小學一年級。1973年 10 月回德國，威禮先在 Winthirschule 讀了一年級和二年級，當時我們住在 Güntherstraße，威禮三年級時我們搬去 Amalienstraße，租了一間小公寓，在斜頂底下，後來搬到 Gabelsberger Straße，他有一次跟威英玩，跑進跑出，他跑進小孩房間，把門鎖上，說，這樣威英進不去了，卻沒有料到，當他要開門鎖出來時，鑰匙斷在門鎖內壞掉，他在房間裡出不來。他不斷的喊：「我要出來！」。我們設法用別的鑰匙為他開門，行不通。只好打電話請專門的門鎖師傅來開那間房間的門。在等待門鎖師傅來的這段時間內，我們還從陽台上傳飯給威禮吃。有關這件事，我曾寫了一首詩：「我要出來」，記載威禮體會到，自己鎖住門，鑰匙斷在門縫中，他沒法走出門來的遭遇，他這時體會出自由進出的可貴。住在 Gabelsberger Straße 的那段時間，他在 Türkenschule 小學，讀了三年級和四年級。

　　後來威禮去加拿大他父親那，繼續讀小學和中學。威禮小時候很愛發問題。大學在台大畢業，學物理，之後留學美國，在 Princeton 得到過全校最佳學生獎，我和他父親加利受到邀請，參加慶祝典禮。在此大學威禮修到博士，哈佛大學得到博士後學位，領域是天文物理。威禮在加拿大的 Toranto 大學當天文物理系教授，曾任系主任。得過美國的 Simon 天文學獎。2021 年 9月赴台灣，任中央研究院，天文研究所主任。

威禮夫婦和女兒倫倫

彭威英

　　彭威英生於 1969 年 5 月。我們在 1968 年就搬家到 Marburg，住在山坡上的一間兩間房間的公寓內。Marburg 是一個大學城，主要以學生為主。此城山明水秀，城市氣氛跟 Giessen 完全不一樣。教授對待學生，非常的親切。我在 Marburg 大學，受到 Heilfurth 教授，接受我當博士生，這是很難得的機會。

　　威英的出生：在懷孕威英時，一夜肚子痛，進醫院，那時 Marburg 的大學醫院立即留我住院，以防小孩太早產，我住院一個多月，每天服用藥，不准下床，直到她穩定下來，才能夠走動。在 Marburg大學醫院，生出她。她小時候身體比較強壯，Marburg 大學有學生托兒所，我白天送兩個小孩進托兒所，然後去上課，或回到圖書館的一個特殊為我保留的座位，旁邊放置我論文需要的

德文、英文等參考書，在那寫論文。一直工作到下午五點，接他們回家。

　　這樣渡過了幾年在 Marburg 大學生活的日子。我於 1972 年底，取到博士學位。1973 年初帶威禮到美國。威英留在 Marburg 的 Schulz 夫婦家照顧。Schulz 先生是夜校 Gymnasium 的校長，學數學。這對夫婦沒有自己的小孩，收養一位女兒，她長大離家。Schulz 夫婦對威英非常的喜愛，不收取任何費用，視同自己的小孩。威英一直在德國長大，她喜歡 Marburg，跟我一樣，畢業於 Marburg 大學。威英進的是管理學院，學管理，得到碩士學位。在公司做過幾年事。2008 年曾來南華大學自然醫學研究所，和另外兩位學員進修一個月。返回德國後，她考取自然醫學執照，在 Marburg，Giessen 兩處設立診所。

威英和她園中種植的大菜花

3. 回憶文

時間的影子

宇宙數十億萬年，不，當更久更久以前就在旋轉，它永遠無始無終綿綿不斷的運行著。若是宇宙無邊無際，無始無終，那麼它不能用任何時間和空間來說明它，闡明它，衡量它，限制它。只因我們是有始有終的生物，眼所能見，是日夜的輪轉，四時的更替，我們只見宇宙，日復一日，月復一月，年復一年的在旋轉著，週而復始，往而復返。對於有生命，能感受，會計算的我們來說，光陰雖然無形無影無聲無臭，它卻是能不聽使喚的消逝，一分一秒，不管我們珍惜它也好，浪費它也好，它在我們生命中默默地消逝，留下的只是在我們臉上的皺紋，頭上的白髮，以及有一天的消失在這世上。

那麼一切的一切，對我們來說，全失去了蹤跡。有時想捉住一點時間的影子及痕跡。在天將明未明時，等著天亮，看它如何由黑暗，漸漸轉向到光明。但是它的變化太神妙了，沒有絲毫的漏洞破碇，可以捉住它，可以提起它來細細觀察它的蛛絲馬跡。此一秒彼一刻，連綿不絕，相接相續，無隙可襲，看，看不出有什麼變化而，時間就在不知不覺中，天已破曉。同樣的，傍晚入夜，知道天會慢慢的黑了下來，一分秒間似乎沒多大區別，而半小時前後，卻由亮入夜，顯然有很大的不同，然而它靜悄悄的在轉移，很難捉住它的變化影子。時間，光陰的消逝，日夜的更替，寒暑的轉移，是那麼的默默然，冥冥幽幽，在我們不知不覺中，它支配掌握著宇宙的一切變化，洗滌塵世的一切雜亂煩憂，「大江東去，浪淘盡千古風流人物」，它澄清著大地的一切。有時想著，影子的動移，是唯一能觀察出時間的轉運。

一位勇者奮鬥的故事——懷念虞和元博士

　　孩童時代，常常搬一個小凳子到門外，坐在那，等著婆婆買菜回來。台灣的大熱天，就怕的是太陽的直接照射。早上還不算熱，婆婆囑咐，要乖乖地坐在凳上等她買菜回來。我即遵循她叮嚀的話，坐在凳上等著她，比在家中乾等，好受多了，可以看著來往的行人，馬路上的動態，不那麼的無聊。那時我們家住新營，路上沒有汽車來往，所見的只是來往的路人，我約七、八歲，我只一心等著婆婆，盼她快快返家。她每次回來，都會帶些好吃的東西，龍眼，楊桃，芒果，甘蔗，花生糖，還有我喜歡吃的千層糕，白果糕，糯米糕。在我的心目中，有了這些小吃，就是口甜甜，心甜甜，萬事甜甜。

　　在等待中，總覺婆婆怎麼一出門那麼久還不回來？多久？我沒有錶，我只看見凳子的陰涼處，被太陽曬上了。只好搬到另一陰影處，然後遮陰處，又被太陽沖破，只好再搬到另一有樹幹遮陽處，同時往遠處眺望，看看婆婆有沒有出現在路的盡頭。當身子又被太陽曬到，只好又換移別處，避開太陽。我很明顯的看出，每個遮陰的影子，如何慢慢的被太陽吞噬，啊，多好，幾次換了凳子的陰影位置後，婆婆就會快回來了，果然，不久她出現在街頭，我高興的飛也似的往前奔去。見到了婆婆，要幫她提菜籃，她總是笑著說：小妹，妳哪提得動啊，隨即從菜籃中出抓出一些吃的，塞到我的手中。於是我一手牽著婆婆的衣襟，一手吃著她遞給我的東西，志得意滿的回了家。那時，一點也不在惜光陰的溜逝，雖然覺察出陰影的遷移，太陽的熱灸，然而這些都是多麼的累贅，等待是需要那麼多的耐心。時間正是等待的眼中釘，它越快逝去越好，那麼可以看到婆婆歸來，期望實現了，有多快愉。

　　當時的幼稚，知足無憂的情況也隨著時間的消逝，一無蹤影。而今深怕時間的蹤逝，多想攔住它，卻是門

關不住它，手攔不住它，百請也留不住它，而且即使想方設法盯住它，它仍是從眼前，從身邊，偷偷蹓走，消逝得一無蹤跡。婆婆也跟著時間到了另一個世界，但是留在我印象中的時間的影子仍然是跟昨日一樣清淅。

虞和芳為落第狀元始末

1961 年在大專院校聯考前，我參加軍校招生報考。沒有想到卻有這件「落第狀元」的事出現。當年軍校，我考上第一名，卻沒有受到錄取。這件事我還不知情，有一天嘉義的報紙突然登出我的名字，寫落第狀元。不但寫出我的名字，把我當初報名時的資料，都寫上，母親為寶桂英女士，並寫我跟母親住在嘉義市仁和新村⋯⋯

於是不少讀者寫信來慶祝和慰問惋惜，有一些軍官也來函。落第的原因，是因為我近視。這裡要提來函中的特別兩封信，一封是一家雜誌社，要請我為他們工作，另外一封是一位姓寶的軍官。父親禁止所有的信件的回信，只有那位寶姓的人，母親給他回信，因為此寶姓非常罕見。他們通過幾封信後，好像那位寶先生還來家中訪問過，後來就不知如何了。

去拜望舅舅

父母親過世後，舅舅就是母親寶家我們唯一的長輩親戚了。舅舅舅母對待我們十分的照顧。2006 年，我們來台灣時，起初住在舅舅家，舅舅帶我到區公所登記，住在他們家，將一間雙人臥房讓我們定居下來。

洪茂雄教授，他是政大國際關係研究中心第一所所長、要我去他在南華大學歐研所的「歐洲學者講座」課程中，上一堂課，引進我到南華大學，安排陳淼勝校長接見我。陳校長安排我跨歐洲研究所和自然醫學研究所任教，兩個研究所各可以提供三個學分，陳校長就想出

在管理學院裡，可以教學英語的 e-Business 的兩班各 60
學生，每班各 3 個學分的大學課程，校長就召集王系主
任來，我當時就立即決定接受這難得一見的教學機會，
共有 12 個學分，可以當專任教授。洪教授跟陳校長，這
樣一安排，我跟南華大學結下了八年的緣分。人生真是
有不少沒有預先想到的因緣際會，於是我們搬家到南華
大學，可是戶籍一直是登記在舅舅家。舅舅為我收集信
件，轉交給我。對我們的愛顧有如父母。

　　雖然我們搬家到南華大學，可是每當去台北開會，
或是到台北，我都會去拜訪舅舅。

　　下面是舅母過世後，去拜訪舅舅的照片。

我去舅舅家拜訪，舅舅已行動不方便，坐在輪椅上

跟哥哥姊姊幺妹在海外的會面

　　我們手足出國後，為學業，為事業，為家庭各奔東
西，不容易見面。

　　1973 年初，我先帶威禮到美國去打天下。那麼先要
取到美國的綠卡。我們住在姊姊 New Jersey 的家。姊姊

對待我和威禮非常的照顧，她把大臥室讓我們住，留下她的汽車讓我開，以便我去找事。我雖然在德國拿到了博士學位，但是只有看能找到什麼工作就先做什麼。我在 Setonhall 大學，上一堂中文教學的課程，那裡漢學系的祖系主任，對我很照顧，介紹我在這期間，在一所大學當講師，教中文。當我拿到第一個月的教學薪金支票，寄給台灣的母親，表示對她的一點感激孝敬的情意。

我在美國幾處找到工作，如在一家義大利餐館，管跑堂收入的帳，這完全是另外的一種經驗。

Horizon 房地產公司，晚上去那裡上班，聯絡公司收到各方人士，對其房地產詢問資料的人，先用電話聯繫拜訪他們的時間。公司開晚會時，也邀請他們來參加。第一個來購買那裡開發中的社區劃分好的土地的就是姊姊，來捧場我場，增加我的業績和收入，因為那裡不給薪水，賣多少地產，跟經理分佣金。

Setonhall 大學漢學系的祖系主任，購買了 Horizon 公司西部開發社區的地產。在祖系主任的請客座賓中，還遇到 1960 年代台大學生參加中國小姐競選者第一名馬維君的母親。

有一位中國盧先生，幫忙我找到一家公司做事。那是用手工作，纏緊一團團的細鐵絲作為馬達用，我工作一週後，覺得此工作沒有前途，就辭去此職。Horizon 管人事的經理是位俄羅斯美籍的人，他很幫忙，為我申請到了美國綠卡。

威禮在美國進入小學一年級，他很快就學了英文。那個小學，校長很為學生想，不時開家長會議。若是打電話給校長，秘書來接電話，校長正有別的事時，校長就會自動的打電話過來。

後來我接到在紐約大學社會人類學系對我的申請回函，那裡正找一位女性，有博士頭銜的外國人的職位，要我去會面。那時接到威英得 Windpocken 發高燒的消息，我就趕快的返回到德國。此後每年我為美國綠卡，必須回美國一次。

我返回德國後，1974 年在巴伐利亞州立圖書館，有一個 DFG 計畫 II A 的職位，正在尋有博士頭銜的人，一位黃博士，在慕尼黑大學法學院工作，得知此消息，介紹我去。此後我在此圖書館，東方語文部門任職 7 年，到 1981 年我開了自然醫學診所後，沒有時間上班，就申請留職停薪，直到我 65 歲的退休年齡。那時每年有一個月的假日，我都去美國。父親過世後，母親搬家到美國。我每年都去美國，看母親，姊姊，和幺妹。我們大家在美國會面。我們住在母親、姊姊或妹妹家。

媽媽 70 大壽時，哥哥嫂嫂為媽媽祝壽，他們還製造一個大瓷盤，為母親慶生。我們先到哥哥嫂嫂在 Texas 的 Dalles 家，大家等待姊姊的飛機來到，可是那架飛機沒有抵達，後來到半夜，母親叫我們大家先睡，她來等待，總算接到了姊姊消息，她的飛機次日才抵達，這件事在哥哥章節有記載。

有次我們去美國，住在幺妹家。他們有一棟很大的房子。Stefan 在院子裡，跟他們的狗玩，扭了腳，次日我們離開美國在 Los Angeles 洛杉磯機場返回德國，Stefan 在機場，行路困難，我用行李車推他。有次我們跟媽媽去加州舊金山訪問哥哥，他帶我們去看太平洋鯨魚噴水。哥哥好累，在船上睡著了。我們看了很為哥哥的事業奔波辛勞心痛。

哥哥曾幾次來歐洲，來德國，跟德國 Siemens 公司有約。住在我們在奧林比克公園旁的公寓。後來我們在

瑞士也跟哥哥會面。他每隔一段時間，為瑞士公司解決他們電子工程方面的問題。哥哥是這方面的專家。

馬爾他天氣的變化莫測

早上不到 6 點起身時，天還是漆黑一片，看到頂樓客廳有一些燈亮，他一定在樓上，可是並不在客廳。他坐在陽台上打開電腦看上面的畫片。他要我過去看，螢幕上是 Disselhoff 寄來的鐘樓大時鐘的外殼，那是 S 設計後，委託 D 去執行，和另外一張 Schweckhausen 城堡翻修的樓外照片，它們並列在螢幕上。

他怡然自得的欣賞，他說看到這棟古堡進行的翻修，他有很多的喜樂。他拿出報紙刊登訪問 Dr Heuter 所說的話，報紙標»Glücksfall und Herkulesaufgabe«（運氣和艱鉅的任務）。

那是 2019 年 4 月 23 日 Westfalen-Blatt 報所刊登的標題：

Sanierung aus Sicht des Denkmalschutzes: LWL-Gebietsreferent am Schloss Schweckhausen（從遺產保護的角度看翻修：LWL 地區官員到 Schloss Schweckhausen 古堡）

»Glücksfall und Herkulesaufgabe«（運氣和艱鉅的任務）

Vor allem die Sanierung der beiden Pavillons, die vor dem Abriss standen, sei erwähnenswert. »Das war kein Glücksfall, das war ein Geschenk. Und zwar für den Ort und die ganze westfälische Denkmalpflege«, lobt Heuter. »Ich verbringe hier gerade viel Zeit. Aber ich verbringe sie hier gerne.«（特別值得一提的是拆遷前兩個工坊展館的翻新工程。這不是運氣，它是一種禮物。這是為地方和

整個威斯特伐利亞 westfälische 的保護紀念碑，Heuter 博士讚美。「我在這里花了很多時間。但我喜歡在這裡度過這些時間。」）

這是這個古堡的翻修，給不少人喜樂，和引起他們的重視。

S 談到我們如何聚集四十多年來的辛苦耕耘，從我們興辦診所，辦進出口公司，努力的經營，小心翼翼投資的成果，近五年來，我們全力的投入，財力，精力，時間，他精心設計的無數小節，才有可能來翻修這棟幾乎被人放棄的古堡，這不只是具有文化意義的價值，還帶給許多人們喜悅，包括建築師 B，古鐘錶修理師 D，市長議員們，LWL 的官員們，鄉長 S，和左鄰右舍鄉鎮的人們，報社的重視和喜悅，這是我們所不曾料想到的。

它並沒有完工，還有很大艱鉅的工作。這是 LWL 官員所說「運氣和艱鉅的任務」。在我們聊天看圖片電腦的時段，天已轉亮，東方出現很美的紅色彩霞。不久開來一艘 Holland-Amercian 大遊輪。我們 30 年前曾邀請威禮和他的美國女友 Adriana 一塊在加勒比海搭乘此遊輪，遊覽 10 天。這三十年中，不知世界變化有多少，而那時在美國的大遊輪，開到馬爾他好幾次，它可能翻修過幾次，或是另外一艘重新以此遊輪名字出現的公司遊輪。

東方的天邊出現一抹紅色的彩霞，天色很美，照下幾張相片。我們早上 7 點早餐。他說他要到外面散步走動，他需要走路運動。我說很好，運動是必須。他說他還要去理髮。我說八點，理髮店可能還沒有開。但是無妨，通常他出門，不管去郵局，或是理髮，之後都要在咖啡館內坐一個時段休閒遐思默想。

276

　　在 9 點的時候，天開始下起微微細雨。然後天空烏雲密佈轉黑。幾次下起微雨，又停，濕的地上，被海風吹乾，又被細雨淋濕。我把陽台上的椅墊收進屋內。在這期間我弄了午飯，茄子燉肉丸。他 12 點返家，身上染濕了一大片。在這四小時內，馬爾他海邊的氣候，數度變化。世界無時無刻不在變化，有形和似乎無形的變化。白晝夜晚，一年四季，一代換一代的在變化；現在未來，都變成了過去，歷史有痕跡可循，時間又會沖淡澄清一切。

　　對著洋洋大海，眺視對面的 Angelo 堡壘，它經過數百年來歐非兩洲兵家必爭之地的爭戰。以前敵人都來自海上，在第一次和第二次世界大戰，除了海上，海內的潛水艇戰，加上從天飛過來降落的大舉轟炸。這一切在大海中消失殆盡。不禁低吟：大江東去，浪淘盡千古風流人物。

馬爾他天氣的變化莫測，在上午 9 點的時候，
天開始下起微微細雨。然後天空烏雲密佈轉黑。

277

之後又變大晴天，這是我在前陽台上跟駛入海港內的渡船攝影

和芳姐，

　　您好！謝謝您分享下列文章和數張照片，可以體會您們 40 多年的努力及辛勤耕耘，才能有今日的成果，非常令人敬佩！您的獨照，看起來年輕有活力，馬爾他確實是很適合您的居住地，過兩天就是中秋節了，祝福您們

　　中秋愉快，月圓人圓

明蕙敬上
2019 年 9 月 11 日　週三　清晨 5:35

Chih-ming Chung

　　虞老師和 Stefan 修建 Schloss 的意志和投入，讓我想起一句英文諺語 Where there's a will there's a way 不知德文裡面有無類似的說法。

志明

為哥哥出書

　　我們在哥哥去世後就思索如何為哥哥出版一本紀念冊。跟姊姊通信中，談到一些紀念回憶的事，下面是我回覆姊姊的回函。

Dear 姊姊：

　　謝謝告訴「脤然」應該為「悵然」，可見您的細心。我當時就覺得不對，要找尋「悵然」「悵的」字，就沒有找到，可能我打的拼音不對。今天我又打 zhangran，還是沒有找到此「悵」字。不過這次有了您的「悵」字，我可以拷貝下來，方便多了。謝謝。

　　我的耐心不夠，找不到正確的字，就隨便打上一個音近樣子的字，來濫竽充數。這種方法很不對，Stefan 就常說我耐心不夠。他跟我完全相反，一切要求完美，連吃飯，碗盤都要一樣的，喝咖啡和喝茶的杯子不一樣，我就不管這套。煮飯菜，我全部擺在電鍋中燒，一次了事。他就不同，肉丸就要用煎的，每個大小都一樣。他要求完美，是有他的好處。

　　您做事又快又好，什麼都是井井有條，而我就不願意清理，雖然是姐妹，個性卻不同。您對姐夫的照顧真不容易，沒有愛心和憐憫心是做不到的。您唸書是我們家兄妹最棒的，不只是小學，中學，連大學也得書卷獎第一名，真不容易。哥哥在大學時得過第一名，姐夫也是得過第一名，所以哥哥把他帶回家中來。他要我們給他一張照片，您給了他樂蒂電影明星的照片，他的畫贏得多人讚揚。而您喜歡繪畫，和他有緣，在美國您們又碰面，結為連理。很可惜，姐夫生病，現在有時間，卻沒能發揮出來。您的天份是多方面的。詩寫的那麼好，您一定要多多發揮。

　　紀念哥哥的書中，就將我收集您的詩，在您的章節中發表出來，這是第一步。此外期望您有空時，將您的攝影，圖畫也收集起來，成為書籍出版出來。威英喜歡遊山玩水，她從 2014 年起，就將她的風景攝影，製成日曆，每年都寄來給我們。它可以折疊豎立在桌子上，左邊是圖片，右邊是月曆，很是實用美觀。威英開了兩個

自然醫學的診所,她的男友是西醫,跟他的一位同學和老師合開一家癌症醫院。他們認識也有二十年,兩人都不願意結婚。她喜歡烹調,做的一手好菜,喜歡自然,山川浮雲,自己在園地中,種植蔬果,自得其樂。每人都有他的生活方式,和不同的個性。只要彼此尊重,就能夠相處的融和。

感謝您寄來往事的回憶,讀起來,引人入勝。您以前就會講故事,小時候,您給我講童話故事,很是有趣,如 Cinderella,小飛俠,兩年來,我在編寫《無奇不有的希臘神話》追根究底,就是您給我講童話故事的原因。我寫到 Hermes 神的故事,他跟小飛俠有關。在 1966 年,我出國前,舅舅搬到台北,我住舅舅家,妹子大約只有五歲,她喜歡聽故事,我就講給她,那些小時候您講給我聽的童話故事也講給妹子聽,想她現在也還記得那些故事。再談。敬祝

安康

小妹和芳上,14.5.22

談到帶威禮在美國的一段回憶

Dear 姊姊:

讀到您的詩作和畫作,真是有意想不到的喜悅。謝謝分享。我們家的每一代,虧得祖宗父母福佑,每一代都是傑出。您的虞家銘,寫得入神,有道理。您談到威禮小時候喜歡發問「為什麼?」這是他在 Princeton 答謝辭上也說的事。

我們在 1973 年您家待了一年,對我們有很多的助益,十分的感激。您們將大房間給我們母子兩人住了近一年,對待我們親切熱忱,永遠難忘。您每天上班,都會給我來電話。您跟同事搭車上班,把汽車留給我用,找事,上班。我晚上到義大利餐館,Horizon 地產公司上

班，您們照顧威禮。週末我們到紐約義務在中文學校教中文，姐夫帶威禮去 Central Park 遊玩。

　　威禮有一位鄰居小孩 Carolin，兩人玩的很愉快，進小學一年級，很快學會英文。這是一段十分美滿愉快的時光。謝謝您。敬祝

　　安康

和芳上，18.5.22

給威禮的一封信

威禮：

　　你剛從馬祖北竿出差回台灣，蠻特別的地方，你們打算在那邊建天文陣列。這是一個很好的消息。你在天文方面有特殊的成就，這是你努力的成果，可喜可賀。看到你站在海邊的照片，身著 Silent Sports 服裝，手舉測量儀器，神態威武，儼然像希臘神話中的海神 Poseidon 的三叉儀器，這是他的權杖，代表他的權威帶給人類福氣。你能靠自己的學識能力，達到成為加拿大多倫多大學天文系的系主任，現在為中央研究院天文學的所長，真不是容易。你知道我們現在正為過世的哥哥虞和元準備一本紀念書出版，他是你的舅舅。你的大阿姨虞和健，是化學博士，一直在 Schering 藥廠做研究工作。她除了在化學方面成就傑出，在攝影繪畫，寫詩詞歌賦方面也過人。她在我們的哥哥過世後，寫了好幾首詩。

　　我的舅舅，你也認得他，他一輩子，做人誠懇，他從來不沾小便宜。我們 2005 年到台北，住在他家，跟舅舅舅母相處過一段日子。他們對待我們照顧的無微不至。2006 年，我得到南華大學專任教授跨歐洲研究所，和自然醫學研究所的教職，我們搬到南華大學的小木屋宿舍居住，威英和你都來過那裡。後來舅母中風三年，

成了植物人。完全需要人來照顧扶養，舅舅特地請了一位外傭來家中照顧舅母。雖然她沒有知覺，但是每次我到台北去拜訪他們時，一進屋，舅舅就牽著我的手，先到舅母床邊，他跟舅母說：「小妹（我的小名）來看妳了。」從他對待我們舅母的溫馨態度，看出我們虞家和寶家的傳統精神態度。

這是你大阿姨的「虞家銘」闡明的內容。威禮，你是我的孩子，你很聰明，想你能夠了解「虞家銘」的真諦。按照它去做，只會受益。祝福
安康

母字，7.5.22

虞和芳回憶文：在台灣上學的一段回憶

在德國用德文發表談兩岸關係的文章，集中在 Trump 的作風，蔡英文民進黨的台獨，多半沒有說出癥結所在。這是在台灣內部的互相外省人和本省人根本不必要的歷史衝突，那段歷史早就和解化解，而在台灣民主化後，這段仇恨又被掀起新的波瀾，越鬧越凶。這是有它的歷史，政治社會，歷史解讀扭曲誤解，一些煽動家，名嘴的爭執不休，等等原因有其來龍去脈，但是真理越講越不清。乾脆我就來談談一些個人的一點在台灣的經歷。

我感覺我們是幸福的一群，所以有今天，是因為我們在台灣長大，又到國外，行了萬里路，讀了一些書。我們家在 1948 遷往台灣，父母是搭乘飛機，我們由伯父帶領，從上海搭乘「太平洋」輪船。在上海，登上船時，下雹，我聽到巴巴巴的響聲，哥哥很得意地告訴我，這是下冰雹，告訴我，冰雹的成因。

在新營進小學的時候，學校離家裡很遠，每次步行要走很遠的路。路上我會在路邊田中採摘一種很小的果

實，把它用手指揉軟後，可以從一個小洞中，把裡面的子擠出，這個空的小果食，放在口裡小心的輕輕一咬，一咬的把裡面的空氣咬出來，發出一種聲音，小孩時，以此作樂，怡然自得。上學的路上，不時會被本省人丟石頭，有次還推到一個牆邊的角落毆打。有次在大清掃時，老師無緣無故給我一個巴掌，那時正為清掃，我在噴水池中提水，她打我，我跌倒在噴水池中。

後來轉到台糖的公誠小學，才沒有這種對外省人敵視的態度。台灣和外省人相處的很好。在小學四年級時，我被派往參加小學生的對外演講。那時的演講題目，最後都是套用一句話：明年我們要光復大陸，在大陸來慶祝我們的國慶。老師還教我，若是我講完後，還沒有聽到評論委員按一下至少三分鐘的講題時，我要重複最後一段話。我這樣做了，在重複最後一段話，快要完畢時，聽到鐘響，我鞠躬下台。我由學校派出在新營鎮的演講，得到第一名。後來學校要派我代表新營，參加台南省的演講，校長要帶我到旅館住一夜，以便能夠加入比賽的行列。可是我父母沒有允許。

在新營東國民學校時，我最要好的同學是吳乃霞，是外省人。中學和大學，我有本省人最要好的同學，許玉雪。大學時根本沒有感覺到省籍貫有什麼差別，不同省份的人，沒有任何因為籍貫而有隔閡。我最要好的朋友是考古系的張澄美，是本省台灣人，我們住同一台大女生第一宿舍 105 寢室，她說她二姐夫是一位牧師，是外省人。大家只是為求學，為出國來努力。那時我二哥跟二嫂結婚，對方的父親是台灣人是醫生，母親是外省人。他們倆人相處的極為和諧，他們的生日是在同一天。1966 年離開台灣，中途只短短的在 1972 年，1974，1999 年，2001 年短期回到台灣。到 2005 年，再到台灣時，

才體會到台灣人和外省人之間的衝突，台海兩岸的問題。

在北京清華大學任教的叔叔，要我去看他在臺大物理系的林主任，她是留日的博士。她就提出台大外文系、法律系的台獨份子不可長。我寫了一篇文章，將那天跟她會面的經過，在勞工之友刊登後，她大為憤怒，責備我，將她所說的話，居然寫下來，刊登出來，對她不利。這才使我感到，這些話，在台灣不能夠公開說出來。1965年台大畢業的同學中，就有激烈的台海兩岸關係和去中國文化的激烈筆戰。從蔡英文上台後，在台灣搞台灣人和外省人的分裂。她不承認台海兩岸原已達成的九二共識，即只有一個中國，而使兩岸雙方關係惡化。中華民國進入民主政治，是國民黨的功勞。不是民進黨的功勞。民進黨上台後，搞分裂，搞去中國化，這種政策，使得本來是一片樂土，經濟發達的台灣，步入社會不安的狀況。這哪裡是進步？台灣的前途如何？取決於台灣本身。

期望在康樂台灣本土長大的人們，能夠珍惜這份難得有的自由民主和平康樂的生活。不可因為爭權奪利，搞種族分裂而自食惡果。

虞和芳，25.2.19

今天是我哥哥第一個冥誕

以前每當快到哥哥生日時，我都會想到給哥哥去信，祝福他生日快樂。哥哥姊姊妹妹的生日，我都記在心中，不會忘記。去年哥哥 9 月離開我們到另外一個世界。今年 4 月 10 日，他的生日，我該怎麼祝賀他呢？一想到哥哥已不在人間，心中就有無限的悲傷。

今天接到嫂嫂寄來的新畫作，太棒了，引起我寫一首詩，將她的這張畫作加入其間。此外每日給余虞對話

的一首詩，以余處長詩中的一句「羽化欲登仙」為題，
將嫂嫂的畫作放在裡面，寫的一首懷念哥哥的詩。

　　　　今天是我兄冥誕，心中為此頗悵然，生離死別路
　　盡頭，突然又抵另一岸。接到嫂嫂新畫作。小橋流水
　　通兩岸，人間天上有橋通，想念哥哥在心中，思緒寄
　　語彼岸兄，一路好走遇順風。

　　　　精神漫遊無阻路，騰雲駕霧好輕鬆，多多聯繫多
　　溝通，此信附上嫂嫂畫，宇宙天涯能共話。

　　　　天橋兩岸有鮮花，世間時間在昇華，生日快樂在
　　羽化。

小妹和芳敬上，10.4.22

嫂嫂帶小孩們對哥哥冥誕的膜拜

Dear 嫂嫂：

　　今天您這麼忙，還寫回函，感謝！您為哥哥將小盤
炒麵及小片蛋糕，放在書房他遺像的小桌上，都是他愛
吃的。之後跟先恆去哥哥墳前獻花致意。先怡如常寄了
錢來。您們有這麼一個美滿的家庭，哥哥真是幸福。他
在天之靈一定會微笑的。

　　您會作畫，姊姊會寫詩和作畫。姐夫很有繪畫天才，
可惜現在生病，身體是最重要了。我是一年來才開始寫
詩，是那位 90 多歲的余沖主任，他曾任慕尼黑台灣辦
事處的主任，精通英文，德文，對中國古典文學更是如
數家珍，他每天一年來寄給我三首詩分享，我只是每天
回敬他幾句話，才開始寫的。請多保重。敬祝

　　安康

和芳上，10.4.22

Dear 和芳，

　　太棒了！真羨慕妳及和健會寫詩，我太久不做詩寫
詞，真的不會寫了。和健昨晚來電話，我們談了很久，

285

也提到和元生日的事。今天是和元走後第一個生日，冥誕 81 歲，先怡如常寄了錢來，先恒會帶孩子及蛋糕來，我會準備蝦仁雞片炒麵及湯，會將小盤炒麵及小片蛋糕，放在書房他遺像的小桌上，都是他愛吃的。

先恒送孩子們回家後，會跟我去和元墳前獻花致意。謝謝妳每年記得和元生日，我會跟他說的。問候大家！

Chi Yu

我們這一代是珍貴的限量版

從 1935 年到 1965 年間出生的我們，是「被祝福的一代」。是的我們這一代經歷了不僅是世紀的輪轉，還經歷到千年一次的輪轉，這是多麼的難得，幸運，多麼的不易。我們經歷到世界的科技頂尖的時代，這是人類在文明發達的數千年，不曾想像和經歷到的數十年間的轉變。尤其這一代在台灣，中國長大的人，命運完全不一樣。在台灣長大，大學畢業後到國外美國歐洲等西方國家打天下的人們，經歷到不同文化文明的薰陶。在台灣的人們經歷到台灣經濟起飛突飛猛進的富裕。在我大學畢業後，在台大做事，照顧外國來的學生，那時的薪資跟中學教員類似，是每月台幣 800 元，在 2006 年返回台灣，中學教師，薪金可漲到 8 萬元，增加了 100 倍。

在中國大陸長大的人們，遇到另外不同的經歷，特別他們是世界上最肯辛勤工作的一群，把中國重新建造起來，從柏楊和孫觀漢教授那時喊的醜陋的中國人，貧窮軟弱醬缸的中國人，不再受到西方人們瞧不起的東亞病夫，而是提升到讓西方人刮目相看的崛起中國人。我們這一代人的經歷，是珍貴的限量版。我們要多珍惜，而且希望我們組織起來，將個人的感受想法經驗寫出，這是我們這個時代的心聲，希望有心，有情的人們能夠聯合起來，寫出個人的感受和心聲，這樣出版一本或書

本文集。將它們編輯起來，就是時代的心聲。希望我們1965 年畢業的同學，能夠帶頭的高聲一呼，來將我們的經驗經歷所學所想，具體的呈現出來，給我們這個時代做一個傳承的時代心聲的工作。

　　感謝 Daniel 寄來「我們是珍貴的限量版」，下面錄下 Daniel 此檔原文，和我給他的回信，請分享。

　　我們是珍貴的限量版！我們是天生天養的 1935 年到 1965 年間出生的我們，是「被祝福的一代」，因為我們是下現列象的『活見證』：

1.騎腳踏車或遊戲時，從不戴頭盔護膝護踭。2.放學後，愛與同學痛快玩到太陽下山，從不看電視、打機。3.每天和「實實在在、有血有肉」的朋友相處，而非「網路朋友」4.口渴時，直接從水龍頭接水喝，沒有瓶裝水。5.即使和四位朋友共享同一枝汽水，也從不生病。6.每天吃一堆白飯，也沒因此變胖。7.穿對白布鞋就可上山下海到處跑也沒事。8.父母親從來沒餵我們營養品，但仍然健康沒濕疹、沒自閉症。9.習慣親手製造玩具，並相互取樂。10.我們的父母親都不富裕，但是，給我們「愛」，而非俗氣的「玩具」。11.我們沒有手機、光碟片、遊戲機檯、電子玩具、錄影設備、個人電腦、網路聊天等等，但我們有「真實的朋友」。12.我們認識所有左鄰右里，互相幫助照顧老人小孩，經常到鄰居家共享餐點靚湯。13.和你們現在不同，我們有住在附近的親戚們，密切聯繫並共享家庭生活。14.我們那時只有黑白沖曬相片，但我們從中獲得多彩多姿的回憶。15.我們是目前僅存最有「同理心」的一代，因為，我們是「會聆聽父母親說話」的最後一代；同時，我們也是「必須傾聽我們子女講話」的第一代。

　　我們年輕時雖然沒有這些現代科技，但我們「還是夠聰明能夠協助你們去運作這些科技的一代」。我們是

「珍貴的限量版」！所以，我們從地球上在你們生活中消失之前，請你們「樂於與我們相處」，並且「珍惜大家」！

Dear Daniel:

　　說的真不錯。我們是珍貴的限量版！請多保重，感激跟你的結緣，雖然沒有見過一面，不過透過網路聯繫，透過我們同是 Kathy 的學生，都是透過你的班長來互相聯繫上課。幾年來不時有幸，能接到你千里迢迢傳來的息信，都是溫馨感人的正面人生的文。這一篇，在陳述 15 條共同點，提到「我們年輕時雖然沒有這些現代科技，但我們還是夠聰明能夠協助你們去運作這些科技的一代」。我們是「珍貴的限量版」！

　　此文把我們規劃為珍貴的限量版！多可愛，多稀奇，多難得。感謝您！祝福

　　安康

虞和芳，15.1.2021

從宇平來信談到對母親的無限思念

　　談到救世軍宇平來信，談到他的 Pizza 活動，提到救世軍，引起我對母親參與救世軍的一小段回憶。

宇平：

　　你談到 "We are also utilizing other organizations like Salvation Army and Meals on Wheels for the distribution. However, the effort is limited to the local community in our neighborhood. This program will continue until the New Year's Day. Below, this picture,"

　　這使我想到家母在美，參與救世軍，她不只是每月捐出她所得 10 分之一，給此救世軍，還積極的參與她能夠做到的事，得過救世軍的年度獎。她 20 年前過世，

牧師為她在教堂舉行莊嚴肅穆的儀式，演奏她所喜歡聽的歌。在她的棺木上，放置救世軍的旗幟。她教執終身，為學校，為學生奉獻一生，是位可敬愛的教師。對她，我有無限的思念。

此捐送 pizza 之舉 "It is only to show that we are aware of the problem and we are doing something about it." ——這是表示知道有這個問題，做一些我們能夠做到的事，這就是人盡其能，並不是對世界發生的事情，漠然以對。這個疫病帶給我們每人都有或多或少的損失，許多人喪失生命。俄國有一位婦人得疫病死亡。不過她的一位懷胎的小孩，被拯救出來。她的父母來看她，他們都染上疫病死亡。這位新出生的嬰孩，父親是誰，不得而知，母親和外祖父母都死亡，這位孤兒，真是可憐。更有許多人，喪失職業，付不了房貸，被趕出家園，無家可歸。美國各州在設法解決面臨到疫病帶來許許多多的問題。這就是人生，每一代有每一代遇到的問題，只要盡心，問心無愧就好。祝福

安康

虞和芳

289

五、虞和芸篇章

1. 序幕 魂夢遙

　　2016 年 8 月 1 日接到幺妹過世的消息，心中為幺妹的早逝，悲痛得很，8 月 3 日上午又得到妹子從臺灣寄來的郵電，說舅舅於 8 月 2 日在夢中往生的消息，心中的悲愴更難以言喻。這種生離死別的消息先後來到，無奈和悲傷使得我支持不住，頭昏目眩、心悸、嘔吐，昏眩撞到牆壁，不得不躺到床上。哭哭醒醒昏昏睡睡的到晚上 11 點，勉強起身回復親友們的信件。

　　幾天來，心緒難安，為安排赴美、赴臺的奔喪。赴美又因歐洲的恐怖分子影響，買了機票，卻受到綫上 72 小時之前，申請入境手續的影響，趕不及在周五赴洛杉磯，祇得放棄此行。舅舅的告別儀式是在 8 月 18 日，買到了機票。心中還是沒法安定下來。

　　經過幾天的掙扎，慢慢的恢復過來。心中在思量，如何才能表達內心對幺妹和對舅舅的思念情誼。這時突然一個念頭掠過腦際，想到也許可以將以前寫的有關他們的文章，夢境，和信件整理出來，紀念他們，追思他們，至少聊以表達我們對他們的懷念。想起四十年以前寫過一首詩：

魂夢遙

　　魂夢遙，燈殘照，四壁蕭蕭，回首古人遙，前望來者渺，心憂悄悄，寂寂寥寥，誰與伴，長路迢迢？

　　長路迢迢，誰與伴？寂寂寥寥，心憂悄悄，前望來者渺，回首古人遙，四壁蕭蕭，燈殘照，魂夢遙。

　　這正可形容目前悲傷，無人能夠替代的苦痛。同時逝者如魂夢一般的遙遠飄渺虛無，每位往生的人們，也

都是得要獨自的邁向死亡的路途，沒有人能夠帶引，也是這般的寂寞，寂寂寥寥。

人生的道路，不管多麼的熙熙攘攘，而每個在這道路上行走的人，都是要自己單獨的行走，連最親近的人，也不能夠代步，即使每天每人睡眠中的夢境，醒來後的張眼說話，思考，喫飯消化睡覺，每人都要自己負責，沒有人能夠來代勞。生病，不管有多麼好的醫生，受苦的還是自己一人。人生的長路迢迢，都需要一個人自己走完，而路的盡頭在哪？它的另外一邊又是在哪？

最後每個人，都是要獨自步入另外一個世界，一個渺茫未知的地方。人生如一場夢一樣，它是五彩繽紛，有燦爛，有光彩，當然也有悲哀，痛苦，失望，這正是生命給我們的體驗。當我們遇到生離死別時，無助，無奈時，才會痛定思痛，靜思生命的意義。

我們在臺灣長大的大多數的人們，可說都是天之驕子，受到父母的照顧，能夠進小學、中學、大學，這是透過父母的養育教誨，老師們的輔導，社會的穩定太平。我們比我們上一代的人，在歷經二次大戰，內戰，隨時可以喪生，要幸福得多了。我們只有感恩的份。

可是，遺憾的是遇到生離死別的悲痛，尤其幺妹和舅舅在兩日之間離我們而去，到了另外一個未知數的世界，這種悲痛，難以接受。心中有著太多的莫可奈何的悲哀。祇有將悲愴之心，來編輯這本書，透過回憶的影子，來思念追思我們所敬愛和思念的親人。

8.8.16

2. 接到幺妹和舅舅先後過世的消息

這裡主要的是講接到嫂嫂的來信開始，這期間有臺灣、歐洲、美國的時差差異。嫂嫂也稱繼媛，哥哥為和元，姐姐叫和健，幺妹為和芸，他們都住美國。妹子為

表妹俊茹，臺灣，這裡面的附件還給二哥和允，臺灣，堂妹思旦，北京，我先生 Stefan，兒子威禮，女兒威英，德國。每寄件多半都是除了收信人外，其餘的親戚為附件。除了我的郵件外，其它親友電子信箱和地址電話全都隱密不公開。

親情手足之情

姊姊：

謝謝您的來函，您是一位溫柔心熱的好姐姐。我珍惜我們從小到大，大學三年住在臺大第一女生宿舍 105 室時一起的生活，那時我們共用一個書桌，睡上下鋪。您每天去餐廳買三餐，都幫忙我買，您當家教賺的錢，也補助我用。之後，您到嘉義女中執教，每個月寄錢給我用。1973 年，好長一段時間，我帶威禮住在您們 New Jersey 的家，您把那間大房間讓給我和威禮住，每天您上班後都打電話來給我，您給威禮剪裁一件長長的睡衣。我們周末時常去紐約，世勛帶威禮去 Central Park 玩……這些日子雖然越來越遠，但是在回憶中，它們又是那樣的近，這些懷念思念，令我的人生充滿暖洋洋的感覺。

您說以為這次在么妹葬禮後我們能夠相處幾天，可是因為我美國移民局的限制，不得成行。

Dear Ho-fang:

Thanks for your touching letters. You and Ho-yun always remembered my best part to you but I was not as good as you mentioned. Everyone has his or her weak points. I know I am not that 溫柔 to friends or spouse. However, I try to improve myself. I appreciated it very much that we and Ho-yun had a good time together in Chia-yi a few years ago. I also wish someday we can get together again. Originally, I thought we could have time get together this time but we should not wait for such sad occasion to get together. We should arrange some other days to do this.

Aug 3 is your birthday, I almost miss to cheer you up. I wish you have a happy birthday. Life is very short, I just wish everyone is healthy, not suffer so much pain before we leave this world.

Please send our regards to Stephen.

Love,

Sister Ho-Jane

Thanks for your mail. When I hear our 舅舅去世, I could not help crying, what a sad news to us. I definite will go back to Taiwan to attend his funeral. When is the exact date of his funeral arrangement? I will call 妹子. We should arrive there at least one day ahead of time. If you can book the hotel, I will share the expenses with you. Please let me know the date you will arrive in Taiwan and how many days you will stay there. I think we should stay 5-7 days at least. I will wait this evening to call you and 妹子.

Love,

Sister Ho-Jane

和芳的回覆。

是的，這是對我們很大打擊的消息。連著接到這兩位親人的離別，心情很是悲痛。很難接受這些事實。我今天午後即不適，一直躺在床上，機票由 Stefan 來辦理。機票是 8 月 14 日抵達臺灣，20 日離開臺灣返回馬耳他。

告別式訂在 8/18 下午。

方才才起床，才去辦理訂房的事。預定這期間的 6 夜雙人房，還沒有收到確認的回音。訂房由我來辦理，

也由我來付款。請勿費神。您還要參加幺妹的告別式，您一定要多休息，多睡覺，否則身體會承擔不了。妹子請節哀，要多保重。祝福
安康

和芳上，3.8.16

8月3日接到了妹子的一封意外震驚的郵電

妹子：

剛讀到你的消息，舅舅在睡夢中過世了，心中真是充滿了悲痛。幺妹的過世已經夠悲傷了，現又聽到這樣的一個消息，更是悲痛。我以為明年還能夠見到舅舅。

當我今年五月去看舅舅告別時，他拉著我的手說：不要這麼快離開。

我回答：明年我會再來看您。

他說：明年我就不在了。

我說：明年您會在的，一定要等我。

這樣可真如他所說的，很難置信。唯一值得安慰的是，他在睡夢中辭世了，沒有受到什麼痛苦。人生的生死好難預料到。至少今年5月還見到了他，我們大家一起吃了午餐。有機會我們親友要多相聚，人生是太短暫了。

舅舅的告別式，我會參加。他是我們竇家上一輩最後的一位長輩了。你說：爸爸一直想到天堂跟媽媽、姑姑相聚，如今終於如願了。舅舅一生功德圓滿，一生無憾。有我幫忙的地方，請隨時告知，我可以早一點來臺灣，前後一星期，約8月14日抵達臺灣，20號離開。等我訂到機票就告訴你。妹子，你好堅強，還是望你能節哀，多注意自己的身體，多保重。

和芳，8月3日

3. 親友們的一些來信

威禮威英的來信

媽媽：

生日快樂。

舅公的消息更不巧，他會不會也因為得知幺阿姨的事而和她同去？三十多年前，夏天在德州舅舅家第一次遇到幺阿姨一家人，國芬，國杉，那時候國杉還是嬰兒。阿姨好熱情，後來在美國讀書的時候，還經常在外婆家見到幺阿姨。

兒

威禮上，3.8.2016

威英也來信，一邊慶祝我的生日，同時也體會到我的悲傷。

Liebe Mama,

zum Geburtstag wünsche ich Dir alles Gute!

Leider ist er vom Tod Deiner Schwester überschattet, das ist für Dich bestimmt ein großer Verlust und es tut mir sehr leid.

Mein aufrichtiges Beileid,

Ue-ying

和哥哥嫂嫂和妹子間的通信

哥哥嫂嫂：

您們好。

讀到您們給妹子的信件，知道哥哥的身體不大好，現又有牙齒的治療，牙齒跟腎臟有很密切的關係，中醫的理論，齒為腎之餘，不可忽視。哥哥的腿部步行不便，一定要留意。最好找好的中醫來輔助治療。腿足部要按摩，最好能夠加上做氣功。氣功需要靠自己去做，靜坐

吐納，對身體很有好處，可以在坐著或是躺著做。請務必要加以注意。多多保重。

　　您們去參加幺妹的葬禮已經夠勞累了，當然不適合長途跋涉赴臺灣。姐姐和我能夠代表您們出席舅舅的奠禮儀式。幺妹的葬禮，以前赴美不用簽證，而現在由於歐洲恐怖分子，在訂購機票后，才得到通知，需要向美國移民局申報入境，它至少需要 72 小時，否則在入關處會遭受拒絕入境。我的美國簽證不能夠及時下來，祇好由您們和姐姐代理。請代我們先墊出給幺妹的奠儀 500 美金，等我到臺灣時，我會交還給姐姐此款。我不能夠參加，心內感到十分的歉然。感謝您們能夠代我參加，並安排花圈等的事宜。

　　望大家都要注重身體，也望您們多多保重。敬祝安康

和芳上，4.8.16

妹子：

　　讀到你的來信，看到附件和舅舅舅媽的照片，心中湧起一陣淒愴難言的悲痛。雖然大家互相說要節哀，可是哪裡做得到。到底生離死別是一件大事。想你在勇敢的勸我們的一刻，內心也是免不了悲愴。不論如何，舅舅一生都是在助人，圓滿無憾。我們受到他親情的照顧，在母親臨終時，他還趕去美國會見她最後一面。

　　媽說，她生病后，舅舅每次到美國看望她時，都照顧她，是她從來沒有想到的事，因為舅舅一向是個寵兒，受到父母的寵愛，後來受到舅母的照顧，但是他卻在美國，為生病的她洗臉洗腳。她說他們的姐姐寶瓊英，生了大哥二哥后，早早的過世，她跟舅舅是他們這一代中，唯一的兩位，要我們好好的也孝敬舅舅，舅母跟孝敬父

親母親一樣，還說二哥跟我們的兄姊妹都是同樣一個血統，妹子是竇家的傳宗接代，我們都要跟兄妹們一般的相處看待。

2006 年剛到臺灣時，住在舅舅家，他幫忙我在延吉街你們住家登記住處，我去嘉義南華大學教書時，他們照顧生病的 Stefan。後來我們搬到水蓮山莊和南華大學後，在臺灣的近十年時光中，舅舅收集我們的信件。每次見到舅舅，他都是噓寒問暖。舅母對我們也是好得很，每次去頭份拜訪他們時，舅母都做很好的菜和冰淇淋給我們吃，那時你的哥哥小佳佳還在。他小時候因為舅舅舅母都出外做事，媽媽就要他們把小佳佳放在我們家，由曾經把我們也從小帶到大的婆婆照顧。姐姐和我空下來也餵他牛奶和稀飯，每天他吃一顆蛋我們把它咬得碎碎的，再送到他的口中吃⋯⋯

舅舅搬到臺北后，正在我出國前到歐洲，一定要我住在他們新搬的臺北的家，那時你很小，喜歡聽我講神話故事，你好可愛。這是一段難得的相處時光⋯⋯舅舅在睡夢中安寧的過世，舅舅舅母有你這麼一位孝順的好女兒，繼承生命的代代相傳之德，他們在天之靈一定會得到安慰的。方才給你寄去我和姐姐在公務人力發展中心福華國際文教會館，確認的資料，電話：886-2-7712-2323。也請告知你家中的電話，和你的手機，這樣我們可以聯繫。

妹子，也謝謝你幾年來為我們辦的各種事情。你要堅強，更要照顧你的身體，不可過於操勞。我們見面談。祝福

平安康健

和芳，5.8.16

Dear 妹子，

　　舅舅離世的消息雖然不是太大的驚訝，心裡還是很難過的。安慰的是老人家在睡夢中離世，沒有痛若，這是很難得的福份。

　　和元常說他從小就跟舅舅很親，可惜這兩三年來他自已身体不好，沒能常去看望老人家。除了固定的洗腎，又腿部行動不便之外，最近他的牙齒又很不好，醫生怕他身体吃不消，分成 4 次做治療，2 星期後要做最後一次。

　　下星期一么妹的葬礼，我兒子 Henry 會陪我們飛去 LA，當天來回。我見到和健時會托她帶去我們給舅舅的奠儀 500 美金，請妹子幫我們為舅舅做點什麼。和健說她會去參加舅舅的 Memorial Service。請原諒和元沒能前去參加，他真的是有心沒力。

　　妹子，妳自己也要節哀，注意身体，我們大家都要保重。

和元，繼媛

思旦：

　　謝謝你來信談到么妹的病情，很可惜的是，她在 8 月 1 日過世了。而寶舅舅，卻在 8 月 2 日離世。你爸爸一定認識年輕時候的他，他的姐姐，即是我的姨媽，嫁給虞槐庭，即我們的伯父，那時寶舅舅時常出入虞家。他後來從臺灣到北京時，還見過你父親。

　　這兩個不幸的消息接踵而至，令人難以招架。今天是么妹的惜別典禮。哥哥姐姐都到洛杉磯參加。我因為沒有拿到美國的入境許可，很遺憾，不能夠親臨。8 月 13 日我會飛往臺灣，參加寶舅舅的告別典禮。姐姐也會到臺灣，我們住在一起，這是一個姐妹難得又相會的時候，可惜是去送終，再也見不到舅舅了。這就是人生，

有聚就有散，有生就有死，誰都逃不過這個命運。祇有大家多保重，珍惜每次見面的機會。

你們家都好，這就是一件最好的消息，昊叔中藥調理是很對的。恭喜你兒子考上吉林省的長春理工大學光電資訊科學與工程專業。日子過的很快，第一次到北京看到你父親帶著你，我們見面時，你還沒有上大學。現在你兒子考上了大學，他不辜負父母的期望，是個好孩子。我們現在還是住在馬耳他，有機會來歐洲時，歡迎來此小住。祝福你們

闔家安好康健

和芳，8.8.16

同事琇雯的通信

我在南華餐廳看過妳們姐妹啊。小妹的婚姻，您跟我提過；舅舅的事，好像也提過。

年輕的么妹卻最早離開我們。我感到自己身體血液的一部分，似乎跟著她的離世也流失掉了……

希望您節哀順變。以前您鼓勵我，要做對社會國家有用的人。現在我正履行此話！夏安

琇雯

秀珍姐的來函

請節哀順變，你的心情我完全能體會，去年和前年我痛失我的大姊和么弟，每一念及往惜情景，痛楚揮之不去，盼祈求有來世，盼來世能再相聚。

7.8.16

Milada 教授的來函

Milada 是捷克的教授，我寫信告訴她，妹妹和舅舅過世的消息，她的妹妹在幾年前過世。她 8 月 8 日的回信：

My dearest friend,

I am so sorry to hear about the two deaths which occurred in your family almost at the same time. I am not wondering that you were sick, this is too much and your sister and your uncle were so close to you. You visited your uncle just recently and you say that he looked healthy and that you told him that you will meet next year, but that he said that next year he will not be here. He probably had an inner feeling of a short time of life. Sometimes people even say jokes in this sense, but sometimes this is very serious, which was this time. I think we should never joke about such issues.

My father used to work in foreign trade and in 1970's, he was assigned to India. So, my father and my mother lived three years in India. One of my father's business partners, a very rich Indian, had his own personal Hindu priest in his home and never did any decision without consulting him. He relied very much of his priest's advice. Once, at certain occasion, this priest predicted my parents that one of them will die one year and the other one exactly next year (actually, this happens quite often, this is the experience). My mother spoke about this prediction sometimes. My father died in in November 2012 and when by the end of 2013 nothing happened, I was thinking it will be OK. However, my mother is now thinking that the formula is different. My father died when he was 88, and my mother now thinks that she will die when she will be 89, which will be this year in November. She does not speak about this too much but I am afraid she thinks about that and such thoughts may attract really something. I will be happy when the end of this year is over.

Dear Hofang, my most sincere sympathies and condolences. Take care for yourself, I hope to see you again.

Yours,

Milada

4. 其它的通信

在我給 Daniel 回信時，我寫了一篇這兩件事情的前後發生情況，并寄了一篇手足情深，裡面有一段記載幺妹的事情，收到嫂嫂和一些朋友同事的回響。

嫂嫂讀了「手足情深」後的來函

Dear 和芳，

謝謝來信。所附「手足情深」更是描寫細膩動人，非常佩服妳的好文筆。信中交待我們墊付幺妹的奠儀 500 美元，我們會照辦，花圈的事也已跟道安的弟弟聯絡好，請不用担心。

正好我們也要托和健帶去舅舅的奠儀 500 美金，我想原先妳說要請和健帶回這墊付的 500 美金（幺妹的奠儀）給我們，不如就在台北幫我們給舅舅的奠儀好了，省得和健在中間轉來轉去，妳說好嗎？

和元目前情況穩定，不過下星期一飛去 L.A.晚上回到家，他一定很累，第二天星期二又該洗腎，通常洗腎當天，身体比較虛弱，第二天身体狀況最好。大家都要注意身体，多保重！在此也問候 Stefan 好！

繼媛上

哥哥嫂嫂：

謝謝您們的來信。

就按照您們說的那樣做，我會在臺北把您們墊付的，我給幺妹的奠儀 500 美金，幫您們轉給妹子，作為您們給舅舅的 500 美金奠儀。下星期一您們飛去洛杉磯，

大家一定會很累。哥哥第二天又要洗腎，一定要多照顧身體，多保重，路途上不可過累。

哥哥每天可以做叩齒動作：玉龍（舌）攪水津，鼓漱三十六，神水滿口勻，這是養生健脾腎的一個重要項目。請點擊下面的網站來實行。嫂嫂最好也能夠做此叩齒動作，其實每個人都能夠作此動作，簡單易行，每天不斷，一定會有功效。

http://www.51yangsheng.com/zyjs/88072.html
http://big5.soundofhope.org/node/667218

祝福您們
　　康健

小妹和芳上，7.8.16

5. 跟姊姊談到在台灣會面參加舅舅告別式

一些信件的受到覆蓋

姐姐：

謝謝您今早 7 點半來的電話，告知您的行程，您說已經寄給了我，可是我沒有收到您來臺灣的行程，有時 mail 會夾在別處，被忽略或遺失掉。

我們 7 月 10 日有臺灣大學的蘇宏達教授和母親姐姐來訪。他借用我的電腦后，我的 yahoo 信箱，卻完全被蘇教授姐姐的信箱所覆蓋，根本進不去。我要查周治華大夫和以前 yahoo 信箱的通訊和郵電，出現的都是她的郵電，真是奇怪不解。不管如何，我們得要訂下，兩人赴台灣會面的日期。

您在道安那裡，請代我們致悲悼之意。很遺憾，我因為簽證時間的問題，未能親臨。明天哥哥嫂嫂跟您，參加幺妹的葬禮，請代問候他們。您們都要多休息，并請大家多保重身體。敬祝
　　安康

小妹和芳上，8.8.16

訂下 2016 年 8 月去台北奔喪的時間

姊姊：

　　舅舅對我們一直照顧，他是我們寶家長一輩的最後一位長輩，又跟我們這樣親。我擬 8 月 14 日左右去臺灣。若是您也能安排參加舅舅的告別式的話，我們就能夠相處數日了。

　　我想，我們住在外面，也許比較不給妹子添麻煩，若是您也這麼認為，我就在臺大附近的福華旅館，訂雙人房間居住。那裡環境不錯，我有臺大校友證，可以取到優惠。若是您來，請告知是哪個時段，我即安排旅館的住處。

　　這次虞家寶家都發生生離死別的事情，心中的難受，難以形容。遇到這種不幸的事件，更把我們的親情手足之情，拉的更近，繫的更緊，人生的相聚很不容易，讓我們更能珍惜難得的相處時光。

　　姊姊：

　　我已經在臺灣訂下旅館是 8 月 14 日入住，20 日遷出。為雙人房，兩張床，包括早餐。電話地址為：

　　公務人力發展中心福華國際文教會館
　　台北市大安區新生南路三段 30 號
　　電話：886-2-7712-2323
　　傳真：886-2-7712-2333
　　E-mail address：rv2102-ih@howard-hotels.com.tw

敬祝

　　安康

　　　　　　　　　　　　　　　　　　和芳上

6. 我們可愛的幺妹

　　幺妹虞和芸，1949 年 10 月，出生在台灣新營，她是父母生的最小的一位小孩，所以稱呼幺妹。她跟我們相差一大截，我們都很愛顧喜歡她。她的生長和求學在

台灣；小、中、大學都在台灣受到的教育。過世在美國。育有一女一男。女兒學醫，跟一位美國人結婚。兒子學理工。下面是對幺妹的回憶文，也許透過這些陳述，對幺妹會有一些具體的認識。

幺妹的出生和生平幾件事

幺妹出生時，家中殺了一個乳豬來慶祝。幺妹吃奶粉長大，哥哥拿溫度計放在沖奶粉的熱水瓶內，要看暖水瓶中的溫度，沒意料到溫度計爆炸。這件事幸好哥哥立即告訴媽媽，幺妹才免得受到傷害。姊姊抱還是嬰孩的幺妹，她一動，掉進水溝內，姊姊立即把她從水溝中抱起來，她幸好沒事。母親抱著幺妹教她看日曆，她都懂得母親說的話，但是她不會說。她說話很遲，是一夜之間，突然開竅，次日會說一連串的話，幾乎什麼都會說了，母親說，這是開竅。

有次幺妹跟鄰居出去玩，帶了一個大西瓜回家。母親很奇怪，問西瓜從哪裡來的。她說跟小朋友出去玩，到田中每人拿了一個西瓜回家。母親很生氣，就跟她去到那個田野處，將西瓜送回園地的主人，並道歉。這是母親雖然那時不信仰宗教，可是有高深的倫理道德規範，也就看出母親教導子女的嚴格，絕對不可以拿取不義的東西，這是偷竊，千萬不可養成。

幺妹雖然起初不會說話，但是能懂話。我還記得，她晚上哭鬧時，婆婆說：再這樣哭鬧，老虎會來抓她，她似乎懂了，雖然她沒見過老虎，因為婆婆這麼一說，幺妹就停止哭鬧。幺妹喜歡吃零食，她的零用錢用光時，就說替我買零食，這時，她會很乖，可是過後又不聽話，不肯唸書。我很生氣，就在我能吃住她時，跟她定約，說下次不聽話時，她要吃米田共的「糞」來處罰，她就簽名同意。但是當她又不聽話，我拿出條約給她看，說要處罰她。她說：那妳去拿過來，我就吃。母親這時聽

到了，就說，我當姊姊的，怎麼能讓妹妹吃糞，然後對妹妹說，姊姊是為她好，要她唸書，她要乖乖唸書才行。

么妹喜歡交朋友，時常邀請鄰居小孩來家中，其中有一位軍官女兒，跟她差不多大。她母親是作家，很摩登，進出都有軍車吉普車，可是有一天出了車禍，那位女朋友的母親喪生。么妹為此也跟她難受。看出么妹的同情心。

么妹喜歡貓，家中為她買一隻紐西蘭的白貓。每天她都抱著牠睡覺。有一天，牠抓到一隻中毒的老鼠，貓也中毒，雖然帶去獸醫那拯救，牠還是死亡。么妹為此傷心了好大陣子。

么妹和國文老師：么妹不喜歡國文老師，那時學生們每週要寫毛筆的大小字，么妹就在寫小楷時，罵國文老師。被那老師發覺，非要記她一個大過。這時，別的老師得知，就為么妹求情，因為母親是同事，這樣才把事情大事化小，小事化了。不過么妹得到一個教訓，不可以這樣的調皮搗蛋。

么妹雖然不怎麼用功，可是聰明，中學考取嘉義女中，大學考取台大的護理系，後來轉到她喜歡的畜牧系。她台大畢業後，她到文化大學當助教。她不喜歡去，身上就長風疹，這是癢在皮膚，痛在心裡的現象。

么妹跟一位將軍的兒子道安結婚。他來自一個重男輕女的家庭。她在台灣生一個女兒，妹夫不大滿意。他們全家搬到美國住後，么妹又懷孕，這時妹夫說，若是懷孕為女孩，就要墮胎，么妹不贊成。幸虧是個男孩。

么妹在美修到碩士後，一直在醫院任職。她剛退休沒有多久就在美國過世。

有一天么妹突然打電話到德國

么妹突然來電話，要我快去美國，她說媽媽火她，不認她當女兒了。原來是妹夫又打她，她逃到母親那裡。

母親告誡她，道安這樣對待她的話，她不能打電話給道安，要等他自己來時，母親要跟他好好面談。可是幺妹還是又自動的打電話給道安。母親得知，很火，說要幫忙她，她扶不起，這樣的柔弱，會被丈夫欺負她一輩子。幺妹見母親生氣，連忙找我遊說母親，要她息怒。

我到美國後，跟幺妹談，她說，跟道安繼續在一起，她活不下去，離開他，她也活不下去。這種兩難的情況，真令人愛憐，可是該怎麼辦！幸好這件事又平息下來。妹夫嘴巴很甜，說話令人感到他是一位有學問，有教養的人，但是做的事，令人不敢恭維。幺妹有一位很要好的同學，要來訪問她。他們有一棟很大的房子。可是妹夫不准許幺妹的同學來訪問她，住在他們家。幺妹哭哭啼啼的問母親怎麼辦。母親說，那麼幺妹的同學就住旅館，母親付旅館費用。

幺妹倆夫婦都做事，妹夫開一部大新購置的汽車，而幺妹開一輛小的二手貨汽車。有次她來機場接我，路上輪胎爆了。加州高速公路上，制度很好，很快就有警察來幫忙，汽車開到附近的汽車修理廠。那裡的人看到，說另外的輪胎也都磨壞了，輪胎紋路很薄，隨時也可能破爆，應該要換新。但是幺妹不肯，她跟我說，沒有道安的同意，妹夫會把她罵死，說她浪費錢。我說開車安全要緊，我來付全部換新輪胎的費用，省得妹夫的謾罵。

這裡看出幺妹多麼害怕丈夫，以及妹夫多麼的霸道。幺妹說，她岳母知道道安對她多壞，岳母也是受到岳父的類似對待，她下跪要幺妹原諒她，生出這樣霸道的不肖的兒子。這裡看出一個霸道父親對小孩的影響，上行下效，兒子也來霸道對待自己的妻子。幺妹受的罪可多了。他們夫婦生了一女一男，女兒很向著母親，對父親很害怕，她大學學醫學，畢業後跟一位美國人結婚，

就搬出家門，免受父親的不公平對待。兒子幸虧並沒有學壞。

幺妹告訴姊姊，她的身體不適情況，去檢查，查不出原因。姊姊要幺妹一定要再去好好檢查子宮，竟然查出她得了子宮內膜癌，手術後休息好了些，又去上班。姊姊要她換環境，出外旅遊散心，丈夫不肯，姊姊就為她付款，她們一起來台灣度假。這是我們三姐妹一塊在台灣過了一段三人愉快在一起的生活。我們一起去拜訪嘉義故居，去我們唸過書的地方遊覽。我為此寫了一篇這次旅行的報導「出發於南華大學」，刊登在「勞工之友」雜誌上。

幺妹來台灣時，說姊姊救了她的命，才發現她患有癌症，即時治療。幺妹的生病固然有不少的原因，其中重要的原因，是她失敗婚姻的結果，雖然他們夫婦沒有離異，也許幺妹肯早早聽話，毅然決然的離開丈夫的話，可能不至於得到癌症。幺妹後來的癌症轉移到別的器官，她病重在 hospice 時，只有姊姊在照顧她。幺妹就在 2016 年 8 月 1 日過世。

可憐的幺妹，非常的聰慧靈敏，逗人喜愛，同學同事都喜歡她。她是我們家兄妹中，年紀最輕的一位，就這樣的匆匆離開人間。怎麼不令人悲痛！

7. 一些回憶文

這些回憶文，在不同時間寫的。有些地方，可能有些重複，但是內容可能還談到一些另外回憶的小節。

人生有一些莫可奈何

我們這一代，算是非常幸運的一代。

我們這一代，沒有遇到可怕的戰爭，除了為升學考試，心裡受到一些壓力外，不愁吃穿，又有父母師長的

教導鼓勵。後來我在德國改行，在自然醫學領域內取得行醫執照，這可能是受到父親當時要我學醫的一個意願。可惜父親 62 歲就過世，得胃癌過世。殷海光教授也是得胃癌，他們在我從事自然醫學之前，就已離世長辭。母親得乳癌症，享年 83 歲。連小我 6 歲的妹妹，在 2016 年因子宮內膜癌過世。

人生有不少的遺憾，愛莫能助的事。即使我以自然醫學行醫，治癒不少病人的疾病，頭痛，胃病等等西醫難以治癒的疾病。但是對母親和妹妹的癌症，卻是愛莫能助。

人生七十古來稀，我已經過了 70。活到這樣的年齡的人，很是不易。誰都不知道何時會進入死亡。能夠過一天，就是上天給予賜與多一天的時間。能夠多活一天，就要盡我的能力，在自然醫學的領域，在寫作寫文翻譯上，盡我的努力，期望能發揮一些正向的影響。

虞和芳，17.7.18

10 月 2 日的清晨

10 月 2 日是幺妹和芸的生日。以前每逢她生日，我會寄給她一個祝福她生日快樂的信息。她比我小六歲，可惜在 2016 年過世。她是我們的幺妹，是我們四兄妹中年紀最輕的一位。她在美過世後，次日 8 月 2 日我們敬愛的舅舅在台灣過世。連接得到這消息後，我悲痛的頭昏嘔吐生病，倒在床上。

在床上卻怎麼都定不下心，想到目前唯一還能夠為他們做到的事，是要為舅舅和幺妹出一本紀念書。這樣我起身開始編輯此書。此書《魂夢遙》在蔡輝振教授的協助下，居然在很快的時間內，得到台灣國圖 ISBN 的號碼，由天空出版社在短期內出版發行，得以及時送到

舅舅的出殯處，將它一本跟舅舅火化，其餘送給來參與
出殯的舅舅生前好友，親友留念。

　　今年（2021 年）9 月 21 日，接到哥哥在美過逝的
消息，喪失手足，心中悲痛無比。

　　今早天黑時，4 點半醒來，睡不著，在床上想到過
去種種的事情，看到窗外傳來的閃電，六點起身。不久
天上下雨。入秋了，馬爾他的天也轉涼。不管人事如何
的變遷，一年四季的時序還是按照它的軌道運行。

　　天行健，君子以自強不息。本著這個精神，就開始
一天的工作。

這是在么妹家拍攝的照片，母親坐著。她前面蹲著的是么妹
的女兒和女婿，兒子國杉。母親後排最左為么妹夫婦，么妹
旁邊為二嫂，最右邊為哥哥和嫂嫂，嫂嫂旁邊為姊姊和健，
她旁邊是我和芳。最後排左邊是二哥和元。他旁邊是我先生
STEFAN。

我們三姐妹在台灣的又聚合

　　離開台灣後，我們三姊妹（姊姊為虞和健，妹妹為
虞和芸）都只在美國會面，三年前我由歐洲返回台灣，
來南華大學任教，這次姊姊和妹妹決定從美國來南華大

學，這是我們出國 40 多年來第一次在台灣的聚會，我們想要拜訪兒時所踏過的足跡，尤其是我們所懷念畢業的母校——公誠小學和嘉義女中。

她們兩人抵台北後，先去拜訪舅舅舅母，他們是我們在台灣唯一的長輩親屬，然後在今年（2009 年）3 月 18 日晚上乘高鐵來嘉義，我去接她們，返回南華時已經晚上 11 點。

次日上午 8 點 30，南華大學陳淼勝校長（右2）接見我們：虞和健（中間）美國化學博士，在 Schering 藥廠做過30多年的藥品研發工作；虞和芳（左一）虞和芸（左2）在美國醫院做遺傳研究，因此校長請

自然醫學研究所辜美安所長（右1）也出席。

南華大學自然醫學研究所是亞洲唯一的一所自然醫學研究所，為陳淼勝校長一手創辦出來。陳校長一家都跟醫學結緣，他的女公子學醫，持有西醫和中醫的執照；他的弟弟陳淼和教授為中醫師，數年來在南華大學教授中醫，和做義診工作，他編輯的《傷寒卒病論台灣本》，為醫學研究「傷寒論」做出很大的貢獻。

南華大學是佛光山星雲大師創立，有許多其它大學所沒有的特色。

生死學系所，為國內最早成立的生死學研究所；民族音樂學系的「雅樂團」，是全國惟一的中國宮廷樂團。

每年所舉辦的成年禮，都由民族音樂系的學生演奏今日幾乎喪失的古典雅樂（見圖2）。南華大學的歐研所（台灣只有兩所大學有歐研所）每年舉行一次國際研討會，請歐洲的知名教授參加，

還跟歐洲大學結盟，如德國的 Leipzig 大學，波蘭的華沙大學。

　　3 月 19 日，我們三人一塊南下，拜訪新營的公誠小學和南光中學以及嘉義的嘉義女中。

南光中學

　　南光中學是台糖唯一的一所中學，母親竇桂英女士，在那裡工作了好幾年，教過二哥虞和允，小哥虞和元英文。

　　當我還在小學時，有次在假日，父母親帶我去南光中學，那裡全是一排排的平房建築，母親和父親走在前面，我好奇的左看右看的，忽然失去了他們的蹤影，四周沒有一個人，我真嚇得快哭出來，幸好我跑著，左右尋找著，在一個轉角處，看到他們，才放下心來。對我來說，南光中學好大，才會幾乎迷了路。

　　還有一次，我發高燒，母親要我在南光中學教員室等她，她要上課後，帶我去糖廠醫院看病。我在教員休息室等母親，這時全身冷的不住發抖，一位老師剛好進

來，看到我打抖的情況，將她的毛衣蓋在我身上。好容
易等到母親下課回來，在醫療室，醫生診斷是虐疾，打
了一針就好了。

印象中的南光中學也變了樣，平房全拆，住宿的地
方也蓋起樓房。南光中學的洪丙丁校長，胡主任、詹老
師及郭主任都很熱忱的招待我們，請我們去吃紅豆冰，
冰冷在口中，心中卻有暖和溫馨之感，因為曾經跟它有
過幾段緣分，而且它是母親曾經任教，兄姊們曾經上過
的中學。

時空間的一剎那

給 Paul 回函中，談到時空間的一剎那關聯和人的遐
想精神的穿越時空。

Dear Paul:

你說的不錯"The future is the past entering another
door."時間前一秒，馬上就是現在，而很快就變成過去。
"The past and the future are thus inter-linked ; wise is the
person who occasionally make mental round trip."這是心
靈的回顧前瞻旅途的重要性，很有道理。謝謝你對我妹
妹說的話"God placed your sister in your hand for love and
guidance !"。我想到她的時候，她隨時就在我身邊，比
以前她在台灣，我在德國，她在美國，我仍然在德國時，
還來得近。人的精神力量可以透過時空間，不受時空的
限制。「千里共嬋娟」，宇宙古今中外，人們看到的都
是同樣的一個月亮。這給古人和今人，遠方思念的人，
拉到同一個人地時的平面上。這給思戀遠方的人，一種
安慰，一種祝福──

人有悲歡離合，月有陰晴圓缺，此事古難全，但
願人長久，千里共嬋娟。

　　對於古今中外的哲人偉人，欣賞他們留下來的作品，是一種無聲無言的享受溝通，這比「此時無聲勝有聲」來的要好。這種心電的感應，比「視而不見，聽而不聞」更深刻。祝福

　　安好

虞和芳，16.5.21

人生不時會遇到一些瓶頸

　　「屋漏偏逢連夜雨」，就是形容人生遇到接二連三發生的事情，應接不暇的情況。謝謝 Daniel 寄來這篇「當你失去信心時」裡面的這段：「既然已無路可退，乾脆勇敢放手一搏吧，你會突然發現，老天爺總是在轉彎處給你一條出路啊」。中國成語：天無絕人之路。都是在給人打氣，給人希望。可是遇到一些生離死別的情境，不是幾句鼓勵話所能見效，這時更需要一種安慰，一種對神的期望，或說對另外一個存在世界期望的安慰。期望在死亡後，有另外一個世界，跟曾經所愛，相互連繫在一起的親友，還有相聚的可能性。雖然如此，這種期望，不能制止住內心的淒愴。

　　這次我一連接到幺妹過世和舅舅過世的兩個消息，相隔衹有一天，人幾乎崩潰。這兩件消息來的太快太突然了，使一向以為很堅強的我，一時經受不了，而病倒。頭昏目眩，心悸嘔吐，在哭哭睡睡，幾乎昏睡一天后，才能掙扎的又起床。可見心理因素影響身體會是多麼的深。妹妹在美國病逝，她比我小六歲，她得了癌症，子宮內膜癌。大凡婦女得到癌症都跟心理因素有關，她的婚姻不大滿意，但是又不願意離開丈夫，這種放不下的心理，為她罹患癌症的主要原因。

313

　　2009 年姐姐和幺妹曾經來南華大學，我們三姐妹難得的在一起聚會幾天，去拜訪嘉義女中。曾幾何時，我們從孩童到小學中學大學，出國留學，直至我們都結婚生子，傳遞了另外一代。而婆婆、爸爸、媽媽、都隨著時間，到了另外一個世界。所剩下的是時間的影子，那是時間所留下的記憶。然而手足情深，儘管我們見面不多，又分散在不同的大洋洲，我們之間卻是心心相印。時間的影子，將我們維繫在一起，當回憶時，我們雖然遠在天邊，卻跟近在眼前一般。

6.8.16

蔡元奮教授的來信慰問

　　拜讀大作，知悉虞家一門俊彥，手足情深，實在難得。今連日惡耗，痛失親人，心情哀慟可知。願逝者安息，生者保重，請節哀。

元奮上，2016-8-7

　　蔡元奮教授，比我小三歲，可惜在 2018 年 10 月 7 日過世。悲傷之餘為他出版《種瓜得瓜》一書紀念他。這是收集我們六年來的通信。

對幺妹發展出口齒伶俐的回憶

　　幺妹生出來後，中指和無名指靠攏，分不開來。媽媽常抱她，指著牆上的各種掛的日曆照片，像中華日報的日曆等等，來教她。在她說話之前，只要問她什麼，她都會指，但卻不說話，一句話也不說。婆婆怕她是個啞巴。有一天晚上，她突然說話了，什麼話都連在一起說，自言自語的說個不停。第二天，她就變成為一個口齒伶俐的小孩。她在一夜間，將一年聽的話，全部消化，全盤托出。這如同偷偷地一元一元存在小豬中，突然打開了它，成了「大富翁」一樣。這大概就是所謂開竅吧！

幺妹會說話後，可精靈得很，她好聰明，聰明得會說出氣人的話來。

虞和允是我們家的表哥，也是堂哥。他是母親的姊姊，跟父親的哥哥結婚所生的第二個小孩，所以我們稱呼他為二哥。他是最會逗人的人。他有個外號叫「怕太平」。我小時候，常被他逗得哭哭啼啼。等我們長大了，幺妹還小，他就逗起幺妹了。他和幺妹有十二歲之差。他上大學，幺妹還是小學生。有年暑假，他帶口香糖回家。幺妹嚼著嚼著就嚥下到肚子裡去了。這時二哥說：「妳吞下肚了？那還了得？吞下口香糖，會把腸子全黏起來了，妳要死了。」幺妹被他一嚇，嚇哭了起來。媽聽到了，說了二哥別來嚇唬幺妹，並告訴幺妹沒那回事，這她才破涕為笑，又吃第二個口香糖。

我被姊姊管慣了，唯一我能管的人就是幺妹。於是要教她唐詩。她不聽，我就攔住門不准她出門，姊妹間吵吵鬧鬧好玩的事多著了。有次爸爸說，女人易老，男人應娶年輕的太太，幺妹聽了說：「男人命短，女人應嫁年輕的丈夫。」爸爸就說她：「狗嘴裡長不出象牙。」她立刻反駁：「虎不生犬子！」幺妹的急智可多著，這可看出她人有多聰明。我上大學後，交了男朋友，當他來訪時，爸爸要幺妹當「電燈泡」，看守我們，每小時五毛錢。有天爸爸回來，看到「看守」我們的幺妹，居然坐在椅上睡著了，就怪她，電燈泡不靈光。她立刻伸手說：「沒電了，要電費。」

幺妹喜歡小動物，家裡養一頭小白兔，牠誤吃殺鼠藥中毒，帶去看獸醫，還是死了，她陪上不少的眼淚。家裡為她還養了貓，她喜歡那隻雪白的波斯貓，常伏在她身邊睡著。幺妹不大愛讀書，可是人聰明得很，考試前，抱抱佛腳，就能拿到高分。她考中學、即使考大學，

一點也不費力，就進入人人羨慕的臺大。幺妹有說不出來的逗人可愛處，就是氣了你，你還是喜歡她。她喜歡小動物，後來在台大讀畜牧系。真是一個人的個性可以從小看到大。

虞和芳，2.10.19

今天是幺妹的生日

今天是幺妹的生日。她比我小 6 歲，卻在 2016 年 8 月 1 日在美國過世。整整兩年了。那年次日，舅舅在台灣往生。連著接到這兩件不幸的消息，我悲傷的病倒。舅舅是照顧我們的敬愛長輩，我在 2010 年 12 月出版一本散文集《無限思念》，以其中一篇，思念過世母親的「無限思念」為書名，將此書獻給母親唯一的弟弟，即是我們的舅舅寶崇英先生。在 1979 年，柏楊曾將我的一些作品編輯成冊，定名為《虞和芳選集》，並寫了一篇序。此書是在母親生時，獻給我恩深如海的母親寶桂英女士。在 2013 年，出版《慕尼黑奧林匹克公園春秋》，祝賀舅舅 90 歲生日，並獻此書給他，感激他多年來的照顧。而舅舅和妹妹卻在先後兩天過世。

想到他們，心裡總是非常的悲傷。小幺妹，是我們手足中，缺少的一位，所以兄妹以手足來稱呼，可見彼此關係的密切。手足中，突然少了一位，是一個多麼大的損失。在 2016 年，我病倒後，爬了起來，在短短的數天內，為紀念他們，收集以前所寫的一些有關他們的文章，和有關他們的書信，蒐集成冊，以《魂夢遙》為書名，趕去台灣，在舅舅出殯之日，出版這本書，來紀念他們。

人生最悲痛的是至親好友的生離死別。尤其死生異地，更是難以相見。這是人生最無可奈何，不能夠左右

的「死生有命」憾事。不過好在人有一天活著，就有思想，就能夠在魂夢中，在思緒中，仍然跟逝去的親友相通，默默中傳達相思的信息。也許這種思念之情，能夠傳達給遠方的父母、舅舅、舅母、幺妹。願他們無憂無慮的在另外一個世界逍遙的遨遊，跟日月為伍。我們大家雖然目前是殊途，不過每個人都會有同歸的一日，都會有在另外一個世界相會的一日。這樣想時，思緒也在宇宙飛翔，內心有一股暖意，感覺到母親的慈祥，幺妹的可愛靈活就在身旁。他們沒有死，他們繼續生活在思念他們的親友中。

虞和芳，2.10.18

後記

感慨萬千讀姊信

今天讀到姊姊兩封來信。她談到逝去的幺妹虞和芸。信中她寫：

　　我感到最不平的是她一直不快樂才會得癌症，雖然她個性開朗，但內心深處的不愉快與積怨也非外人能體會的。她也不敢對別人說太多，除了有時道安不在時，會在電話跟我訴苦。如非心情不愉快，她應該到今天還能活著。我記得在 2004 年時，哥哥到 Las Vegas 來看我們時，他說最近回台灣去算命，我不知是那位，但他跟哥說你有一個妹妹會夭折。那時我們都不知道是誰，因為當時誰也沒病，沒想到過了幾年到 2007，幺妹就得了癌症。經過很多折磨，終於還是沒痊癒。我常常在睡覺前會許個願，希望今夜能夢見她，雖然也實現過好幾次，但不多。前幾天又夢見幺妹與媽媽在一起，大家有說有笑，醒來才知是夢一場。

信中三件事，令我感到特別驚奇和值得探討：

1. 　幺妹和芸「一直不快樂才會得癌症，雖然她個性開朗，但內心深處的不愉快與積怨也非外人能體會的。」是的，心情影響一個人，尤其夫婿婆媳之間的不快，會影響婦女得性器官的癌症。

2. 　哥哥在 2004 年在台灣算命，哥哥怎麼會去算命？而說「你有一個妹妹會夭折」，怎麼算命先生會跟哥哥說這件事？他有三個妹妹，是否意味幺妹，夭折？那時她還好好的，2007 年她才得到癌症。

3. 　姊姊常會做夢，而期望夢到幺妹，但是並不見得期望時，就能夠夢到幺妹。而這次實現了，她夢到幺妹和媽媽。夢後寫出：

　　吾妹逝世四年久，夜夜思念夢裡求。偶見依人來入夢，語未盡言腦中留。

　　人魂兩地隔四載，內心思念難安擺。今夜得見解吾思，樂知與母聚齊來。

　　可見她對母親和幺妹思念之情。也看出夢有實現慾望滿足的功效。

　　她的另外一封信，寄來余國英的一篇文，其中提到她妹妹余國賢的一家。很遺憾余國賢在一次滑雪中發生意外。余國賢跟幺妹虞和芸兩人在嘉義女中是同班同學。幺妹在她失蹤時跟我提到這件事，後來又說余國賢的屍體終於在雪溶化後的第二年，找到了。

　　她們那時是好朋友，我看過她好幾次。余國賢的父親是嘉義中學的數學老師，教過哥哥虞和元。她的哥哥，余國雄是跟我哥哥虞和元中學同班，姊姊余國豪跟我同班。

　　我們這兩家，都是最小的妹妹最先離世，很是令人惋惜。人的生死很難預料。我們懷念逝去的親友，同時對在時空生存的親友們祝福安好康健。

虞和芳，15.10.2020

六、寶俊茹篇章

1. 序幕：懷念妹子的父母

今天是舅舅六年前過世的日子

2016 年 8 月 1 日，幺妹去世，次日 8 月 2 日，舅舅離開人世。這對我們虞寶兩家兄弟姊妹來說，是一樁重大的打擊。姊姊在幺妹臨終醫院一直陪伴幺妹，得知幺妹心中的隱憂，幺妹難以瞑目。在參與幺妹的葬禮後，又趕來台北參加舅舅的葬禮。

我在得知幺妹過世後，次日又遇到舅舅過世的消息，心中痛苦難當，居然生病，躺在床上，悲泣難受，在這期間，Stefan 幫忙我訂去美的機票，可惜申請美國的簽證不果，未能成行。悲愴中，我想到唯一還能夠做的事，就是為舅舅和幺妹出版一本紀念冊。台灣我隨時可去，於是定下台灣的行程，跟姊姊兩人在台北會合。那本《魂夢遙》紀念他們的書籍，即時在短期內出版，這要感激雲林科技大學漢學系系主任蔡輝振教授的鼎力協助。

此後每年 8 月 1 日到 8 月 3 日，對我們來說，都蒙上一層陰影。對妹子來說，當然也是痛苦難當，她自此每年都去陽明山拜望她的父母和她在同年過世的丈夫向陽。在舅舅生病期間，二哥、哥哥、姊姊和我，有機會到台北時，都會去拜望舅舅。母親一再交待我們，寶家跟她同輩的只剩舅舅一位親人。母親和舅舅的關係非常的密切。在台灣時，每年舅舅舅母都會來一起過年。母親生病時，不時去美國探望她。母親過世前，舅舅似乎有預感，趕去美國探望他唯一還存在的姊姊。

母親那時在臨終醫院，拒絕醫院的氧氣等的設備延長生命。當她得知舅舅舅母來美國探望她時，她才答應用氧氣罩，來延長生命，以便能夠見到她唯一的弟弟，

320

我們的舅舅一面。可見得他們姐弟親情的深厚。母親果然見到她的親弟弟最後一面，才瞑目安然過世。

母親得病是 1992 年六月，去逝是 1999 年 2 月 5 日晨。所以從得病到去世多活了 6 年半。母親過世後，舅舅就成為寶家唯一的一位長輩。而舅舅輾轉已離世 6 年。妹子今天一定會去陽明山拜望她的父母和向陽。在這六年中，世界變化不少，而令我們最悲痛的是，哥哥和元，去年 2021 年 9 月過世。

讓我們大家為已過世的父母，舅舅，舅母，哥哥，幺妹表達我們的思戀之情，期望他們在另外一個世界過得安詳，那個世界將是我們每人有朝一日都會抵達的地方。

虞和芳，2.8.22

二哥二嫂去看舅舅

哥嫂去看望舅舅

2. 舅舅、舅母和他們的小孩寶大朋、寶俊茹

舅舅一家

　　媽媽的弟弟是寶崇英，他是寶家傳宗接代的最小的孩子。他是跟虞家出入最多的寶家弟弟。他對這兩個家族成員，知道的最清楚。媽媽跟舅舅相處的最密。她說舅舅小時後就很聰明，尤其心地十分善良，同學家糧食不夠，他就把自己家中的米拿走，送給貧窮的同學。舅舅學化工，曾經在父親辦的酒精廠做事，後來大部份的時間都任職公務部門，對於台北市的都市建設及交通運輸有所貢獻。

　　舅舅長得高大英俊，很幽默。小時候，每次舅舅來訪，都會被他幽默的話，逗得我們大家哈哈大笑不止。我們 2006 年來到台灣，就先住在舅舅舅母家，他們倆位對我們十分的照顧。

舅母叫蕭葳，她跟她姊姊一塊來台灣。她曾在聯合報前身的民族晚報做事，台大經濟系畢業。到頭份後，教書，後來他們搬到台北，舅母先到仁愛國中教書，後來再回到聯合報做事，很多人都說她是聯合報最資深的女記者。在我出國前舅母陪我去購物，購買禮物，出國送人。舅母很有耐心的陪我。

1965 年我台大畢業後，在生活管理組做事。加利出國後，舅舅舅母帶妹子搬家到台北。舅舅要我住在他們家。那是一個公寓三樓，旁邊是一家有很大園地的鄰居。我居高臨下，看到他們的游泳池，是富裕的家庭。在我出國前，白天騎車經過一條田間小路通台大，就每天騎車來往舅舅家上班。那時妹子還沒上學，喜歡聽童話故事，我返家給她講故事時，她聽得很入神，人非常的乖。我講的都是小時後姊姊講給我聽的故事。

妹子竇俊茹學法律，在聯合報法律部門工作，是聯合報系的法務長，她非常的忙碌，有時處理法律糾紛很晚才返家。她生養一位兒子，我們稱他小名多多。住在舅舅家時，看到多多，他很聰慧。聽說他小時候還曾代表台北市到美國洛杉磯參加珠心算比賽，大學時也曾是台灣年輕人很喜歡的電視節目「大學生了沒」的固定班底。妹子教導有方，多多品格兼優。台大法律系畢業當年即取得台灣律師執照，在一家知名的國際法律事務所工作，在職期間，利用空檔到柏克萊進修，取得了法律碩士學位，在 30 歲那年成為他們事務所最年輕的合夥律師。這是竇家的榮譽。

在 2021 年尾，我們最年輕的表妹妹作了奶奶，有了孫女，真是好消息。是的，生命是在生生不息，這是天之大德。帶著感恩思舊的情懷，編輯這個舅舅、舅母、妹子竇俊茹這個章節。

舅舅右一，舅母中間，妹子左一

舅舅舅母的兩個小孩

一個是寶大朋，他是第一個小孩。後來才生妹子寶俊茹。我們習慣稱寶大朋為小佳佳；他學名是寶俊青。大朋走時，妹子才兩歲，所以對他沒什麼印象，但妹子從小，就聽她爸爸口中說，大朋是最聰明聽話的小孩，妹子說，她哥哥的照片一直放在爸媽房中，他們從不曾忘記過他。

寶大朋後，妹子俊茹前

從夢到舅母談起

夢中出現舅母，妹子和另外一個小孩。這個小孩是誰？他一再的出現。事實上舅舅舅母有兩個小孩，一個是寶大朋，我們稱他的小名為小佳佳，他是第一個小孩。後來才生妹子。

舅母在懷孕時，得過德國麻疹

在舅母懷孕時，得了德國麻疹，生了一對雙胞胎，他們出生時，都很小，要放在保溫箱內，可是雙胞胎較小的就過世，大的生存。

舅舅舅母倆人都做事，就把小佳佳送到我們家養育。王婆婆曾還幫忙媽接生，哥哥姊姊和幺妹，都由婆婆接生，她有足夠的經驗，她還照顧我們四個小孩，從孩童時就照顧。父母起初在四川開資中酒精工廠。後來父母到福建辦工廠，遷到福州，那時哥哥姊姊還留在四川，由王婆婆來帶養，我就出生在福州，婆婆沒有接生到我。

婆婆有足夠帶養嬰孩的經驗，因此舅舅就放心的把小佳佳放在我們嘉義的長榮街家養。那時姊姊和我都上中學，我們放學回家，都幫忙餵小佳佳，用奶瓶餵牛奶。後來每天加一個蛋黃來餵食。在餵小佳佳飲牛奶的時候，我們發覺他的頸部一下會往後仰，過一會才又恢復過來。在用調羹餵食蛋黃混合半流質的食品時，這個現象更常發生。

媽媽就帶他去看醫生。醫生也說不上來是怎麼一回事。後來一位醫生發現，這可能是他母親在懷孕期間得什麼病，才會引起胎兒異狀。調查之下，才知道舅母在懷孕時，得過德國麻疹，這影響胎兒日後的發育。德國麻疹會使懷孕中的嬰兒殘疾。醫學可能會有一天進步到，治療這些出生而殘疾的小孩？他們實在可憐，他們

的父母也很可憐。這是人類許多自己沒法左右人們不平等的情況，即使最好的政治，也不能夠對不幸的人們，包括不幸的婚姻，家庭，以及不幸的事件有一個解決的辦法。對罪犯可以以法律來判刑關監獄，而對人們出生的不同，稟賦的有異，法律不能夠解決問題。

我還記得母親帶小佳佳去看過中醫，一位醫生用針灸針刺他的頸部，母親回來告訴我們在中醫生那裡的情況。對小佳佳我們都有很深的感情，他不只是表弟，我們還跟他接觸的很勤。

後來舅舅在頭份新設立的人造纖維工廠做事，他們遷居到頭份，把小佳佳接去自己帶養。他們特別請一個佣人，專門照顧他。在這段時間裡，母親和舅舅他們的通信，信中每封都提到小佳佳的情況。居然還有人來調查查問，以為小佳佳是密碼代號，是談論一些機密的問題，很可能牽涉到匪諜嫌疑。可是沒有任何別的嫌疑牽涉到匪諜，因此有人來造訪，詢問小佳佳到底指什麼。

舅舅舅母不時來嘉義看他。每次舅舅來，都帶來禮物，和要我們去買喜歡吃的東西。多半是哥哥去買奶油糖果，平常我們想吃，但是價格貴，不常吃的零食。舅舅來訪，父母沒有去登記，有次突然有人來檢查，舅舅很快的躲進廁所裡。

在我們上大學後，去頭份看舅舅舅母和佳佳。他已有 6 歲左右，可是不能夠進小學。他能夠聽懂得我們的講話，會高興的笑，可是不會講話和不會走路。之後沒有多久他就過世。舅舅舅母很傷心，寫信給母親，談他的過世和埋葬。

虞和芳，30.10.2020

3. 記述舅母

舅母過世

　　接到二哥的電話，得知舅母今天 5 月 25 日過世的消息。這真是一件令人難受的事。雖然她生病幾年，87歲，也不算年輕，但是親人過世，總是會令人傷心。今早我還給舅舅打了一個電話，卻沒有打通，Skype 沒有人接。晚上給妹子寫了一信，問公祭在哪邊，我要寄一個花圈。聽舅舅說，好像要在 6 月 7 日才公祭。我想，我們要早一天或兩天到台北，去看一下舅舅。九點半給舅舅打了電話。他傷風，不過聲音比前一陣子的要好。他說舅母過去的很安寧，沒有痛苦，這樣就好。我要他多保重身體。

25.5.13

放眼歐洲的出書

　　那時我正在出版《放眼歐洲》之書，馬上在前面加上「謹將此書獻給我敬愛的舅母：蕭葳女士，感謝她對我的照顧。」

　　可惜舅母沒有在生前看到這本獻給她的書籍。妹子說要將它放在她母親身邊，一起火葬。

去舅母靈前點香

　　上午 9 點在龍巖殯儀館舉行給舅母升度的儀式。我們明天去歐洲，不能參加舅母 6 月 7 日的喪禮。妹子說，今天在龍巖殯儀館舉行給舅母升度的儀式。我們可以去舅母靈前點香。

　　叫了一輛計程車到龍巖殯儀館。底樓要我們上到二樓。那裡有好多人在外面參加一間屋內傳出來的超渡之禮。我們不得要領，就又下樓。這時有一位陳先生，領我們去三樓，說到那裡就可以了，有舅母超渡的房間。

舅舅已經坐在那邊，多多也在那裡。我陪舅舅坐了一會。不久妹子來了。她領我到舅母靈前，指給我看，舅母靈位前放置我給她的贈書。又回到三樓，這時開始法度的儀式，不時要我們一塊唱頌經文。二哥來晚了，他搭乘捷運，走錯方向，上樓來時，氣喘吁吁，身上出汗。

在這個超度儀式中有上香的儀式，我們都做了。之後參與的人，一塊受到邀請吃午飯。妹子特別說，給 S 訂了烤鴨。

2.6.13

惦記舅舅

心中惦記著舅舅，不知道他的情況如何。洗完澡後，我就打電話給舅舅，那裡所剩的預付款不多，這邊放假，又不能夠添值，Skype 又不通，我只能很快的跟他說幾句話，祝福他新年快樂，並告訴他，18 號去看他。

舅舅說他的行動不方便，所以去接電話慢了，我說沒有關係，他慢慢的來好了。他說有一封彰化銀行的報稅單，他就等我們到他那理的時候交給我們好了。人老了，要對他們特別的體念。

舅舅的聲音還很洪亮，比上次打電話過去要好。他的腦筋還很清楚，記憶也還不錯，只是行動慢了一點而已。跟他通了電話後，人安心不少。很高興能夠再看見他。

9.12.13

回憶生病的舅母，談到哥哥和幺妹的病情

下午兩點，叫了一輛計程車，去到舅舅那裡。計程車開到頂好超商，我下車，進到裡面購買一盒梨子禮物，是韓國產的。按鈴時，是一個女人的聲音來開門。她是照顧舅母新換的佣人。上樓時，也是她開門，她說話的語言，不大像中文，聽懂一點。

　　她去叫舅舅。不久舅舅就來了。雖然他叫我別帶東西，我還是帶水果，帶了貴重的水果。我要讓他知道，我珍惜他，帶的水果是表示一種感激。這樣他會感受到我所要表達的感謝情意。

　　他的樣子並沒有變化多少，走路比上次來看他時，好一些，不是那麼的碎步。我跟他要了幺妹的地址，他說她正在做第二次化療。

　　哥哥昏倒過一次，住院三天，以為是中風，幸好不是。他得減肥和節制飲食才行。他有高血壓，高血脂，又有糖尿病，這些都得要留意，不但要減食，還要多運動才行。

　　舅舅說，他這一陣子時常夢到，舅母又能走路了。可見得，這是他的期望，在夢中實現。我去看了舅母，她躺在床上，臉孔倒是結實。她曾睜開眼睛，可是沒有表情，不知是否能知道周圍的事物。請佣人給我們照了兩張相片後，我就告辭。

15.11.12

4. 記述舅舅

舅舅求生欲念減少，體力衰弱

　　8月1日下面附上幾封今年年初祝福舅舅健康和5月前後去拜訪舅舅妹子和她得知認識三十多年的朋友向陽得了肺癌后跟他結婚，我們一起喫飯的前後通信。

妹子：

　　新年愉快康健！舅舅好嗎？十分惦念。妳工作還是很忙，時常出國？要多注意身體健康才好。多多有沒有要去美國深造的打算？姐姐哥哥那邊我去過信，一直沒有回音。幺妹那裡也沒有消息。妳那有沒有他們的信息？

　　我這邊沒有他們的電話號碼，心中很是惦念和擔心。請妳便中告訴我，他們的電話號碼，以便我能設法

跟他們以電話聯係。謝謝！煩請代為問候舅舅好，請告訴他，我們很想念他。祝

康健！

和芳，4.1.15

妹子：

好久沒有你們的消息了，心中很是惦念。舅舅可好？他有時間的話，做一些點穴按摩的簡易動作，一定對身體有益的。你自己呢？還是那麼的忙？不要忙得累倒了，身體康健是最重要了。向陽的情況如何？不時給他也寄過一些自己能夠做的健身檔案，希望對他有一點用處。二哥他們都好？

5 月 10 號晚上我會抵達臺北，住在福華國際文教會館。這次也是很匆忙，5 月 15 日就又要返回歐洲。打算 5 月 14 日去看舅舅和你們，那是周六，你不用上班，希望我們能夠聚聚。祝福安康，請問候舅舅好！

和芳，6.4.16

姐姐您好：

我們都很好，謝謝關心，爸爸每周有 3-4 天去附近中醫扎針，狀況還 ok，只是偶有幻聽幻覺，行動也不能自理，但以 90 多歲高齡，他應該還算健康的了。5/14 歡迎妳來，我約二哥一起聚餐囉！祝好

妹子

妹子：

得知你們的情況都很好，心中就安心不少。舅舅每周有 3-4 天去附近中醫扎針，這樣對於糾正一些小毛病，促進身體的保健是很有用處的。有一位外勞幫忙輔助他的行動，就方便許多了。二哥能一塊聚餐，真是大家見

面一次不容易。那麼我5月14日就大約11點左右到你們那裡。祝福

安好

和芳上，7.4.16

和芳表姐：

已訂了周六午餐的餐廳，不過近日爸爸體力日衰，不確定當日是否可以外出用餐，不過很期待能跟妳相見，周六上午見囉。

妹子

妹子：

接到你的信，心中很惦念。若是舅舅體力不適合用餐的話，能否請餐廳把訂的菜送到家裡來？很期待相見，多保重。

和芳，12.5.16

妹子：

很高興見到你。你還是老樣子，還是忙裡忙外的。要注意不可累壞了。舅舅午飯時少喫不語。返家，等他午覺醒後，跟阿娥把他推到客廳，趁著他還躺著的時候，我看了他的手臂，大小腿和足指。他的皮膚平滑，暖暖的，沒有靜脈曲張，跟年輕人一樣。他的不適是腰痛，腿酸，無力。

他的腦筋清楚，說的話我聽得懂。問他喜不喜歡電視節目，他回答并不喜歡。問他打不打麻將，他說手無力。電視出來，臺北市長柯文哲的鏡頭，問他對柯文哲的印象如何，他說不大滿意。

阿娥端來西瓜，他自己拿叉子吃西瓜。他說腿酸，幫他按摩。他的右腿發抖，我問，時常如此？他回答，他還能夠控制，於是停止顫動。他說他躺下后，腿就不

酸了，他要回到床上躺下。我跟阿娥又把他推到床上躺下。

舅舅說的一句話

當我跟他告辭時，我說：「明年我們再見。」他回答：「明年我就不在了。」

我說：「哪裡的話，明年我再來看您，我們再一起來喫飯。」

觀察逐漸的跟他談話，他的反應，看他的身體精神狀況，做的一些判斷：

舅舅的身體沒有什麼大毛病，祇是腰痛，腿酸無力。這些都可以治療得來。他所欠缺的是，生存的動機和太寂寞。他的好處是，沒有什麼大病，頭腦清楚。那麼要從幾方面改進他的情況：

i. 治療腰痛腿酸，針灸是有效。

ii. 舅母過世，失去老伴的寂寞，使他失去生活的樂趣和動機。在這方面，要使他知道，女兒親友關切愛他，他的生存對別人有助，別人需要他。是否能夠找到一些義工，來陪伴他，問他過去的經歷經驗，兒童時的記憶，青少年時代的求學頑皮，惡作劇經驗，抗戰時，撤退時的經驗，他母親為日本人，如何來為中國人做事，大陸撤退的驚驗，交女朋友的經驗，大洋馬如何愛上他……寫成一本傳記，這是時代的見證，由他的經驗，看出時代下，中國人的掙扎，奮鬥，成果，這種個人的經驗多麼可貴！

iii. 妹子，讓我們大家想想，如何來解決老年人，對自己的疾病失去信心，他們的心理寂寞以及如何燃起他們的生存意志，受人尊重，讓他們覺得他們曾是時代的精英，還能繼續貢獻他們寶貴的經驗，他們的

時間是寶貴的，不是在虛度這段人生中最寶貴的時光。

好，我們再談。祝福

平安

和芳，14.5.16

跟妹子談舅舅

妹子：

昨天給你一信，談到舅舅的情況。今天打聽出，臺北有老人聚會打麻將的種種不同的活動，也有社會局，那裡能夠派人來跟舅舅談話，照顧他。這是第一步，舅舅絕對不能夠閉關自守，要跟外界的一些人們和活動挂鉤。

佛光山的老人院，還安排老人來南華大學學習上課。他們來上我的健康與人生，以及心靈與人生的課，有70到90多歲不等的老年人，有一位還是退休的中學校長。他們很認真的做筆記，聽講，事後還來跟我談話。請你看看有哪些可行的途徑。剛才給向陽去一封信，請他做氣功。

你也要多保重。祝福康健，請問候舅舅好。

和芳，15.5.16

親愛的和芳表姐：

謝謝妳來陪爸爸聊天，爸爸在媽媽離世後就已經做好隨時去陪媽媽的準備，當時他答應我要多陪我幾年，他也真的做到了。這一年他體力大不如前，已經無法自行起身行動，造成他更加不想連累我的想法。

妳所提的建議，我們都曾努力過，我們家中已有外勞，他本身又沒有殘疾，所以一般義工是要去更需要照顧的獨居老人處服務，不太可能來我們家中，爸爸本身也很排斥外人，他並不想讓人看到他如今體衰的樣子。

他幾乎每隔幾天就會跟我說一些厭世的言論，有時候也會有些妄聽妄想的症狀，之前每周三四天去針灸，但因近來阿娥還在術後復建，也只能等她完全康復後或許才能再推爸爸外出就醫。

目前我們只能尊重他、陪伴他，有些我們自以為是的孝心，例如外出用餐，其實對他而言，反而是一種折磨(靠人協助上下樓梯、餵食等等，在他心中都是再次發現自己老了無用的殘酷事實)。這些沒有長期親身在旁陪伴，是無法體會他心中的苦楚，不瞞妳說，我越來越能理解爸爸為何有厭世之論，我只能期盼他最後的歲月能儘量少些肉體的折磨。

每天晚上我都有親吻他，讓他知道我是非常愛他的。

　　　　　　　　　　　　　　　　　　　　　妹子

親愛的妹子：

讀到你的來信，心中可以瞭解，舅舅心理的厭世想法。他祇是因為身體行動不便，怕纍贅到你，才會如此的消極。他的身體可能也是由於心情的關係，才會惡化。其實他并沒有什麼大的毛病，希望外勞手術復原后，能夠帶他繼續針灸，跟外界接觸，越是閉關自守，到最后真會變成足不出戶了。

人要有被需要的感覺，才會有求生的欲望，自從舅母過世后，對他的打擊很大，失去了老伴是人生最痛苦的事情之一。

記得母親曾經說過，她雖然知道父親病重，會有一天離去，但是在他逝去時，她感到他的離去，有多麼的可怕可悲。她這才在臺灣待不下去，要提早退休，到美國換一個環境。可是在美國也是有異國人的苦痛。她開始寫書，出版歷代美國總統夫人傳。她幫忙其他到美國

去看小孩，又不懂英文的中國老人，幫助老人院的中國人，解決不懂英文之苦，收到政府的來函，不知如何的回復等等的工作。她有被需要的感覺，後來又信了救世軍的基督教，幫忙那些需要協助的人們。她讀聖經，開始寫聖經中出現婦女的言論行為，她的精神生活是快樂的。她得了發炎性乳癌，一般祇能夠存活三個月，而她又多活了六年。當她在彌留的時候，聽說舅舅從臺灣趕到美國去看她，她才接受氧氣罩來維生，等待舅舅的來到。人要有所等待和盼望，才會要有活下去的勇氣和樂趣。

舅舅是天下第一大好人，他小時候就常把家中的米，拿去給窮的人吃，後來家裡覺得奇怪，怎麼米會那麼快的喫光，才知原來是他拿去救濟別人。他以前幽默極了，很可惜現在不愛講話了。

你的祖母，即為我的外婆，是日本人，在中日戰爭時，她幫忙了好多的中國人。這些過去的家中歷史，祇是偶爾從母親口裡聽到的。在母親生時，曾在 1979 年出版一本《虞和芳選集》，獻給母親，她在有生之年能夠看到。在出版的書中，獻給舅舅有兩本書，一是《無限思念》，一是《奧林匹克十年春秋》，那是 2013 年給舅舅祝 90 大壽的。這兩本書你們家都有。2013 年得知舅母於 5 月 25 日過世，那時正在出版《放眼歐洲》，立即給予指示，將那本書獻給舅母。很可惜她在生時，不知道此事。2014 年離開南華后，2015，和今年都返回臺灣一次，主要就是看舅舅，你們和二哥以及去看爸爸的墳。能夠見到舅舅，并跟他交談一些話，心中感到欣慰。寄上一些照片，感謝向陽陪我去買這個記憶卡。祝福
平安

和芳，20.5.16

跟妹子和妹夫向陽的通信

向陽：

謝謝你的來函。你說仍有些瑣事在身，常常無法靜下來專心研習一門新功課。可以瞭解。

人生中有太多的瑣事，大事祇有生死。生，我們做不了主，死也是很難做主導，但是可以做一些保持健康的事。按照中醫，一個人的生命，可以達到 120 歲，至少它指示一種可能性。氣功做到爐火純青的地步，能夠袪百病，益壽延年。

氣功最主要的就是運氣和定心。開始每天抽出 5-10 分鐘的時間來練習深呼吸和定心。然後循序漸進，逐漸延長練功的時間。聽你說每天跑 7.5 公里的路途，你來做氣功一定不難，它不需要靠天氣，不會有透支體力的情況發生，相反的，做到小周天的境地，會達到有如瑜伽修行者的 samadhi 的境界，祇是靠自己要先放下瑣事開始實行，和行之不斷。寄上一個簡單的 ppt 請做參考。那是我給南華大學的學生在 2009 年上課的講義，并指導學生如何的去做。祝福

安康

和芳，20.5.16

謝謝表姊的鼓勵和指導。現在雖然不用每天上班，但仍有些瑣事在身，常常無法靜下來專心研習一門新功課。再過個三兩個月，瑣事辦妥後，一定嘗試研習。謝謝。

向陽敬上

妹子：

5 月 14 日那天的聚會很是難得。謝謝寄來的照片。

你工作很忙，又要顧到舅舅和向陽的心理安適，你要特別注意自己的身體康健。Stefan 問候大家，并請代我們問候舅舅。Stefan 問候舅舅和你們好。祝福
安好

和芳，21.5.16

5. 舅舅往生的消息

舅舅在睡夢中過世

我們敬愛的舅舅在睡夢中過世，得到妹子寄來的這消息。她寫：

> 爸爸今天上午 5:30 在家中睡夢中辭世了。爸爸一直想到天堂跟媽媽、姑姑相聚，如今終於如願了，他生前雖偶有疼痛，但並無重大疾病，走時平靜安祥，應無遺憾！爸爸一生功德圓滿，告別式訂在 8/18 下午，我想各位不用趕回來了，爸爸一定會在天堂照顧所有家人。大家節哀！

妹子

令我難以接受，尤其在他往生的前一日，小我六歲的妹妹 8 月 1 日在美國過世，先後得到這兩件不幸的消息，難以忍受，我在 8 月 3 日上午得到舅舅也過世這消息，中午病倒。心靈的創痛會引起身體上的頭昏目眩，心悸，嘔吐，在難以想象。

我妹妹，聰明活潑可愛，這麼快的就走了。她得的是子宮內膜癌，我得知她進入 Hospice，西醫放棄治療，就立即設法要請美國認識的中醫師去醫院治療她，心想也許還是可以挽救她，可是正在談這件事時，她在周一卻往生。明天是她的葬禮。我舅舅的葬禮是在 8 月 18 日。我將在 8 月 14 到 20 日赴臺北，參加他的祭禮。

人生在太無常了。即使再有定心的耐力，也受不了這種生離死別的境遇。

5.8.16

6. 親友對先後幺妹和舅舅離世的反應

寫給姐姐的信

謝謝您今天先後來的兩個電話。在接到您的不要先 book 機票時，Stefan 已經幫忙我訂購好了機票。

今天上午他幫忙我填寫航空公司寄來的美國移民局的申請表格，可是在填寫移民局的表格時，許多地方填進去，不接受，不知是什麼原因。後來看看這個申請要在 72 小時之前，若是弄不好，下不來，就不能入境。時間上來不及，祇好放棄。這時看到若是訂購的機票，在 24 小時內，還可以 cancelled 掉，就祇好趕快在這期間內先退掉機票。

我們搞訂機票的事情就花了不知多少時間，在填寫 6 頁的表格，卻因為時間上 72 小時的限制，最後還是功虧一簣，很是遺憾。更可以想象，您在照顧幺妹 9 天后，姐夫開車來接您回家，而您們又要安排再赴洛杉磯的事，寫信給我，打電話給嫂嫂，聯係道安等等的工作，更會是忙的不可開交。現在您又在為花圈和上面的字在費心，還要安排再去洛杉磯。

望您們不可太勞累，一切以身體健康為要。幺妹的過世對我們來說都是一個 shock，很難接受這件事。我多麼希望能夠趕上到美國，看到幺妹，更希望還有妙手回春的醫生能夠救治幺妹。而她還是離我們而去，更感覺到人的能力是多麼的微小，許多事情是愛莫能助。而您做到了盡姐姐的全力，您是一位充滿愛心的姐姐，有您在的話，世界是充滿了愛，這是我在您的保護下，愛

338

顧下，過了多少的幸福年代，幺妹也是如此。我們對您感激不盡。

您要多照顧自己。不可以太勞累了。不知這兩天還有沒有腿抽筋的現象？望您好好的保重。花圈的字語，您那麼寫就很好。若是能為幺妹製作一個 CD，來紀念她，更是好。請問這些您代為先墊下的費用多少，請告訴您的銀行賬號，以便奉上。謝謝。

請您代我們出席幺妹的葬禮，向道安表達我們的惋惜和悲悼。我們會在家中默默的來懷念幺妹，在這邊心裡跟您們在一起來悼念幺妹。望多保重。并請問候姐夫，哥哥嫂嫂他們安好。敬祝

安康

小妹和芳敬上，2.8.16

表妹虞思旦從北京來的信

和芳表姐，

您好！知道幺妹的病情很替她擔心，願她吉人天相能度過難關。有一段時間沒聯繫了，你現在住在哪裡呢？一切都好吧！

我們這裡都還好，我爸身體還好，還在吃中藥調理。前一陣子主要忙兒子高考的事，他考上吉林省的長春理工大學光電資訊科學與工程專業了，他們 9 月 3 日開學報到。

我已經放暑假了，因為學校還有一些事情所以也就在家幹事了。祝好！

思旦

威禮的來函

這真的是一段艱難的時刻。如果安排上方便的話，能不能回路上在多倫多停留幾天？

兒，威禮，2.8.16

連著兩天的親戚離世

8月1日得到么妹過世的消息，忙著訂機票，填寫移民局的申請入境，可是時間太趕促，加上填寫第二外國國籍的事，沒有弄成，祇得在8月2日取消赴美的機票。今天卻接到妹子消息，舅舅昨夜過世。連著兩天的親戚離世，太傷人心了。

今天又恰巧是我的生日，幸好 Stefan 在身旁，安慰我，才勉強接受這些不幸的消息。而這件事影響我的心情，反映到身體上頭昏目眩，心悸，兩次嘔吐。看出心靈影響到身體的健康情況。么妹的癌症，跟她不能夠放下，以及生道安的氣有關。我們一定要學放下，沒有任何的事情，比身體和生命更重要的了。

人生的生命太無常了，誰都不知道明天會發生什麼的事情。別說明天，即使是下一刻會發生什麼事情，也都難以預測。真要好好珍惜把握每天的生命，珍惜與親友的相會。

3.8.16

收到一封妹子轉寄來的舅舅手寫的信件

妹子：

感謝轉寄舅舅，妳父親新手寫的信件筆跡，真是難得，擬定加入在哥哥的紀念冊上，就是以原文筆跡加入。有關這筆款，由姊姊虞和健保存，姊姊是最一板一眼，非常顧到細節的人。所以一切由她做主安排。

記憶中，她曾撥了一筆款，借給郭美智3萬，郭美智是媽媽的學生，媽媽當她高三的導師，她每天要通學上課，家中欠錢，債主索款，她又要通學，很是困擾。媽媽看她很可憐，就請她住在我們家，可以清靜的跟我唸書，準備考大學，我們都是上嘉義女中，她上高三普

通班，我上實驗班 6 年級文組，兩人都要準備考大學。我們都經歷過，二哥在受訓，帶來一位軍人，住在我們家的客廳，那天半夜停電，婆婆起來，摸黑的看客人，我和郭美智分別起來找婆婆，好動亂了一番。聽姊姊說，媽媽收了她當乾女兒，她在美欠債，姊姊借給她一筆款外，其餘的都陸續寄給哥哥生病所用。姊姊知道的比我更詳細。

明天 5 月 25 日是舅母的過世日子。還記得我趕著在她出殯那天，將正要出版的《放眼歐洲》一書，立即加上贈送給舅母紀念，妳將這本厚厚的書放入舅母的棺材內，一起火化。往事一一在目。

明天妳若去探望舅母，請轉達我對她的照顧感激。我們 2005 年剛到台灣台北時，住在你們家，舅舅舅母對 Stefan 和我都十分的照顧。謝謝妳也是對待我們的溫情。祝福

安好

和芳，24.5.22

一位勇者奮鬥的故事——懷念虞和元博士

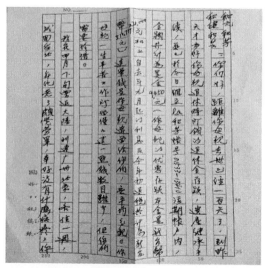

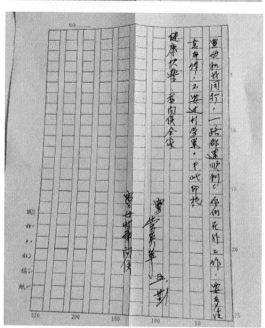

追思舅舅的書

《慕尼黑奧林匹克公園春秋》（2013 年 11 月出版）
謹將此書獻給我的舅舅，竇崇英先生。恭賀他九十歲生
日，善人必壽，感謝他多年來的照顧。
在 2010 年曾在出版《無限思念》一書中，也曾書寫此書
獻給舅舅。
2016 年出版的《魂夢遙》是紀念舅舅和幺妹的書籍。

7. 兩年之後

　　兩年後再去拜訪台灣時，妹子的先生向陽在 2016 年
年底也過世他們都葬在一起。我跟妹子一塊去拜望他們
三位。

上午去看葬在陽明山的舅舅、舅母和向陽

　　妹子來 mail，說她 10 點半來圓山飯店接我，一塊
去看舅舅、舅母和向陽，他們都葬在陽明山佛教設立的
靈堂樓，骨灰罈內。妹子安排她的父母，和她丈夫的骨
灰罈放在一起，這樣他們不會寂寞。
　　舅母是最先過世，是在 2013 年 5 月 25 日。那時我
由南華大學出版「放眼歐洲」，就在書中立即加上，這
是送給舅母的紀念書。這一冊書，跟她一起火葬。舅母
過世後，舅舅失去了生存的慾望，在 2016 年過世。我和
姊姊特地從歐洲和美國趕來給舅舅送葬。
　　那年幺妹在 8 月 1 日，在美國過世，次日舅舅在台
灣過世。我悲傷過度生病，頭昏目眩，嘔吐，臥倒在床
上，可以想見到悲傷引起的身理反應。在床上躺著的時
候，我不能夠安心，在想，我能夠為他們做什麼？這時
想到要為他們共同出版一本書，來紀念他們，才是我能
為他們做的事。於是我起身，編輯一本「魂夢遙」來紀
念他們。在蔡輝振教授的盡力安排下，在舅舅殯葬日出

版出來，送給舅舅一本書，跟他火葬，並送給一些來參加他的葬禮的親友們留念。

向陽在給舅舅送葬的那天，還是好好的，雖然知道他得了肺癌。而四個月後，也跟著往生。妹子就把向陽的骨灰罈安排葬在舅舅舅母靈位的旁邊。向陽是建築師，是妹子的丈夫，年紀才六十出頭，卻夭折，很令人惋惜痛心。此後我來到台灣，每年除了去寧波同鄉會拜望父親的墳墓外，還去陽明山拜望舅舅舅母和向陽的靈骨樓。

今天在跟二哥妹子一家聚會午餐前，就先去拜望舅舅他們。妹子每次都在祭拜他們時，也同時祭拜天地神明。然後拿出祭拜的食品，放在外面的長椅凳子上，走近他們的靈位，打開小門，顯示出他們的遺像，跟他們說話。今天是妹子的兒子多多開車，和新婚的媳婦一齊參加。我們參拜完後，妹子一人留下，要跟她的父母和丈夫，再傾訴心中的話語，多多說，妹子會哭泣，我們最好離開，讓她傾心的哭訴。

人和人之間，最可悲的是死生異地。只有在意念中才能跟在冥間的親友再相逢。

虞和芳，3.11.18

8. 跟妹子一家的聚會

我們和舅舅舅母來往的很密切。母親過世後，舅舅一家，就等於是取代了父母。後來舅母和舅舅先後去世，現在每次回台灣，我們還是去找妹子和二哥兩家人聚會，姐姐也一樣。

2018 年 11 月，我們二哥二嫂夫婦，兒子先禮；Stefan，我，和妹子一家在圓山飯店會面在 2022 年初，妹子得到一位孫女，真是好消息。是的，生命是在生生不息，這是天之大德。

右一，鍾姊，右二，二哥。中間 Stefan，左二，和芳，左一秀珍姐。後排左一，先禮，中間妹子。右一、二，為妹子小孩多多和妹子媳婦。

妹子全家福

是的，生命就是不斷的一代傳遞下一代。帶著感恩思舊的情懷，編輯這個舅舅、舅母、妹子寶俊茹這個章節。

妹子全家福

後記

追思舅舅、舅母

　　當我看完和芳編輯的《寶俊茹篇章》心中有所感悟。我想我也應該把我與舅舅、舅母過去多年的相處與來往，就我印象所及最深刻的記憶寫下來。

　　回首往日，我對舅舅、舅母的記憶還是到了台灣後才比較清楚。在大陸那些年因為年齡太小，所記不多。當我們在新營時，我上小學六年級，快畢業時，因為年紀太小，那時不到十一歲（戶籍上寫的是十月出生，而我真正的生日是三月）所以弄成在當年六月快畢業時，我只有十歲半左右，雖然我在校功課很好，但教育部說按照規定年齡太小，不准我畢業。後來舅母說她有位記者朋友是常跑教育部新聞的，可替我去申辦。舅母回台北後，找了那位記者朋友，拿著我的學校通知書，去見了教育部的官員，結果就通過了，沒有再為難學校。這是舅母幫我的第一個大忙。那時好像舅舅、舅母剛結婚不久。

　　後來舅母生了兒子小佳佳，在我們嘉義的家由婆婆幫忙照顧到一歲多。在我初三暑假期間，陪舅舅一家人回到頭份的家。我大概住了一個多禮拜，幫忙舅母，才回家。小佳佳雖然生有殘疾，但很喜歡笑，長得像舅舅，如果是個正常孩子，一定很聰明。很可惜活到七歲就去世了。

　　每年過春節時，舅舅一家人都會來嘉義團聚。熱鬧非凡，每個小孩都會拿到很豐厚的壓歲錢。我們非常開心。我們聽他們大人說笑，也高興得很。舅舅非常風趣，還說：天大地大不如老師大，因為我們常說老師要我們這樣、那樣。動不動就把老師搬出來當擋箭牌。媽媽與舅舅姐弟情深，從小我們一直被灌輸要友愛手足，當時還不太體會其含義，隨著歲月的流逝，才真正體會到手

足的可貴。可惜我們沒有那個福份像父親、母親退休後可以與舅舅、大伯住得很近。雖然我們兄妹少時奔天涯，但暮年未能結鄰舍，真是很遺憾，也很羨慕那些有兄弟姊妹或子女住在附近的朋友們。

我在台大唸大一時，當年春假我與三位同班同學去獅頭山爬山，回程經過頭份去看舅舅舅母。那時妹子還不到一歲，小佳佳大概五歲左右。舅母忙前忙後，做了不少好吃的東西給我們。我們還住了一晚上才回台北。不但舅舅對我們好，舅母對我們更是疼愛有加。我想也是愛屋及烏。舅母個性溫柔、體貼、勤勞，燒得一手好菜。是位難得的賢妻良母。舅舅個性也很好，關心親戚及朋友，喜歡助人。那時有位外婆外公朋友吳婆婆的兒子，隻身來台，但因在台大時看左派書就被同學打小報告說：他有匪諜嫌疑，結果被抓到綠島改造。一關就是十年左右，他被放出來後，舅舅幫助他進學校唸書及畢業後找事。

媽媽、舅舅、和我有個共同的特性，想是遺傳自外公，那就是如果答應別人的事，沒做到或是有事未盡快解決，心中會不安，放不下心，會憂慮直到解決，否則會一直坐立不安。

我出國唸書直到畢業找到工作定下來，到 1982 年初才第一次回國。但我記得 1982 年夏天，舅舅也到 NJ 來看媽媽及我們。那次舅母因為妹子剛生多多要坐月子，所以沒來。那時道群五歲多，我因為要趕博士論文，所以媽媽、舅舅、帶著道群先去 Texas 看哥哥一家，再去 LA ㄠ妹處。臨上飛機前，安檢人員把道群的玩具手槍給沒收了，他哭個不停，還是舅舅靈機一動，趕快拿了十元給道群，跟他說下飛機後帶你去買，他才破涕為笑。他們後來去 LA 看ㄠ妹及道安、國芬及國杉。媽媽帶了道群在 LA ㄠ妹家住了一段時間。

90 年代初，舅舅他們拿到永久居留權後，每兩年來美國一次。有一次我們帶舅舅、舅母參加旅游團去 Tennessee 州旅遊，看了岩洞及貓王的紀念舘，來回五天，那次大家玩的很開心。跟舅舅、舅母一路上話講個不停。

1999 年二月 4 號，媽媽病重，躺在安老院，為了等舅舅、舅母的到來，媽媽一直忍撐著即將逝去的生命，奄奄一息地苦撐躺在床上。雖然那時媽媽早已不能講話，呼吸也很困難但我告訴她這個星期五晚上舅舅、舅母會趕到。媽媽知道後才答應帶上呼吸器。每天我跟她說還有三、二、一天他們會到。4 號晚上六點左右，么妹道安帶了舅舅、舅母來到安養院媽媽的床邊。舅舅握住媽媽的手說：我們來了，看到二姐，心願已足，於是禱告，唱聖歌，唸聖詩給媽媽聽。看到媽媽臉上還流下眼淚，表示她已經感到、聽到最親愛的弟弟、弟妹來了。那天晚上 8 點他們才回么妹家休息。

他們走後不久，護士進來測了媽的腳溫，告訴我：妳媽媽大概撐不過今晚，叫我不要睡。我說好，我握住媽媽的手告訴她，請放心，我會照顧好哥哥及妹妹們。一直到清晨二點半，我聽到媽媽的急促呼吸聲，最後她叫媽媽（我想是她看到外婆了），眼睛忽然睜開看了我一下，好像要說謝謝我，頭一歪，就嚥下最後一口氣。媽媽與舅舅，姐弟情深，半世紀多以來一直互相關心，與扶持著彼此。所以媽媽一直等到、摸到、聽見舅舅最後的聲音，才安心、放心、安詳的、蒙主召恩離世。每念及此，永生難忘。說不出心中有多悲慟。

2003 年底，我們退休後剛搬到 Las Vegas，正好碰上聖誕節。我召集了：凡是能來我們家團聚的親戚們的聚會。主要也是給舅舅做八十大壽。其中有舅舅、舅母、哥哥、繼媛、么妹、道群、Christine、道安、國芬、Brain、國杉、威禮及當時的女朋友、先哲（大哥哥的孫子）等

眾親友。大家歡聚一堂。是非常難得。好像威禮、他女
朋友及哲仁後來才到。以下是兩張照片，大家聚首時照
的。

最右者為國杉，依次向左為國芬夫婦、道群、Christine、哲仁、
威禮、女朋友。

2006 年是舅舅、舅母最後一次來美國。因為舅母回去時，在 LA 機場摔倒，引發以後的腦中風，再也不能旅行了。當年我們由賭城山下搬到山上的 Anthem Sun City，主要因它是個平房。而山下的房子是二層樓，我住了一年後就出現爬樓梯時腿會疼痛，所以才搬到這個老人社區。2006 年舅舅、舅母來時，我們已經住在此老人社區。

我記得有一天下午，舅母和我聊天，提起她在抗戰時的逃難情形，有一晚住在路上經過的廟中，聽到鬼魂在聊天，把她嚇得半死，以後她變成膽子小，很怕一個人獨處，沒有安全感。自她與舅舅結婚後，好很多。舅母雖然平常話不多，總是笑臉迎人。有時舅舅在家人面前，會很風趣的挖苦她兩句，逗大家笑，但她一點也不慍怒，總是跟大家一起分享快樂，這是很有修養及有愛心的人才能做到的。她又跟我提到覺得很遺憾的事就是讓妹子與張博士結婚，弄得最後兩人離婚。妹子一個人要帶著孩子承受那麼多的責任及壓力。一路走來，若無舅舅、舅母相助，真不知道妹子該怎麼辦。幸好多多是個聰明有才智的好青年，很有前途，如今做了父親更能體會自己成長的不易。

我們喜愛舅舅、舅母，不只因為他們愛我們，視我們如己出，更因為他們做人正直、好善樂施、及時助人、人格高尚。所以我們非常懷念、敬佩他們兩位老人家。願他們在天之靈能與外公、外婆、媽媽、小佳佳、幺妹、小哥團聚。

妹子談到虞竇兩家的回憶

姑姑一家人是爸爸在台灣唯一的親人，而我又是獨生女兒，在我有記憶以來，表哥表姐就如同我的親兄姐一般，只是年齡的差距，在我成長的歲月中，他們都已遠赴國外唸書就業，所以相聚的日子不多。

　　但是我從小就有一個印象，表哥(我都稱他毛哥)是非常喜愛我的，他的第一任妻子高姐，大家都說非常像我，也常調侃說毛哥是因此喜歡上高姐的，在我根本不懂情愛的年紀時，心中仍是暗自竊喜的。他每次從美國寫信給爸爸，總會提到歡迎我到美國去求學，他會全力照顧我，所以我一直有個留美的黃金夢，但大學畢業被戀愛沖昏頭，放棄了赴美進修的機會。

　　毛哥一向話不多，永遠帶著憨厚的笑容，高姐病逝後他消沉了好一陣子。遇到盧姐後，有了幸福的家庭，全力發展事業，但創業的道路似乎很坎坷，這可能是他一生最大的遺憾。

　　2017 年 7 月我到舊金山參加兒子的碩士畢業典禮，期間抽空去探望毛哥，當時他行動已經不便，卻堅持要帶我去他最喜歡的餐廳用餐，盧姐辛苦的扶持毛哥上下車，推著輪椅進出餐廳，夫妻情深讓人動容。

　　那一天是我最後一次見到毛哥，後來聽到他的病情每況愈下，很想再赴美探望，但礙於疫情，未能如願。如今他離苦得樂，病體痊癒，想必已經跟姑姑姑父及我的父母重聚，相信他們在天上會過得更開心，走筆至此，我仿彿又看到毛哥憨厚的笑顏了！

妹子在 2017 年 7 月在美訪問哥嫂的照片

後記

—— 盧繼媛寫

1992 年，我接下一家製葯公司的合約，他們要用我的油畫作成月曆，每年底作為禮物，分送給他們的客戶，他們的客戶大都是有癌的病人，公司要求我畫些正面，陽光的畫，因為這些病人已經很痛苦了，希望我的畫能帶給他們喜悅及希望。

剛開始我是嘗試，後來我把它當成使命，要帶大家看見宇宙世界之美，讓這些行動不便的人，跟著我環遊世界，轉眼出版月曆 29 年。這種正面，陽光的作畫心態，也幫助了我自己，在我人生的低谷，尤其是和元生病，洗腎，到最終的 8 年裡，有一種說不清的力量在支撐著我，我在油畫世界裡，找到希望及信心。

旅遊是和元及我的共同愛好，我們走訪中外許多的水鄉，尤其是中國大陸的江南水鄉，這本書封面的畫名是「水鄉黎明時」和元會有感覺的。

此書封底的畫名是「悠然鄉野間」，謝謝和芳為此畫題詩，讓此畫看起來更有意境。

下圖是剛完成的「夏之聲」，不同的人聽見不同的聲音，感受不同的意境。謝謝和健為此畫題詩，讓我的畫更加完美。

後記

浩瀚暑天無日歇，熱溫兩極冰融裂，

何妨稍作海邊戲，願祈秋日速至接。

虞和健　題詩

353

後記

——虞和健

　　小哥逝世，幾近周年，念其生平，商出此書。幾經周折，和芳編纂。吾與繼媛，添加篇章。三月有餘，反複校正。昔各電腦，未能同步。事倍功半，光陰虛擲。痛定思痛，各司其職。

　　轉展頻繁，各有所得。額首稱慶，終將告成。

　　此書追溯，四代先祖。感恩父母，含辛茹苦。浩瀚恩情，懂記教誨。虞家之銘，秉念在心。中華德譽，代代相傳。

　　悠悠歲月，指縫流過。八十寒暑，煙雲飄渺。來日未卜，願留鴻爪。幾代經歷，傳於子孫。

後記

——虞和芳

今天是一個特殊的日子。

今天 13.8.22 是爸媽結婚的日子。對我們子女來說，這是一個特殊的日子。我們近日來為哥哥編輯紀念書冊，遇到許多沒有想到的溝通枝節，和網路上的種種問題出現，弄得大家事倍功半，為這件事，惦記，睡眠不安不足，身體健康也因而受到影響。

今天是父母結婚紀念日。早上我想到他們，內心默默的向他們祈禱，希望他們在天上跟伯父母、哥哥、妹妹在一起，過得愉快。

而很奇怪的事情發生了。我突然想到那個發生修正妹子章節的問題，姊姊嫂嫂都盡心盡力，可是遇到系統發生沒有預料到的問題，以致在修正處發生 space 變化的情況。我在想，這樣只有在我編輯的原文中刪改才行。而那篇文章，全部都變成了 PDF 檔，到處尋找，找不到原文的文件，因此我不能夠加以刪改，而求教於姊姊她們。姊姊和嫂嫂就設法來修正，嫂嫂女兒 Katie 有轉換 PDF 的軟件，可是又遇到系統本身的設置，出問題，原來好好的 space，卻發生雜亂的情況。這是昨天讀到她們的信件，使我心情沈重不安，那麼如何來修正？這樣我今天想，也許我再去尋找一番，說不定今天能夠找到它，果然找到它了，它夾在許多不同有關哥哥出書的資料夾中的一篇。這樣我在原稿中修正過來。可是偏偏我的電腦突然網路斷線，連以前有的網路信號也全部失蹤。於是我只有想法透過 Stefan 用的較新的電腦，寄出這個修正好的篇章。Stefan 也跟著我來設法聯繫我這老電腦的網路連線，不果。於是透過他的電腦，把至少給姊姊嫂嫂的信件和妹子篇章的附件寄給她們。

Stefan 說今天是 13 日，13 是不吉祥的一個日子。他不知道，今天是爸媽結婚的日子。我也沒有告訴他。

心裡又想到父母，我想，他們結婚後，才生出了我們，我們這一代託父母的恩澤才會有這麼一段在台灣長大，受到最高學府的教育，又有機會留學，得到更高的學位；一輩子都兢兢業業的做事，問心無愧，怎能說今天 8 月 13 日是不幸的日子。於是我突然來了靈感，設法從電腦本身的系統設置中，找尋解決問題的方案。果然在不斷地嘗試下，電腦連結上了網路。Stefan 很難相信，對電腦一竅不通的我，居然能夠連上網路了。這要歸功於父母的教導，讓我對他們的信任，知道事情不能半途而廢，才突然有這樣的靈機一動，解決了連線的問題。

是的，每一天都有好事發生，也會有碰到不順心的事上身。但是只要盡心盡力，感恩盡責，往正向方面盡力，跟父母一樣，能夠幫助人的地方，就盡力，這樣每天都會是一個好日子。因為透過上天和父母，我們又多得一日生命。每天的生命都是難能可貴。

虞和芳，13.8.22

****

感謝父母，和我們大家共同的努力，才能夠完成這本紀念哥哥書籍的撰寫，編輯的完成。

哥哥虞和元過世後，我們都很傷心。為他出版一本紀念書籍，是虞寶兩家我們這一代的願望。於是大家開始商討，如何來共同完成這本紀念書。從訂下書名，如何編輯，誰來執筆，在這期間，難免遇到一些溝通方面的困擾。因為執筆的每個人都住在在不同的地方，每人的電腦不同，回憶有異，出現一些困擾。在大家努力不懈的溝通下，終於稿件齊全，等待出版。

虞和芳，26.8.22

國家圖書館出版品預行編目資料

一位勇者奮鬥的故事——懷念虞和元博士／盧繼媛、
虞和健、虞和芳　合編－初版－
臺中市：天空數位圖書　2022.12
面：14.8*21 公分
ISBN：978-626-7161-55-5（平裝）
863.55　　　　　　　　　　　　　　111021582

書　　名：一位勇者奮鬥的故事——懷念虞和元博士
發 行 人：蔡輝振
出 版 者：天空數位圖書有限公司
作　　者：盧繼媛、虞和健、虞和芳
美工設計：設計組
版面編輯：採編組
出版日期：2022 年 12 月（初版）
銀行名稱：合作金庫銀行南台中分行
銀行帳戶：天空數位圖書有限公司
銀行帳號：006－1070717811498
郵政帳戶：天空數位圖書有限公司
劃撥帳號：22670142
定　　價：新台幣 540 元整
電子書發明專利第　Ｉ　306564　號
※如有缺頁、破損等請寄回更換

服務項目：個人著作、學位論文、學報期刊等出版印刷及DVD製作
影片拍攝、網站建置與代管、系統資料庫設計、個人企業形象包裝與行銷
影音教學與技能檢定系統建置、多媒體設計、電子書製作及客製化等
TEL　：(04)22623893　　　　MOB：0900602919
FAX　：(04)22623863
E-mail：familysky@familysky.com.tw
Https ://www.familysky.com.tw/
地　址：台中市南區忠明南路 787 號 30 樓國王大樓
No.787-30, Zhongming S. Rd., South District, Taichung City 402, Taiwan (R.O.C.)